新譯聊齋誌異選（八）

王光福 注譯
付岩志
袁世碩 校閱

三民書局

國家圖書館出版品預行編目資料

新譯聊齋誌異選(八)／王光福,付岩志注譯;袁世碩校閱.——初版二刷.——臺北市：三民，2022
冊；　公分.——(古籍今注新譯叢書)

ISBN 978-957-14-5988-2（第八冊:平裝）

857.27　　100022409

古籍今注新譯叢書

新譯聊齋誌異選（八）

注譯者｜王光福　付岩志
校閱者｜袁世碩

發行人｜劉振強
出版者｜三民書局股份有限公司
地　址｜臺北市復興北路 386 號（復北門市）
臺北市重慶南路一段 61 號（重南門市）
電　話｜(02)25006600
網　址｜三民網路書店 https://www.sanmin.com.tw

出版日期｜初版一刷 2015 年 2 月
初版二刷 2022 年 9 月
書籍編號｜S033920
ISBN｜978-957-14-5988-2

新譯聊齋誌異選 目次

第八冊

祿數

某顯者❶多為不道，夫人每以果報❷勸諫之，殊不聽信。適有方士❸，能知人祿數❹，詣之。方士熟視曰：「君再食米二十石、麵四十石，天祿❺乃終。」歸語夫人。計一人終年僅食麵二石，尚有二十餘年天祿，豈不善所能絕耶？橫❻如故。逾年，忽病「除中❼」，食甚多而旋❽飢，一晝夜十餘餐。未及周歲，死矣。

【注釋】❶顯者　官位顯達之人。❷果報　佛教稱因果報應。❸方士　善於方術的人，中國古代稱用自然的變異現象和陰陽五行之說來推測、解釋人和國家的吉凶禍福、氣數命運及善於醫卜星相、遁甲、堪輿和神仙之術的人為方士。❹祿數　福分和壽命。❺天祿　天賜的福祿。❻橫　兇暴；不講理。❼除中　古病名。語出《傷寒論》。「除」，消除之意，「中」，指中焦脾胃之氣。疾病到了嚴重階段，本來不能飲食，但突然反而暴食，這是中焦脾胃之氣將絕的反常現象，稱為「除中」。為假神的一種表現，屬病危。❽旋　不久；很快地。

【語譯】某個地位顯要的人經常胡作非為，他的夫人常常用因果報應勸告他，可是他一點也不信。恰好有個方士，能知道人的壽數，那人便去拜訪。方士端詳了很久，說：「您再吃二十石米，四十石麵，壽命就完了。」回家後告訴夫人。按一人每年只能吃兩石麵算，還有二十多年壽命，這難道是做不善之事所能斷絕的嗎？他依然像以前那樣橫行霸道。過了一年，他忽然得了一種叫做「除中」的病，吃得很多，可是很快又餓了，一天一夜得吃十來頓。不到一年，他就死了。

【研　析】〈祿數〉寫某人多行不義，不聽夫人勸告，最終被冥間提前奪取生命的故事。

蒲松齡沒有指明這位大人物何官何職、何方人士、何姓何名，只以「某顯者多為不道」七個字來概括他的生平事蹟。因此我們說，如果不是有所避諱，就是蒲松齡虛構出一則寓言故事來勸懲人心。「某顯者多為不道」，「顯者」肯定是一位位高官顯之人。「多為不道」，就是做了很多違法犯罪的事。都幹了些什麼違法犯罪的事呢？蒲松齡沒有說，聯繫下文的「橫如故」看來，大概是喜歡做一些兇暴蠻橫之事。對此，他的妻子經常加以勸阻，相面的方士也預告了他的祿數。但是他不聽勸告，認為命中之食祿誰也奪不去。按照數字計算，〈祿數〉中的這位大官本來還可活二十年，沒想到不行「善事」而「多為不道」，得了一種永遠也吃不飽的怪病，沒有一年，就吃光「天祿」死去了。儘管這位「顯者」的夫人，見丈夫「多為不道」，便「每以果報勸諫之」，但這位「顯者」不聽勸阻，橫暴如故，最終得到報應。真可謂「天作孽，猶可違；自作孽，不可活」。

這篇〈祿數〉儘管簡短，卻也顯示了蒲松齡高超的藝術技巧。「橫如故」，只三個字，就把那位「顯者」不思悔改的驕橫之氣，刻劃得入木三分了。這真是一字千金的大手筆。「未及周歲，死矣」，不加任何評論，痛快之情溢於言表，而不盡之意見於言外，毫不拖泥帶水，無病呻吟，使讀者感到痛快淋漓，拍手稱快。這種不動聲色而又感情飽滿的句子，非文章高手是寫不出來的。

楊疤眼

一獵人，夜伏山中，見一小人，長二尺已來，踽踽❶行澗底。少間，又一人來，高亦如之。適相值❷，交問何之。前者曰：「我將往望楊疤眼。前見其氣色晦黯，多罹❸不吉。」後人曰：「我亦為此，汝言不謬。」獵者知其非人，厲聲大叱，二人並無有矣。夜獲一狐，左目上有瘢痕，大如錢。

【注　釋】❶踽踽　形容一個人走路孤零零的樣子。❷相值　相遇。❸罹　遭逢；遭遇。

【語　譯】有個獵人，夜裡潛伏在山裡，看見一個小人，身高大約二尺，孤零零地在澗底行走。一會兒，又來了一個，身高與先前那個一樣。兩個小人剛好相遇，互相詢問到哪裡去。前者說：「我要去看望楊疤眼。前些日子我看他氣色晦黯，多半遇上不吉利的事。」後者說：「我也是為這事來的，你說的一點也不錯。」獵人知道他們不是人，便厲聲大喝，兩個小人都消失了。當晚捕獲了一隻狐狸，狐狸的左眼上有一塊瘢痕，大如銅錢。

【研　析】〈楊疤眼〉寫一獵人夜獲一隻疤眼狐狸的小故事。

這是一篇非常精彩的小小說。一個獵人埋伏在山中打獵，沒有看到獵物，倒先看到了一個小人。這個小人二尺來高，孤獨地行走在山溝裡的河灘上。不一會，又來了一個一模一樣的小人。兩個小人碰到一起，有一番莫名其妙的對話。在夜間的深山裡，個子又是如此之小，這肯定不是真正的人。但是，如果不是真正的人，他們又如何說人話呢？因此，這兩個小人就顯得特別神祕了。這位獵人缺少好奇心理，沒有偷偷跟隨這二位小人前去探祕，只是大喝一聲把他們嚇跑，因此，我們不知道他們所說的楊疤眼是誰？是人還是動物？不久，那位獵人打到了一隻狐狸，牠的左眼上有一個疤痕，難道這就是所謂的「楊疤眼」？明明是一隻狐狸，怎麼會叫楊疤眼呢？蒲松齡不作任何交代，就這樣戛然止住，扭頭走了。此篇〈楊疤眼〉雖然短小，卻極具現代小說含蓄蘊藉的審美意味，非常耐讀，具有極大的思索闡釋空間。

《聊齋誌異》中，寫了很多超自然的奇特現象。〈楊疤眼〉中出現的兩個小人，現實生活中是不可能存在的，因此，如果有誰說見過這樣的小人，沒有見過的人是絕對不會相信的。小說家的目的，就是編故事讓人相信，因為只有相信，才會受到思想的教育或藝術的薰陶；否則，誰願意去聽那些雲山霧沼的假話、空話和醉話？所以，既要說得神乎其神，又要讓讀者信以為真，這才是小說家的大本領。在這一方面，中國的小說家很早就進行了有益和成功的探索。晉人張華在《博物志・雜說下》中記載了一個「八月浮槎」的故事：「舊說云，天河與海通。近世有人居海渚者，年年八月有浮槎，去來不失期。人有奇志，立飛閣于槎上，多齎糧，乘槎而去。十餘日中，猶觀星月日辰。自後芒芒忽忽，亦不覺晝夜。去十餘日，奄至一處，有城廓狀，居舍甚嚴，遙望宮中多織婦。見一丈夫牽牛渚次飲之。牽牛人乃驚問曰：『何由至此？』此人具說來意，并問此是何處。答曰：『君還至蜀都，訪嚴君平則知之。』竟不上岸，因還如期。後至蜀，問君平，曰：『某年月日，有客星犯牽牛宿。』計年月，正是此人到天河時也。」

如果有人說，我到過天上的銀河，見到過織女織布、牛郎飲牛，誰也不會相信，因為那是不可能的事。但是，誰敢說絕對不可能？若說不可能，為什麼某年某月某日「有客星犯牽牛宿」？這個牽牛星旁邊的「客星」不就是那位乘槎上天者嗎？如此一來，在自然和超自然之間就建立了合情合理的聯繫和紐帶，人們既對故事的神妙莫測充滿好奇心，又對故事的真實性感到頗為可信。如此，故事的魅力也就發揮無遺了。

〈楊疤眼〉也是這樣。如果說兩個小人的故事是假的，那他們說的話又作何解釋？如果說他們說的話是獵人編造的，那獵人打到的狐狸左眼上正好有個疤，又作何解釋？這樣的證據確鑿，不由讀者不信。這樣的寫作方法，對今天作家的創作也有一定的借鑑意義。

龍戲蛛

徐公為齊東令❶。署中有樓，用藏肴餌，往往被物竊食，狼籍於地。家人屢受譙責❷，因伏伺之。見一蜘蛛，大如斗。駭走白公。公以為異，日遣婢輩投餌焉。蛛益馴，飢輒出依人，飽而後去。積年餘，公偶閱案牘❸，蛛忽來，伏几上。疑其飢，方呼家人取餌；旋見兩蛇夾蛛臥，細裁如箸，蛛爪蜷腹縮，若不勝懼。轉瞬間，蛇暴長，粗於卵❹。大駭，欲走。巨霆大作，闔家震斃。移時，公甦；夫人及婢僕擊死者七人。公病月餘，尋卒。公為人廉正愛民，柩發之日，民斂錢以送，哭聲滿野。

異史氏曰：「龍戲蛛，每意是里巷之訛言耳，乃真有之乎？聞雷霆之擊，必於凶人，奈何以循良❺之吏，罹此慘毒？天公之憒憒❻，不已多乎！」

【注　釋】❶齊東令　齊東縣的縣令。齊東，縣名，縣治在今山東濱州鄒平。❷誚責　譴責；責問。❸案牘　官府的文書；公文。案，書桌；辦公桌。牘，古代用於寫字的木片，即木簡。❹卵　雞蛋。❺循良　官吏奉公守法。❻憒憒　昏庸；糊塗。

【語　譯】徐公在山東齊東縣當縣令。衙署中有座樓房，用來儲藏菜肴糕餅，食物往往被偷吃掉，弄得滿地狼籍。家人屢次受到責罵，便在樓房裡隱藏守候。發現一隻蜘蛛，如斗般大小。大家嚇得連忙去稟告徐公。徐公覺得很奇異，每天派奴婢投放食物。蜘蛛更加馴服，餓了就爬出來，依在人身邊，吃飽了才離開。過了一年多，徐公偶然在批閱文書，蜘蛛忽然爬出來，伏在桌子上。徐公以為牠餓了，正要叫家人取食物；卻看見有兩條蛇夾住蜘蛛躺臥著，牠們只有筷子般大，蜘蛛爪子收攏，肚子緊縮，好像特別恐懼。轉瞬間，蛇猛地變大，比雞蛋還要粗。徐公大驚，想要逃走。雷聲大作，全家都被震倒了。過了一會兒，徐公甦醒過來，而夫人以及奴婢、僕人，一共七人被擊死。徐公病了一個多月，不久也死了。徐公為人清廉，正直愛民，出葬的那天，老百姓湊了錢送徐公，哭聲遍野。

異史氏說：「龍戲蛛，我常以為是大街小巷的訛傳，原來真有這回事嗎？聽說雷霆震擊的，一定是兇徒惡棍，怎麼讓奉公守法的官吏，也慘受這樣的災難？老天爺昏亂糊塗，不是太多了嗎！」

【研　析】〈龍戲蛛〉寫齊東令徐公看到二龍戲蛛的景象後，全家被雷霆擊斃的故事。

自古以來中國人有喜歡蜘蛛的民俗。特別是一種叫做喜子的小蜘蛛，人們對牠更是喜愛有加。民間也早就有「甘鵲噪而行人至，蜘蛛集而百事喜」的傳說。據說唐代嬪妃夜見蜘蛛，是皇帝親幸之兆。舊俗見蜘蛛自空而降，視為喜從天降、瑞氣盈門的吉兆。民間常以竹襯之，竹有「爆竹」

之意，和「報」諧音，暗喻「報喜」，「喜從天降」的常見圖案為蜘蛛沿網下墜。《龍戲蛛》這篇作品中的蜘蛛「大如斗」，顯然不是我們所說的喜蛛或喜子。但是由於有了喜歡蜘蛛的心理積澱，徐公還是每天派下人餵養牠而不忍心傷害牠。時間長了，這隻大蜘蛛彷彿和徐公建立了感情，和徐家的下人也漸有依戀之感。一年之後，牠突然爬到徐公的辦公桌上來了。一開始，徐公還以為蜘蛛餓了，仔細一看，才發現兩條蛇躺在蜘蛛的左右，儘管只有筷子那樣粗，也把那蜘蛛嚇得戰戰兢兢，渾身亂抖。轉眼之間，兩條蛇就變得有雞蛋那樣粗，徐公還沒回過神來，就電閃雷鳴，把他一家人全震死了。雖然徐公還醒過來後又活了一個多月，但最終還是死了。

人們喜歡蜘蛛，蜘蛛也依戀著人。這是很溫馨、很動人的場面。可是突然之間從哪裡來的這兩條龍呢？龍應該是有靈驗的，應該去震死那些作惡的壞人，可是為什麼就震死了奉公守法的徐公呢？看來天公做下昏庸糊塗的事還真不少。

蒲松齡的同鄉後學王培荀在其《鄉園憶舊錄》卷六，也記錄了一個龍與蛛鬥的故事：「諸生某，夕與同儕散布郊外，見林間龍逐一蛛，大如斗，飛奔樹上。龍隨之，則結絲罩其中，攫拿許時，絲斷方得出，而蛛已在別樹矣。再逐之，又如之。龍大困，竟無如何。蜘蛛黠甚，知樹枝支格而絲復絡之，可謂善用所長。惜不得火龍敵之也。」

蒲松齡《龍戲蛛》中的齊東縣，就在今天的濱州；王培荀《鄉園憶舊錄》中的龍蛛相鬥事，也發生在當時的濱州。兩篇文章中提到的蜘蛛，個頭也一般大，都是「大如斗」。不過，這兩隻蜘蛛的命運卻大有不同：《龍戲蛛》中的蜘蛛當然被劈死了，而《鄉園憶舊錄》中的蜘蛛卻把一條龍戲弄得「竟無如何」。同樣是蜘蛛，生活在同樣的地區，命運為何如此懸殊呢？

商婦

天津❶商人某，將賈遠方，從富人貸貲❷數百。為偷兒所窺，及夕，預匿室中以俟❸其歸。而商以是日良，負貲竟發。偷兒伏久，但聞商人婦轉側牀上，似不成眠。既而壁上一小門開，一室盡亮。門內有女子出，容齒少好，手引長帶一條，近榻❹授婦，婦以手郤之。女固授之；婦乃受帶，起懸梁上，引頸自縊。女遂去，壁扉亦闔。偷兒大驚，拔關❺遁去。既明，家人見婦死，質諸官。官拘鄰人而鍛煉❻之，誣服成獄，不日就決❼。偷兒憤其冤，自首於堂，告以是夜所見。鞫❽之情真，鄰人遂免。問其里人，言宅之故主曾有少婦經死，年齒容貌，與盜言悉符，固知是其鬼也。俗傳暴死者❾必求代替，其然歟？

【注釋】❶天津　天津衛，即今天津市。❷貸貲　借貸錢物。❸俟　等待。❹榻　床鋪。❺關　門閂；門閂的橫木。❻鍛煉　指嚴刑拷打，羅織罪名。❼就決　指受死刑。❽鞫　審問犯人。❾暴死者　因自殺、被害或意外事故而突然死亡的人。

【語　譯】天津某商人，將要到遠方做生意，向有錢人借了幾百兩銀子。這事被一個小偷看見了。到了晚上，小偷事先藏在商人的家中，等著商人回來。而商人因為這一天日子吉利，竟帶著錢出發了。小偷潛伏了很久，只聽見商人的妻子在床上輾轉反側，似乎睡不著覺。一會兒，牆上有個小門打開了，整個房間都亮起來。門內有個女子走出來，長得年輕貌美，手裡拿著一條長帶子，走到床邊，把帶子交給商人的妻子，商人的妻子用手推開。女子硬要給她；商人的妻子於是接過帶子，起身把它懸掛在房樑上，上吊自盡了。女子於是離開，牆上的小門也合上了。小偷大吃一驚，拉開門栓逃走了。天亮以後，家人發現商人的妻子死了，就報了官。官府下令逮捕了鄰居，嚴刑逼供，鄰居受刑不過而服罪，不久就要處決。小偷激憤於鄰居的冤屈，便向官府自首，把那天夜裡看見的都說出來。審訊後認為符合實情，鄰居便得到了赦免。詢問附近的居民，居民說這個宅子過去的主人中曾有一個少婦上吊而死，那少婦的年齡容貌，與小偷所說的完全相符，這才知道那少婦原來是鬼。民間傳說，突然死亡的一定要找替死鬼，真的是這樣嗎？

【研　析】〈商婦〉寫一商人婦自縊而死，鄰人遭疑問斬，經一小偷揭明真相，方才免除冤枉無辜的故事。

這個故事一開始寫得頗具喜劇色彩。商人將到遠方經商，從一富人家裡借了幾百兩銀子。這一情況被一位小偷看見了，所以他預先藏在商人家裡，想等商人回家後找機會偷盜他借來的銀子。看到這裡，我們很為商人擔心。如果是自己的財產被小偷偷去也就罷了，現在是借來的銀錢將要被小偷偷去。如果此事真的發生了，這位商人說不定會因賠償不起而自殺。可是，我們的擔心是多餘的，因為借錢的當天就是利於出行的良辰吉日，商人沒有回家，帶著借來的錢直接出發走了。這一點，小偷並不知道，他還在人家房屋的角落裡躲藏著，做著他的發財夢呢。看到這裡，讀者們就會露出開心的笑容，笑話這位小偷的蠢笨與可憐。

可是接下來我們就有點笑不出來了。從白天等到夜裡，商人還不回家，商人婦在床上輾轉反側，似乎很難入睡。看到這裡，我們似乎預感到將有不測之事發生。不幸的事情終於發生了，倒不是小偷對商人婦做了不利之事，而是從牆壁上的小門中出來一個年輕貌美的女子，手拿一條長帶，逼迫商人婦上吊。商人婦雖然極不情願，最終還是懸樑自盡了。到這裡，文章開頭的喜劇氣氛已經蕩然無存，讀者感到的是滿紙的恐怖悲涼之氣。

商人婦是怎樣死的，小偷是看了個清清楚楚。可是，別人卻並不知道實情。所以，縣官就一廂情願，認為是鄰人作案，屈打成招，不日就要問斬。這位縣官確實是一位昏官，想一想，如果是殺死人命，那可能和鄰人有關；商人婦是上吊死的，怎麼會和鄰人有關係呢？

好在這位小偷雖然不是什麼好人，卻還有幾分男兒血性、丈夫本色。為了不至於冤枉好人，他到官府自首，寧願自己坐牢受刑，也不忍心看著無辜者受死。可是，事情還沒有完。小偷說商人婦是被一位美貌女子逼迫上吊的，會有人信嗎？如果沒有證據，當然不會有人信。可是為了證明真相，不但小偷冒著風險勇於站出來自首，鄰家百舍的人，也都紛紛出來作證，證明房子過去的主人家曾經有一位少婦上吊而死，年齡相貌，與小偷所說完全吻合。於是，案件最終定案，兇手是那以前自殺的少婦，作案動機是尋找替身。

讀這篇〈商婦〉時，讀者應該再想想前冊讀過的〈縊鬼〉篇。在〈縊鬼〉篇中，寫范生在旅店裡假寐，看到一位少婦精心梳妝打扮後自縊而死。她的死純粹是她的個人行為，沒有什麼暴死的吊死鬼來逼迫她。但是，把兩篇文章對讀，我們會發現，古代女子的命運是很可憐的，自殺現象是如此之普遍，自殺方式卻是無一例外的上吊自縊。〈縊鬼〉中的少婦死得冤屈，所以死後還不忘死時的情景；〈商婦〉中的商人婦死得也很痛苦，面對那位吊死鬼少婦的逼迫，她也曾「以手卻之」，她不願意死卻又逃脫不了死，其痛苦心情可想而知。其實說白了，就是〈商婦〉中那位以前暴死的少婦，我們儘管不知道她是為什麼死的，既然是上吊而死，推知也必定有傷心冤屈之事。正如宋人歐陽脩〈再和明妃曲〉云：「紅顏勝人多薄命，莫怨東風當自嗟。」

役鬼

山西楊醫，善針灸❶之術，又能役鬼，一出門，則捉騾操鞭者，皆鬼物也。嘗夜自他歸，與友人同行。途中見二人來，修偉❷異常。友人大駭。楊便問：「何人？」答云：「長腳王、大頭李，敬迓❸主人。」楊曰：「為我前驅。」二人旋踵❹而行，蹇緩❺則立候之，若奴隸然。

【注　釋】❶針灸　針法和灸法的合稱。針法是把毫針按一定穴位刺入患者體內，運用撚轉與提插等針刺手法來治療疾病。灸法是把燃燒著的艾絨按一定穴位熏灼皮膚，利用熱的刺激來治療疾病。❷修偉　高大健壯。❸迓　迎接。❹旋踵　轉身。❺蹇緩　步履緩慢。

【語　譯】山西有位姓楊的醫生，善於針灸術，又能驅使鬼物，他一出門，那些牽騾子、拿鞭子的，全都是鬼。楊醫生曾經在夜裡從別處回來，與朋友同行。途中，看見有兩個人走來，非常高大健壯。朋友大驚。楊醫生於是問道：「你們是什麼人？」回答說：「長腳王、大頭李，恭迎主人。」楊醫生說：「在前面替我開路。」那兩個人便轉身而行，楊醫生和朋友走得慢了，他們就停下來等候，就像奴隸一樣。

【研析】〈役鬼〉寫兩鬼被人所役使的故事。

鬼是中國人心目中揮之不去的一種超自然存在。自古以來，人們對鬼的態度是將信將疑、又愛又恨。由於這種矛盾心理，在中國源遠流長的鬼文化中，人們也表現出對鬼的不同態度。有的人為鬼所迫、被鬼所害，因此怕鬼躲鬼；而有些人卻能驅使鬼、利用鬼，因此役鬼使鬼。由於大多數人怕鬼躲鬼，而只有極少數人能夠役鬼使鬼，所以這役鬼使鬼的故事便顯得更為清新生動、風趣幽默，頗得讀者的喜愛。

〈役鬼〉這篇小故事，便寫得極為生動有趣。山西的楊醫，不但醫術高明，而且能夠役鬼。每次出門，都有大鬼小鬼前呼後擁，為其執鞭墜鐙。這樣的事情很多很多，不勝枚舉，所以作者不向我們詳細羅列。他只舉了一個例子，就讓我們眼界大開，相信楊醫的役鬼確實實有其事，名不虛傳，並不是無知妄者的憑空捏造、妖言惑眾。一天夜裡，楊醫外出歸來，路上與一朋友同行。走著走著就看到對面來了兩個高大異常的人物。友人沒見過這樣的人物，並且又是在夜間，所以感到非常害怕。楊醫不但不害怕，還厲聲問道：「何人？」那兩個人回答說：「長腳王、大頭李，敬迓主人。」到這裡，我們已經明白這兩個高大人物不是一般人而是兩個鬼物了。這兩個高大異常的鬼物，見了楊醫竟服服帖帖轉過身去，在前邊引路。楊醫和友人走得慢了，他倆就在前邊站住等著，像是兩個奴隸。整篇小故事語言潔淨，故事風趣，人物鮮明，都會給人留下深刻印象。

在古代文學作品中，鬼物多以兇惡殘暴的形象出現。像〈役鬼〉中的兩個鬼雖然長得人高馬大，在楊醫面前卻唯唯諾諾、百依百順，富有人間情趣。像這樣詼諧可笑的鬼物，晉人干寶在《搜神記》中也記載了著名的「宋定伯賣鬼」的故事。這個故事不但人物形象生動，語言表達幽默，就是宋定伯的機智勇敢也值得後人學習。儘管他不能像楊醫那樣役鬼，但他卻憑藉自己的機智，讓鬼物背負自己行路數里，這也是一種「役鬼」。宋定伯不但「役鬼」，還憑藉自己的勇敢，大膽地把鬼捉住，變成一隻羊，賣了一千五百文錢。宋定伯這一「賣鬼」的舉動，就比楊醫的「役鬼」來得更為徹底和實惠了。

放蝶

長山王進士𡼖生為令時❶，每聽訟，按律之輕重，罰令納蝶自贖❷；堂上千百齊放，如風飄碎錦，王乃拍案大笑。一夜，夢一女子，衣裳華好，從容而入，曰：「遭君虐政，姊妹多物故❸。當使君先受風流之小譴耳。」言已，化為蝶，迴翔而去。明日，方獨酌署中，忽報直指使❹至，皇遽而出，閨中戲以素花❺簪冠上，忘除之。直指見之，以為不恭，大受詬罵而返。由是罰蝶令遂止。

青城❻于重寅，性放誕。為司理❼時，元夕❽以火花爆竹縛驢上，首尾並滿，牽登太守之門，擊柝❾而請，自白：「某獻火驢，幸出一覽。」時太守有愛子患痘❿，心緒方惡，辭之。于固請之。太守不得已，使閽人⓫啟鑰。門甫闢，于火發機，推驢入。爆震驢驚，踶趹⓬狂奔；又飛火射人，人莫敢近。驢穿堂入室，破甌毀甑，火觸成塵⑬，窗紗都燼。家人大譁。痘兒驚陷，終夜而死。太守痛恨，將揭劾⑭之。于浼諸司道⑮，登堂負荊⑯，乃免。

【注　釋】❶長山句　長山進士王⿰山斗生為如皋知縣的時候。長山，縣名，縣治在今山東濱州鄒平。王⿰山斗生，字子涼，明末進士，曾任江蘇如皋縣知縣。❷贖　用行動抵銷、彌補罪過。❸物故　亡故；去世。❹直指使　即直指繡衣使者，為漢代官職，平時要穿繡衣，又稱「繡衣御史」、「繡衣直指」等，有時又簡謂「直指」，指受中央（皇帝）派遣，奉行「捕盜」、「治獄」等特殊使命的吏員。明清時代指巡按御史。❺素花　白花。❻青城　地名，即今山東淄博高青。❼司理　明代及清初各府置推官一人，主管刑獄，俗稱刑廳，別稱司理。❽元夕　指元宵節，其時間為農曆正月十五日，是中國的傳統節日。❾擊柝　敲梆子。柝，古代打更用的梆子。❿痘　皮膚上長出一群豆形小圓粒的病，特指天花，也叫痘瘡或天瘡。⓫閽人　守門人。閽，門戶。⓬踶趹　揚蹄快跑。⓭成塵　指古代承接塵土的帳子或小帳幕，也指藻井、天花板。⓮揭劾　檢舉彈劾。⓯浼諸司道　向司和道的長官求情。浼，懇請。司道，指布政使司、按察使司及道員。⓰負荊　即負荊請罪，背著荊杖，表示服罪。語出《史記・廉頗藺相如列傳》。

【語　譯】山東長山進士王⿰山斗生當如皋知縣的時候，每逢審理案件，就按照罪責的輕重，罰當事人繳納蝴蝶贖罪；在公堂上把千百隻蝴蝶一齊放飛，像細碎的錦緞在風中飄舞，王⿰山斗生就拍著桌子大笑。一天晚上，他夢見一位女子，衣著華麗，從容地走進來，說：「因為遭受你的虐待，很多姐妹死去了。該讓你受到風流成性的小懲罰。」說完，變成一隻蝴蝶，盤旋飛去。第二天，王斗生正在官邸中獨自喝酒，忽然有人報告直指使到了，慌忙出來迎接。他妻子開玩笑把白花別在他帽子上，忘了摘下來。直指使見了，認為他不恭敬，把他狠狠地罵了一頓。從此罰人繳納蝴蝶的規矩便廢止了。

山東青城于重寅，性情放誕。他任刑獄官時，元宵節把焰花爆竹綁在驢身上，頭尾都掛滿，然後牽到知府家門前，敲著木梆求見，自我表白說：「我獻上火驢，請大人出來觀賞。」當時，知府心愛的兒子得了天花，心情正不好，謝絕了。于重寅極力懇請，知府不得已，讓守門人打開門。門剛開，于重寅點燃導火線，把驢子推進門裡。爆竹炸響，驢子受驚，撒開蹄子狂奔，又有焰花飛出射人，沒人敢靠近。驢子穿堂入室，踢壞了陶瓷器皿；焰火飛上帳幕，把窗紗全燒光了。家人大聲喧譁。知府那患天花的兒子驚嚇過度，天亮就死了。知府痛恨于重寅，準備揭發彈劾他。于重寅央求司道們的長官說情，到知府家負荊請罪，才得寬免。

【研　析】〈放蝶〉寫長山王斗生做縣令時讓犯人以蝴蝶贖罪的故事。

蒲松齡生活在明末清初的社會大變局中。凡是社會急遽變革的年代，往往也是政教坍馳、吏治鬆垮的年代。就如同長江大河的落坡拐彎處，往往魚龍混雜、泥沙俱下。在這篇〈放蝶〉中，蒲松齡寫道，「長山王進士斗生為令時，每聽訟，按律之輕重，罰令納蝶自贖；堂上千百齊放，如風飄碎錦，王乃拍案大笑」。王斗生，山東長山人，明末進士，曾任江蘇如皋縣知縣，《長山縣志》有載。王斗生是有名有姓有案可稽與蒲松齡同時的當代人，他的故事不像其他鬼狐故事一樣可以向空虛構。從他的隨意辦案、乏善可陳，我們可以看出，當時的法律法規，被執法者視為兒戲，受害人只好含冤而退。像王蚪生這樣的縣官，如果想讓法律法規來懲治他，在那樣一個時代，幾乎是癡心妄想。所以小說的作者便附和人們的心聲，通過一些滑稽可笑的情節，來對這些荒唐無恥之官進行懲罰。王蚪生害死了不知多少隻蝴蝶，便惹怒了蝴蝶女神，施展法術，讓王蚪生頭插白花去見上司，終於受到上司的一頓臭罵痛批。

〈放蝶〉篇附錄中的于重寅，更是荒唐怪誕到了極端。他大概讀過幾卷古書，知道歷史上田單火牛陣的故事，所以他模仿著擺了一個火驢陣，在元宵佳節到知府門前為其祝賀節日。沒想到火驢點燃了房屋，嚇死了知府生痘的兒子。試想，對自己的上司，他都敢如此戲弄，對待平民百姓，他還不知如何作威作福，無法無天呢！這位知府倒是大人大量，經過別人的說情和于重寅自己的負荊請罪，也就不了了之了。這樣放誕詭異的人，驚死了人家的兒子，還有人替他說情，讓他繼續當官，由此也可對當時的政治生態略窺一斑了。

男生子

福建總兵❶楊輔，有孌童❷，腹震動。十月既滿，夢神人剖其兩脅去之。及醒，兩男夾左右啼。起視脅下，剖痕儼然。兒名之天舍、地舍云。

異史氏曰：「按此吳藩❸未叛前事也。吳既叛，閩撫❹蔡公疑楊；欲圖❺之，而恐其為亂，以他故召之。楊妻夙智勇，疑之，沮❻楊行。楊不聽。妻涕而送之。歸則傳齊諸將，披堅執銳❼，以待消息。少間，聞夫被誅，遂反攻蔡。蔡倉皇不知所為，幸標卒❽固守，不克乃去。去既遠，蔡始戎裝突出，率眾大譟。人傳為笑焉。後數年，盜乃就撫❾。未幾，蔡暴亡。臨卒，見楊操兵入，左右亦皆見之。嗚呼！其鬼雖雄，而頭不可復續矣！生子之妖，其兆❿於此耶？」

【注　釋】❶福建總兵　福建省的總兵官。福建，省名，即今福建。總兵，清代總兵為綠營兵正，受提督統轄，掌理本鎮軍務，又稱「總鎮」，其直接統轄的綠營兵稱「鎮標」。❷孌童　指被男子猥褻玩弄的美少年，有時也指男伎。孌，容貌美好的樣子。❸吳藩　指吳三桂叛軍。❹閩撫　福建巡撫。閩，福建省的簡稱。撫，巡撫。❺圖　謀圖；對付。❻沮　阻止。❼披堅執銳　穿上堅固的鎧甲，拿起鋒利的武器。披，穿著。堅，指鎧甲。執，拿著。銳，指銳利的兵器。❽標卒　總督、巡撫、提督等稱歸自己管轄的軍隊。標，清末陸軍編制的名稱，約相當於後來的一個團。❾就撫　接受安撫，即歸降。❿兆　預兆。

【語　譯】福建總兵楊輔，有一名男伎，懷了孕。十個月已滿，夢見神仙剖開他的兩肋，取出嬰兒。醒來，兩個男孩夾在他左右啼哭。起來看看肋部，剖痕還在。男伎把兒子取名為天舍、地舍。

異史氏說：「這是吳三桂還沒反叛之前的事了。吳三桂反叛後，福建巡撫蔡公懷疑楊輔，想要除掉他，而又擔心他乘機作亂，就藉故召見他。楊輔的妻子素來有勇有謀，懷疑巡撫，阻止楊輔前往。楊輔不聽。妻子哭著給他送行。送別歸來，她就傳令召集諸位將士，披戴甲冑，手執武器，等待消息。不久，聽說丈夫被殺，於是率部攻打蔡公。蔡公慌忙間不知所措，幸好綠營兵固守，沒有攻下就離開了。楊軍遠去，蔡公才身穿軍裝衝出來，率領部屬大聲吶喊。人們都把這件事傳為笑話。幾年後，叛軍接受了招撫。沒多久，蔡公突然死去。臨死前，看見楊輔帶著兵器闖入，蔡公的侍從也都看見了。唉！楊輔的鬼魂雖然勇猛，但他的頭顱不能再接上了！男伎生子的怪現象，難道就是被殺的先兆嗎？」

【研　析】〈男生子〉寫福建總兵楊輔的孌童生了兩個男孩的故事。

我們都知道，只有通過男女結合，才能生出小孩。《周易・繫辭下》早就說過，「男女構精，萬物化生」。同性之間，即使結合，也絕不可能生出孩子來。〈男生子〉這篇小故事寫的男人生子，並且是夢中出生，這確實有些匪夷所思且駭人聽聞了。這樣的事在現代科學面前是無法解釋的，但在古人看來卻是可信的。王漁洋《池北偶談》云：「福建總兵官楊富有孌童，生二子，楊子之，名曰天舍、地舍，魏惟度憲親見之。楊歷官江西提督。近樂陵男子范文仁，亦生子，內兄張賓公實居親見之。」此則短文前半段寫的和蒲松齡寫的是一回事，但是卻多加了一個見證人，「魏惟度憲親見之」。「樂陵男子范文仁，亦生子」，並且還有人親眼見過他的兒子，「內兄張賓公實居親見之」。或許，這些都是作者為了增強故事的神奇性和可信性所採取的敘事策略。

〈男生子〉這篇小故事的正文異常簡短，除了聳人聽聞之外，也沒有什麼可取之處。倒是其「異史氏曰」寫得生龍活虎，成功塑造了一個巾幗不讓鬚眉的女中豪傑形象。設想，如果不是讓這個玩弄孌童的楊輔帶兵，而總兵官是他的夫人，那造化和動靜還不知有多大呢。這篇故事的正文只有四、五十字，但其「異史氏曰」文字卻是正文的兩三倍，表面上看來，是蒲松齡為楊輔的失敗尋找根據，實際上是藉此為楊夫人立傳。有賢妻如此而不聽，整天沉溺於無知孌童，這才是楊輔失敗的原因；楊夫人足智多謀，卻既得不到政府的任用，又得不到丈夫的信任，這才是楊夫人人生的悲劇。

黃將軍

黃靖南得功❶微時，與二孝廉❷赴都，途遇響寇❸。孝廉懼，長跪❹獻資。黃怒甚，手無寸鐵，即以兩手握騾足，舉而投之。寇不及防，馬倒人墮。黃拳之臂斷，搜橐❺而歸孝廉。孝廉服其勇，資勸❻從軍，後屢建奇勛，遂腰蟒玉❼。

晉❽人某，有勇力，生平不屑格拒之術❾，而搏技家當之盡靡。過中州❿，有少林⓫弟子受其辱，忿告其師。群謀設席相邀，將以困之。既至，先陳茗果。胡桃⓬連殼，堅不可食。某取就案邊，伸食指敲之，應手而碎。寺眾大駭，優禮⓭而散。

【注　釋】❶黃靖南得功　黃得功，號虎山，明末開原衛（今遼寧開原）人，行伍出身，積功至副總兵，受封靖南伯，後被清兵射殺。❷孝廉　本是漢武帝時任用官員的一種科目，是「孝順親長、廉能正直」的意思，明清時，孝廉是對舉人的雅稱。❸響寇　響馬。指攔路搶劫商旅的強盜，因搶劫時放響箭得名。或說土匪在馬脖子上掛滿鈴鐺，馬跑起來鈴鐺很響，故稱土匪為響馬。❹長跪　伸直腰股而跪，以示莊敬。❺橐　口袋。❻資

勸　資助勸說。❼腰蟒玉　身服蟒衣，腰纏玉帶，指成為將軍，封為侯伯。❽晉　山西省的簡稱。❾格拒之術　抵抗格鬥的方法，此指武功拳術。❿中州　河南省的古稱。⓫少林　指少林寺，古代著名佛教寺院，少林武術發源地。因位於河南鄭州嵩山腹地少室山下的密林中，故有此名。⓬胡桃　即核桃。⓭優禮　優待禮遇。

【語　譯】靖南侯黃得功卑微之時，和兩個舉人到京城去，途中遇上強盜。舉人們害怕，跪著獻上錢財。黃得功憤怒極了，手無寸鐵，就用兩手抓住騾子的蹄子，舉起來向強盜扔過去。強盜來不及防備，馬被打倒，人也掉下來。黃得功用拳頭打斷了強盜的胳膊，搜出錢袋還給舉人。舉人佩服黃得功的勇武，出資勸說黃得功從軍。後來，黃得功屢建奇功，得以著蟒袍、束玉帶。

山西某人，有勇氣和力量，生平不屑於格鬥之術，而武術家碰上他都被打敗。他到河南，有少林弟子被他羞辱，忿恨地告訴師父。和尚們商量設宴邀請他，打算為難他。他來到後，和尚們先擺上茶水、果品。核桃是帶殼的，硬得沒法吃。這人拿來放近桌邊，伸出食指敲它，核桃隨手而碎。和尚們大驚，對他優禮厚待，然後散席。

【研　析】〈黃將軍〉寫了兩個小故事，一個寫黃將軍的膂力之大，一個寫晉人某的手勁之大。

黃得功是赫赫有名的明末名將。他從軍於遼陽，累功至遊擊，崇禎九年（西元一六三六年）升副總兵。崇禎十一年（西元一六三八年）長期在南直隸江北、河南一帶，從總督熊文燦同張獻忠、革左五營等部作戰，人號為「黃闖子」。福王時分淮揚為四鎮，令黃得功、高傑、劉澤清和劉良佐統領。清兵渡江南下，福王朱由崧逃走，清兵分兵襲取太平，得功率軍在荻港和清兵大戰，被射殺。在雜劇《桃花扇》中有他的戲分。黃得功最大的特點是力氣大，也就是「膂力過人」。據史書《明季南略》記載：「黃得功，字虎山。貌偉，鬍鬚兩頤倒豎；膂力絕倫。微時，驅驢為生計。有貴州舉人楊文驄、周祚新北上，於浦口雇其驢；初不知為豪傑也。道經關山，突遇響馬六人。文驄、祚新等亦閑弓馬，欲與之敵；得功大呼曰：『公等勿動，我往禦之。』時楊家人亦頗材武，已於驢背躍下，行李與牲口重數百斤，得功一手挾驢，一手提行囊，突撲響馬，響馬大驚，乞止之；且曰：『有言相告。』得功不聽，撲擊如故。響馬急齊下馬羅拜，『老兄真英雄，吾輩願拜下風，勿失義氣！』得功方止；亦拜曰：『我不願為此，只放吾等過去可也！』響馬請姓氏，得到堅不與言；既而曰：『姓黃，呼為黃大。』響馬遺以金；得功不受，乃去。楊、周兩孝廉見其勇而有志，待如兄弟。及南回，告於馬士英。士英覓至，為之婚娶；延武士，教以兵法。及蒞任鳳陽，即用為旗鼓。堵截流寇，建功河北，升副總戎。軍中嘗乘黑驢，呼為『黃大刀』，甚畏之。於是廬、鳳一帶，賊不敢久駐。」

蒲松齡所寫的〈黃將軍〉大概就是以此故事為藍本的。黃得功是「膂力絕倫」，也就是全身的力氣大得驚人。下面一則小故事中的晉人某，也很有力氣，不過不表現在全身上，而是表現在手指上。晉人某雖然「有勇力」，卻「生平不屑格拒之術」，也就是說他修煉的大概是內家功法，並不需要外家拳術閃展騰挪的蹦躥訓練。但是「搏技家當之盡靡」，這說明他的內家功夫已經出神入化。出神入化到什麼程度呢？「有少林弟子受其辱」，天下武術出少林，連少林弟子都不是他的對手，可見他不是浪得虛名。弟子不是他的對手，老師呢？老師也不敢與他單打獨鬥，而是「群謀設席相邀，將以困之」，打算設一個鴻門宴，靠人多打敗他。誰知道他來了之後，不動聲色地取過堅硬的帶殼核桃來，「伸食指敲之，應手而碎」。識時務者為俊傑，少林寺的和尚只好客客氣氣地把他送走了。

醫術

張氏者，沂❶之貧民。途中遇一道士，善風鑑❷，相之曰：「子當以術業❸富。」張曰：「宜何從？」又顧之曰：「醫可也。」張曰：「我僅識『之無』❹耳，烏能是？」道士笑曰：「迂哉！名醫何必多識字乎？但行之耳。」

既歸，貧無業，乃摭拾海上方❺，即市廛中除地作肆，設魚牙蜂房，謀升斗於口舌之間，而人亦未之奇也。會青州太守❻病嗽，牒檄❼所屬徵醫。沂故山僻，少醫工；而令懼無以塞責，又責里❽中使自報。於是共舉張。令立召之。張方痰喘，不能自療，聞命大懼，固辭。令弗聽，卒郵送❾去。路經深山，渴極，咳愈甚。入村求水，而山中水價與玉液等，徧乞之，無與者。見一婦漉❿野菜，菜多水寡，盎⓫中濃濁如涎。

張燥急難堪，便乞餘瀋⑫飲之。少間，渴解，嗽亦頓止，陰念：殆良方也。

比至郡，諸邑醫工，已先施治，並未痊減。張入，求密所，偽作藥目，傳示內外；復遣人於民間索諸藜藿⑬，如法淘汰訖，以汁進太守。一服，病良已。太守大悅，賜賚甚厚，旌以金扁⑭。由此名大譟，門常如市，應手無不悉效。有病傷寒者，言症求方。張適醉，誤以瘧劑予之。醒而悟之，不敢以告人。三日後，有盛儀⑮造門而謝者，問之，則傷寒之人，大吐大下而愈矣。此類甚多。張由此稱素封⑯，益以聲價自重，聘者非重貲安輿⑰不至焉。

益都⑱韓翁，名醫也。其未著時，貨藥於四方。暮無所宿，投止一家，則其子傷寒將死，因請施治。韓思不治則去此莫適，而治之誠無術。往復踟躕⑲，以手搓體，而汙成片，捻之如丸。頓思以此紿⑳之，當亦無所害。曉而不愈，已賺得寢食安飽矣。遂付之。中夜，主人撾門甚急。

意其子死，恐被侵辱，驚起，踰垣㉑疾遁。主人追之數里，韓無所逃，始止。乃知病者汗出而愈矣。挽回，款宴豐隆㉒；臨行，厚贈之。

【注　釋】❶沂　沂州，治所在今山東臨沂。❷風鑑　相面術。❸術業　某一方面的技藝。❹僅識之無　指不識字或識字不多。唐白居易〈與元九書〉：「僕始生六七月時，乳母抱弄於書屏下，有指『無』字『之』字示僕者，僕雖口未能言，心已默識。後有問此二字者，雖百十其試，而指之不差，則僕宿昔之緣，已在文字中矣。」之無，指極淺易的字。❺海上方　指仙方，因秦始皇、漢武帝均曾遣人赴海上求不死仙藥，故稱仙方為海上方，此指民間偏方。❻青州太守　指青州府知府。青州，府名，治所在今山東濰坊青州。太守，明清時知府的別稱。❼牒檄　下達緊急文書。牒，公文。檄，古代官府用以徵召或聲討的文書。❽里　古代一種居民組織，主管者為里長。❾郵送　通過驛站傳送。❿漉　過濾，水慢慢地滲下。⓫盎　腹大口小的盛物洗物的瓦盆，此指淘洗野菜的器具。⓬瀋　汁水，此指洗菜水。⓭藜藿　兩種野菜。藜，藜蘆，多年生草本植物，有毒，可入藥。藿，藿香，多年生草本植物，莖葉香氣很濃，可入藥。⓮扁　匾額，題字的長方形牌子。⓯盛儀　豐厚的禮品。儀，饋贈給人的禮物。⓰素封　無官爵封邑而富比王侯的人。⓱重貲安輿　豐厚的財物，安穩的車子。貲，錢財。輿，車子。⓲益都　縣名，治所在今山東濰坊青州。⓳跮踱　走路時忽進忽退。⓴紿　同「詒」。欺騙；欺詐。㉑垣　矮牆。㉒豐隆　豐盛厚重。

【語　譯】張氏，是山東沂水縣的窮苦人。在路上遇到一個道士，這個道士善於相面，相看張某後，說：「你會憑著一門手藝致富。」張某問：「應該從事什麼？」道士又看了看，說：「可以從醫。」張某說：「我只認識『之無』之類的字，怎能做這一行？」道士笑著說：「你真迂腐啊！名醫何必多識字呢？你只要做就行了。」

張某回家後，貧窮沒有職業，就撿拾各種偏方，在集市中打掃一塊地面擺攤，陳列魚牙、蜂巢，憑著一張嘴巴謀取口糧，人們也不覺得奇怪。正好青州太守得了咳嗽的病症，給所屬各縣發公文徵召醫生。沂水本來是偏僻山區，很少醫生；但縣令害怕沒法交差，便要求鄉里自行開出名單。於是大家共同推舉張某。縣令馬上召見他。當時張某正咯痰氣喘，自己都治不好，聽到這命令，非常害怕，堅決地推辭。縣令不聽，最後通過驛站把他送去了。張某路過深山，極度口渴，咳嗽得更加厲害。他進村找水喝，可是山裡的水與美酒一樣寶貴，討要遍了，也沒人給他。他見一個婦女洗野菜，菜多水少，盆裡的水又濃又渾，像唾沫一樣。張某乾渴著急沒法忍受，便要了剩下的汁液喝下去了。一會兒，口渴緩解，咳嗽也頓時停止了。張某暗想：這大概是治咳嗽的良方吧。

等他到了府裡，各縣醫生已經先治療過了，但病沒有減輕。張某進來，要求給一間密室，假裝開了個藥方，給裡外的人看；又派人到民間去找來許多野菜，如法淘洗好，把菜汁進獻給太守。只服了一次，病就全好了。太守很高興，賞賜非常豐厚，還送一塊金匾表彰他。從此，張某名聲大震，門庭經常像集市一樣，張某隨手醫治，沒有不見效的。有個得傷寒病的人，說了症狀，請求開方。張某剛好喝醉了，錯把治瘧疾的藥開給了他。酒醒以後才想起來，不敢告訴人。三天後，有拿著豐厚禮物登門道謝的，一問，原來那個傷寒病人，用藥後大吐大瀉就痊癒了。這類事情很多。張某因此成了財主，以後他更藉著名聲抬高身價，來請他的人不出大價錢，不派車馬接送，他是不去的。

山東益都縣的韓翁，是個名醫。他還沒出名時，在各地賣藥。一天晚上沒處住，投宿到一戶人家裡，那家的兒子得傷寒快要死了，於是請他醫治。韓翁想，要是不治，離開這裡就沒地方可去，但要醫治，又實在沒有辦法。他往返踱步，用手搓著身體，把汗泥搓成片，捻成像顆藥丸。頓時想起用這顆泥丸去騙他，應當也不會有什麼害處。到天亮，就算治不好，已經賺得吃飽睡足了。於是把泥丸交給了主人。半夜，主人敲門敲得很急。韓翁以為主人的兒子死了，恐怕受到凌辱，驚慌地起來，翻牆飛奔地逃走了。房主人追了幾里路，韓翁沒地方可逃了，才停下來。這才知道病人出了一身汗就痊癒了。房主人把韓翁拉回家裡，設下豐厚的盛宴款待，臨走時，贈送了他很多財物。

【研 析】〈醫術〉寫一貧民因偶然的機緣成為富有的醫生的故事。

蒲松齡不僅是個小說家，對於醫學也有一定程度的研究。如他編寫整理的《藥祟書》、《傷寒藥性賦》、《草木傳》等醫學科普著作。其中，《藥祟書》共收「急救」、「內科」、「外科」、「婦科」、「幼科」等藥方二百六十來個，是一部幫助農民解除痛苦、醫治疾病的實用性的醫學著作。蒲松齡在《聊齋誌異》很多作品中也有醫藥內容，或單獨成篇，或片鱗半爪。〈邵女〉寫貧苦讀書人家之女邵女，天資聰明，尤其愛讀醫學經典，切脈開方，針灸按摩，均能勝任。〈封三娘〉所述封三娘雖是狐仙，對醫道很有見地。她說從小得到養生祕訣，擅長「吐納術」，可以長生不老。她對養生的見解是，大凡修煉，無非是要血氣貫通罷了。蒲松齡還將針灸、按摩、外科手術多種治療手段運用到《聊齋》故事中，如〈太醫〉篇講的是針灸術，〈梅女〉篇中梅女為封氏按摩，〈褚遂良〉

中用氣功加按摩治病等等。

〈醫術〉這篇作品，寫一個生活無著的貧民張氏，誤打誤撞，竟然用淘洗野菜的汁水治好了青州知府的咳嗽，用瘧疾藥治好了傷寒病人，從此成了富甲一方的「素封」。淘洗野菜的汁水真能治癒咳嗽、治瘧疾的藥真能治好傷寒嗎？這是不可能的。蒲松齡編寫的《藥祟書》中，記錄了好幾個治療咳嗽和傷寒的方子。如「治咳嗽：連皮生薑自然汁一勺、蜜一匙，同放碗內，重湯煮一滾，溫服」；「治傷寒：用白蜜半盞、黃酒一盅同煎，熱服，登時汗出而瘥」。其中沒有〈醫術〉中提到的淘洗野菜的汁水治咳嗽、治瘧疾的藥治傷寒等方子，可見在小說中，蒲松齡只是通過遊戲的文筆描寫張氏治病的荒唐可笑。他的發家致富並不是指望他的醫術，而是他的命相中該有此富而已。

〈醫術〉的附則中，蒲松齡同樣寫了一個靠荒唐的方法治癒傷寒病人的名醫。用身體上的汗泥搓成的丸子，能治癒傷寒病人嗎？絕對不可能。但是那人竟神奇地好了，這也是他命不該絕，同時名醫韓翁命中也該發此一筆厚財。仔細看一下，韓翁和張氏是大有不同的，張氏是胡亂用藥，弄不好會出人命；韓翁明知道自己不能治癒傷寒病，他的泥丸子只是無用也無害的臨時救急措施而已。所以，張氏最後成為「素封」，而韓翁本來就是醫術高明的「名醫」。

藏蝨

鄉人❶某者，偶坐樹下，捫❷得一蝨，片紙裹之，塞樹孔中而去。後二三年，復經其處，忽憶之，視孔中紙裹宛然。發而驗之，蝨薄如麩❸。置掌中審顧❹之。少頃，掌中奇痒，而蝨腹漸盈矣。置之而歸。痒處核起❺，腫數日，死焉。

【注　釋】❶鄉人　同鄉人。❷捫　摸索。❸麩　小麥的皮屑。❹審顧　仔細查看。❺核起　患處像堅硬的果核一樣隆起。

【語　譯】我有一位同鄉，偶然坐在樹下，捉到一隻蝨子，用一個紙片把蝨子裹起來，塞到樹洞裡離開了。兩三年後，他又經過那裡，忽然想起那件事，看看樹洞裡的紙團還在。他打開來查驗，那蝨子薄得像麥屑皮。他把蝨子放在手掌中仔細觀察。一會兒，手掌很癢，而蝨子的肚子漸漸鼓起來。他把蝨子扔掉就回家了。發癢的地方隆起個包，腫痛了幾天，人就死了。

【研　析】〈藏蝨〉寫一人將一隻蝨子藏在樹洞裡，多年後被其咬死的小故事。

蝨子這種小動物，雖然身體極小，眼睛不好的人都不容易發現牠，但卻有極強的生命力。曹操在〈蒿里行〉裡寫道：「鎧甲生蟣虱，萬姓以死亡。白骨露於野，千里無雞鳴。」歷史上也留下了王猛「捫虱而談」的千古佳話。

〈藏蝨〉中的這位某者，用紙把這隻蝨子包好，藏在樹洞裡，可能是想把牠餓死。兩三年後他又到了這裡，想起了樹洞裡的那隻蝨子，好奇心大熾，於是打開紙團驗看。那隻蝨子果然餓得薄如麩皮了。他如果就此輕輕一吹，也就煙消雲散，萬事大吉了；可是他偏偏還不死心，把蝨子放在手心裡仔細研究。於是餓極了的蝨子逮住就是一口。他的掌心奇癢難忍；蝨子的肚子逐漸膨脹。他扔下那隻蝨子回到家裡，手心腫得如桃核，沒過幾天，他就死了。

《聊齋誌異》評論者仙舫說：「捫蝨則殺之，人之恆也。鄉人憫而舍焉。一念之仁，可謂善矣，乃卒死於蝨者，何也？有不赦之罪，而使之漏網，未有不反受其殃者。大人操生殺之權，可勿斷歟！」其中說「一念之仁，可謂善矣。」未必確切，這位某者或許只是一時覺著好玩才這樣做的。還說「有不赦之罪，而使之漏網，未有不反受其殃者」，這句話頗有道理，像蝨子、毒蛇這樣的動物，根本就不能可憐。由此讓人想起了《伊索寓言》中那個著名的「農夫和蛇的故事」：「冬天，農夫看見一條蛇凍僵了，很可憐牠，就把牠拾起來，小心翼翼地揣進懷裡，用暖熱的身體溫暖牠。蛇受到溫暖後慢慢蘇醒過來，就咬了牠的恩人一口，使農夫受了致命的創傷。農夫臨死時說：『我真該死，我可憐壞人，所以遭到這樣的報應。』這故事說明，即使對壞人仁至義盡，他們的邪惡本性也不會改變。」

說實在的，蝨子也罷，蛇也罷，牠們天生就沒有善惡觀念，咬人在牠們看來或許是天經地義的事；人們把牠們寫到小說裡、寓言裡，表面上是在說蝨子、說蛇，其實是在說蝨子一樣、蛇一樣的惡人。借物說人，這才是作家的本意。

夜明

有賈客❶泛於南海。三更時，舟中大亮似曉。起視，見一巨物，半身出水上，儼❷若山岳；目如兩日初升，光四射，大地皆明。駭問舟人，並無知者。共伏瞻之。移時，漸縮入水，乃復晦。後至閩中❸，俱言某夜明而復昏，相傳為異。計其時，則舟中見怪之夜也。

【注釋】❶賈客　商人。❷儼　宛如；十分像。❸閩中　福建一帶。閩，福建省的簡稱。

【語譯】有個商人在南海航行。三更時分，船裡非常明亮，像拂曉一樣。起來一看，看見一個巨大的怪物，浮出半截身軀在水面上，儼然一座山峰；它的眼睛宛如兩輪初升的太陽，光芒四射，把大地都照亮了。商人驚恐地詢問船夫，沒人知道是什麼。大家趴著看它。過了好一會兒，那東西漸漸縮進水裡，才恢復了黑暗。後來抵達福建，人們都說某夜天空明亮而後恢復黑暗，互相傳說是怪異之事。算算時間，正好是在船上見到怪物的那個夜晚。

【研析】〈夜明〉描寫了一種目光像太陽的巨大怪物。

一商人夜間泛舟南海，三更時分，忽然看到天空大亮好像到了早晨。他起來一看，看到海中有一怪物。這個怪物有兩個特點：一是巨大，僅僅半個身子露在水上，就好像一座山；二是光亮，兩隻眼睛就像兩個太陽，光芒四射，把整片大地都照亮了。這樣的怪物現實中有沒有呢？有，巨大的海洋生物有多種，只是眼睛如此光亮的不多見，就連經常經過此處的船家也是第一次見到。慢慢地，那一巨大怪物就逐漸縮入水中，天才又恢復了黑暗。後來，這位商人到了福建，聽很多人說某天夜裡天空大亮，然後又黑了下來，認為這是一件不可思議的事。商人掐指一算，那一夜正是他在南海的船上見到巨型怪物的同一個晚上。

蒲松齡在〈聊齋自志〉中說：「人非化外，事或奇于斷髮之鄉；睫在眼前，怪有過于飛頭之國。」福建的人在夜裡看到天空大亮然後轉黑，都認為這是一件不可思議的事情。但是這位商人知道事情的原委，他對福建人感到驚奇的事就不再驚異了。不過，他對海上那個兩眼發光的動物還是感到驚奇。自然現象奧妙無窮，而人的生命和見聞總是有限的，所以總有類似於「斷髮之鄉」、「飛頭之國」的奇怪事情在吸引著我們，供我們飯後茶餘談個不休；千年之後，這樣的事情照樣還會發生。

化男

蘇州木瀆鎮❶，有民女夜坐庭中，忽星隕❷中顱，仆地而死。父母老而無子，止❸此女，哀呼急救。移時始蘇，笑曰：「我今為男子矣！」驗之果然。其家不以為妖，而竊喜其暴得丈夫也。奇已！亦丁亥❹間事。

【注　釋】❶蘇州木瀆鎮　蘇州，府名，即今江蘇蘇州，治所在吳縣。木瀆鎮，在吳縣西南二十七里。❷星隕　隕石墜落。❸止　僅；只。❹丁亥　指康熙四十六年（西元一七〇七年）。

【語　譯】江蘇蘇州木瀆鎮有個民女，夜裡坐在院子裡，忽然流星隕落，砸中她的頭顱，倒在地上，昏死過去。她的父母年老無子，只有這個女兒，哀叫著搶救。過了好一會兒那女子才蘇醒，笑著說：「我現在是個男子了！」一檢驗，果然如此。她家的人不把這事看作妖異之事，卻暗自高興突然得了個兒子。太奇怪了！這也是丁亥年間的事。

【研　析】〈化男〉寫一民女被隕石砸中而變成男子的奇聞異事。

人被隕石砸中頭顱，死而復生的機率是很小的；女子因為被隕石砸中了頭顱而化身為男子，其機率更是零。也就是說〈化男〉中所寫的事情根本不可能發生。但只有這樣，才可稱得上是「誌異」，惟其「誌異」，故事才能產生迷幻色彩，才能給人以恍惚迷離的閱讀快感。

〈化男〉的事情發生在蘇州府的木瀆鎮。木瀆鎮是當時有名的市鎮，《大清一統志》中引《吳地記》云，在吳縣西南二十七里。蒲松齡寫這篇〈聊齋自志〉的時間是「康熙己未春日」，也就是康熙十八年（西元一六七九年）春天。〈化男〉的事情發生在「丁亥間」，也就是康熙四十六年（西元一七〇七年）。從寫〈聊齋自志〉到撰寫這篇〈化男〉時間過去了近三十年，但是蒲松齡喜歡打聽奇異故事，然後寫到《聊齋誌異》中去的愛好卻沒有改變。

蒲松齡創作這樣的文章，不能僅僅把它看做奇談怪論，因為它還反映了中國老百姓重男輕女的思想。晉人陶潛在〈和劉柴桑〉詩中說：「弱女雖非男，慰情聊勝無。」可見古時女孩家庭地位之低下。很多沒有兒子的父母，甚至於夢想將女兒變為兒子，其願望之強烈，不是今天的讀者可以理解的。這種思想的產生，是不以人的主觀意志為轉移的，它是古代具體的社會生活造成的。在生產力不發達，各村封閉交通不便的古代，女兒嫁到他處，很少有照顧娘家親人的機會。而缺少兒子的家庭，自然更有許多的現實問題，無論是物質的、精神的，或是社會威望上，都是這樣。隨著現代社會的發展，像今天的城市中，年輕人都有自己的工作，父母對子女，無論是居住的遠近還是照顧的方便與否，都沒有多少差別，尤其是女兒心細，為父母考慮得更周全，所以，從父母一方考慮，生男生女都差不多了。但是，我們看到，在一些欠發達的農村，重男輕女的問題還是有的，甚至是嚴重的。這在很大程度上還是農村的社會現狀造成的，只有徹底改變了這種現狀，才能根除重男輕女的不正常觀念。因此我們說，《聊齋誌異》中的此類故事表面看來荒誕無稽，實際上卻有記錄民族心靈祕史的價值。

鴻

天津弋人❶得一鴻。其雄者隨至其家，哀鳴翱翔，抵暮始去。次日，弋人早出，則鴻已至，飛號從之；既而集❷其足下。弋人將並捉之。見其伸頸俛仰，吐出黃金半鋌❸。弋人悟其意，乃曰：「是將以贖❹婦也。」遂釋雌。兩鴻徘徊，若有悲喜，遂雙飛而去。弋人稱金，得二兩六錢強。噫！禽鳥何知，而鍾情若此！悲莫悲於生別離❺，物亦然耶？

【注　釋】❶弋人　射鳥的人。弋，用帶繩子的箭射鳥。❷集　鳥落。❸鋌　古同「錠」，專門鑄成的各種形態的金銀塊，用以貨幣流通。❹贖　用財物換回。❺悲莫悲於生別離　在所有悲傷的事情中，沒有比夫妻生別離更悲傷的了。屈原〈九歌・少司命〉：「悲莫悲兮生別離，樂莫樂兮新相知。」

【語　譯】天津有個獵鳥人捕獲了一隻雌雁。雄雁尾隨著飛到獵鳥人的家，哀鳴翱翔，到天黑才離開。第二天，獵鳥人早早出門，那雄雁已經來了，邊飛邊叫跟著他；後來停在獵鳥人的腳下。獵鳥人正要把牠也捉了，見雄雁伸著脖子一俯一仰，吐出半錠黃金。獵鳥人明白牠的意思，於是說：「這是用來贖你妻子的吧。」就把雌雁放了。兩隻大雁盤旋著，好像又悲又喜，然後雙雙飛走了。

獵鳥人稱了稱金子，有二兩六錢多。哎！禽鳥知道什麼，卻能如此鍾情！悲傷莫過於活生生地離別，動物也是這樣嗎？

【研　析】〈鴻〉寫一隻雄性大雁銜來金子救出被人獵獲的雌性同伴的故事。

天津有一個捕鳥的人抓到了一隻雌性大雁，雄性大雁緊追不捨，一直飛到捕鳥人家裡，直到天黑才依依不捨地飛走。牠不是真的忍心飛走，牠是回去想辦法援救自己的伴侶去了。第二天早晨，捕鳥人剛走出房子，雄雁早就等在他家，並立即落到了他的腳下。捕鳥人高興異常，想將雄雁一併捉住。可是仔細一看，雄雁伸了伸脖子吐出了半錠黃金。捕鳥人恍然大悟：牠是想用這錠黃金把雌雁贖回去啊！俗話說：「人非草木，孰能無情」，面對大雁這種深情厚誼，捕鳥人感動了，便立即把雌雁放了。兩隻大雁在天空盤旋著，轉來轉去，似乎在訴說著分離的悲傷和團聚的喜悅，然後雙雙飛去。捕鳥人畢竟是個財迷，趕緊稱了稱金子，二兩六錢還多一點。金銀誠可貴，愛情價更高，成全了大雁的夫妻恩愛，才是捕鳥人最大的慈悲。寫到這裡，蒲松齡也似乎被感動了，他竟然忘了寫上「異史氏曰」四個字，就直接抒發感情了：「噫！禽鳥懂得什麼啊，但是牠們卻如此鍾情，古人說『悲莫悲兮生別離，樂莫樂兮新相知』，動物也是這樣啊！」

在〈鴻〉中，當雌雁被捕鳥人捉去，面臨生命危險的時候，雄雁選擇的不是為了保護自己的生命，趕快逃生，而是冒著同樣被捉的生命危險，用自己的智慧，更用自己的深情，救出了雌雁。我們相信，捕鳥人一定是被雄雁這種堅貞的愛情所感動才放了雌雁的，否則，他把雄雁一塊捉住，既得金子，又得大雁，豈不更加發財？捕鳥人愛財，卻絕不缺少情感，他被雄雁感動了。同時，我們讀書至此，也被蒲松齡的深情描寫深深打動了。所以，馮鎮巒說：「讀此淒然淚下。」

象

粵中❶有獵獸者，挾矢如山。偶臥憩息，不覺沉睡，被象來鼻攝而去。自分必遭殘害。未幾，釋置樹下，頓首一鳴，羣象紛至，四面旋繞，若有所求。前象伏樹下，仰視樹而俯視人，似欲其登。獵者會意，即足踏象背，攀援而升。雖至樹巔，亦不知其意向所存。少時，有狻猊❷來，眾象皆伏。狻猊擇一肥者，意將搏噬。象戰慄，無敢逃者，惟共仰樹上，似求憐拯。獵者會意，因望狻猊發一弩❸，狻猊立殪❹。諸象瞻空，意若拜舞。獵者乃下，象復伏，以鼻牽衣，似欲其乘。獵者隨跨身其上，象乃行。至一處，以蹄穴地，得脫牙無算。獵人下，束治❺置象背，象乃負送，出山始返。

【注釋】❶粵中　指廣東、廣西兩省。❷狻猊　傳說中龍生九子之一，形如獅，喜煙好坐，所以形象一般出現在香爐上，隨之吞煙吐霧；古書記載是與獅子同類能食虎豹的猛獸。❸弩　一種用機械力量射箭的弓，泛指弓箭。❹殪　死。❺束治　捆束整理。

【語　譯】兩廣地區有個打獵的，帶著弓箭進山。偶然躺下休息，不覺睡著了，被一頭大象來用鼻子捲走了。獵人自料一定會受到傷害。沒多久，大象把他放在大樹下，低頭叫了一聲，群象紛紛來了，四面環繞，好像有所請求。先前那頭大象趴在樹下，抬頭看看樹，低頭看看獵人，似乎想要獵人爬上去。獵人明白了大象的意思，就用腳踏著象背，攀爬上去。獵人雖然爬到樹梢，也不知大象意欲何為。一會兒，來了一頭狻猊，大象都趴在地上。狻猊挑了一頭肥的，想要把牠吃掉。大象渾身發抖，沒有敢逃跑的，只是一齊仰望樹上，似乎在請求憐憫、拯救。獵人便朝狻猊射了一箭，狻猊當即死掉。群象望著空中，看樣子好像在跪拜與舞蹈。獵人便從樹上下來。大象又俯伏著，用鼻子牽住獵人的衣服，似乎要獵人騎牠。獵人便跨上象背，大象就往前走。到了一個地方，大象用腳在地上刨洞，挖出無數脫下來的象牙。獵人跳下來，把象牙捆好放到象背上，大象才馱著送他，到山外才返回去。

【研　析】〈象〉寫獵人幫助大象打死敵人，大象用象牙來報答獵人的故事。

雲南或者是兩廣地區自古以來就是大象出沒的地方，〈象〉的故事發生在此地。蒲松齡有沒有見過大象呢？應該沒有。他平生最遠到過江蘇的寶應和高郵等地，這些地方當時是沒有大象的。可是，儘管沒有見過，我們看他寫得是如何的形象逼真。「被象來鼻攝而去」、「獵者會意，即足踏象背，攀援而升」、「獵者乃下，象復伏，以鼻牽衣，似欲其乘。獵者隨跨身其上，象乃行。至一處，以蹄穴地，得脫牙無算。獵人下，束治置象背，象乃負送，出山始返」，大象與人之間的這些配合動作，真是寫得歷歷在目，使讀者彷彿在看電視畫面。

在蒲松齡之前，就有人寫過類似的故事了。唐人戴孚在《廣異記》中記載：「安南人以射獵為業，每藥附箭鏃，射鳥獸，中者必斃。開元中，其人曾入深山，假寐樹下，忽有物觸之。驚起，見是白象，大倍他象，南人呼之為『將軍』，祝之而拜。象以鼻卷人上背，復取其弓矢藥筒等以授之。因爾遂騁行百餘里，入邃谷，至平石，迴望十里許，兩崖悉是大樹，圍如巨屋，森然隱天。象至平臺，戰懼，且行且望，經六七里，往倚大樹，以鼻仰拂人。人悟其意，乃攜弓箭，緣樹上。象於樹下望之，可上二十餘丈，欲止，象鼻直指，意如導令復上。人知其意，遲上六十丈，象視畢走去。其人夜宿樹上，至明，見平石上有二目光。久之，見巨獸，高十餘丈，毛色正黑。須臾清朗，昨所見大象，領凡象百餘頭，循山而來，伏於其前。巨獸躩食二象，食畢，各引去。人乃思象意，欲令其射，因傅藥矢端，極力射之，累中二矢。獸視矢吼奮，聲震林木，人亦大呼引獸。獸來尋人，人附樹，會其開口，又當口中射之，獸吼而自擲，久之方死。俄見大象從平石入，一步一望，至獸所。審其已死，以頭觸之，仰天大吼。頃間，群象五六百輩，雲萃吼叫，聲徹數十里。大象來至樹所，屈膝再拜，以鼻招人，人乃下樹，上其背。象載人前行，群象從之。尋至一所，植木如隴，大象以鼻揭楂，群象皆揭，日旰而盡。中有象牙數萬枚。象載人行，數十步內，必披一枝，蓋示其路。訖，尋至昨寐之處，下人於地，再拜而去。其人歸白都護，都護發使隨之，得牙數萬，嶺表牙為之賤。使人至平石所，巨獸但餘骨存。都護取一節骨，十人舁致之，骨有孔，通人來去。」

人和大象都是自然造化的精美結晶，只有互幫互助，才能各得其所。這樣的故事，在今天看來，更有現實意義。

負尸

有樵夫❶赴市，荷杖而歸，忽覺杖頭如有重負。回顧，見一無頭人懸繫其上。大驚，脫杖亂擊之，遂不復見。駭奔，至一村，時已昏暮，有數人爇火❷照地，似有所尋。近問訊，蓋眾適聚坐，忽空中墮一人頭，鬚髮蓬然，倏忽已渺。樵人亦言所見，合之適成一人，究不解其何來。後有人荷籃而行，忽見其中有人頭，人訝詰❸之，始大驚，傾諸地上，宛轉而沒。

【注　釋】❶樵夫　打柴人。❷爇火　點燃火把。❸訝詰　吃驚地詢問。

【語　譯】有個打柴人到市鎮上，扛著扁擔回家，忽然覺得擔子的一頭好像挑著很重的東西。回頭一看，看見一個沒頭的人懸掛在上面。打柴人大驚，取下扁擔亂打一氣，那屍體就不見了。打柴人驚恐地奔跑，來到一個村莊。當時天已黃昏，有幾個人舉著火把往地上照，似乎在尋找什麼東西。打柴人上前去問，原來眾人剛才聚坐在一起，忽然空中掉下一個人頭，鬍鬚頭髮蓬亂，片刻就消失了。打柴人也說了他見到的情況，兩方面合起來正好是一個人，但終究不清楚它是從哪裡來的。後來有人挑著籃子行走，忽然別人看見籃子裡有個人頭，驚訝地問他，那人才大吃一驚，把人頭倒在地上，那人頭旋轉著消失了。

【研　析】〈負尸〉寫一無頭之屍懸掛於人之杖頭、無屍之頭降落空中或藏於籃中的怪異之事。《聊齋誌異》近五百篇，包含兩種不同性質的作品：一類篇幅短小而不具有故事情節，屬於各類奇異傳聞的簡單記錄；另一類才是真正意義上的小說，多為神鬼、狐妖、花木精靈的奇異故事。兩類在篇數上約各其半，但也有些居於兩者之間的作品。例如這篇〈負尸〉，它既不是花妖狐魅的奇異故事，也不是奇異傳聞的簡單記錄，它是很有藝術價值的小小說。

一個人荷杖走路，忽覺杖頭沉重，回頭一看，杖頭上掛著一個無頭屍體。晚上到了村裡，很多人打著火把在尋找一個人頭。這個人頭藏到哪裡去了呢？原來在一個行路之人的提籃裡。這真是太恐懼了。蒲松齡在這短短的小說裡用了兩次「大驚」。這種小說不是純粹為了搜奇記異，它是有美學追求的，它的目的就是讓讀者「大驚」，驚出一身汗才算達到目的和效果呢。

周克昌

淮上貢士❶周天儀，年五旬，止一子，名克昌，愛暱之。至十三四歲，丰姿甚秀；而性不喜讀，輒逃塾，從羣兒戲，恆終日不返。周亦聽之。一日，既暮不歸，始尋之，殊竟烏有。夫妻號咷❷，幾不欲生。

年餘，昌忽自至，言：「為道士迷去，幸不見害。值其他出，得逃而歸。」周喜極，亦不追問。及教以讀，慧悟倍於疇曩❸。踰年，文思大進，既入郡庠試❹，遂知名。世族爭婚，昌頗不願。趙進士女有姿，周強為娶之。既入門，夫妻調笑甚懽；而昌恆獨宿，若無所私。逾年，秋戰❺而捷。周益慰。然年漸暮，日望抱孫，故嘗隱諷❻昌。昌漠若不解。母不能忍，朝夕多絮語。昌變色出，曰：「我久欲亡去，所不遽捨者，顧復之情❼耳。實不能探討房帷❽，以慰所望。請仍去，彼順志者且復來矣。」媼追曳之，已踣，衣冠如蛻。大駭，疑昌已死，是必其鬼也。悲嘆而已。

次日，昌忽僕馬而至，舉家惶駭❾。近詰之，亦言為惡人略賣於富商之家；商無子，子焉。得昌後，忽生一子。昌思家，遂送之歸。問所學，則頑鈍❿如昔。乃知此為昌；其入泮、鄉捷⓫者，鬼之假也。然竊喜其事未泄，即使襲孝廉⓬之名。入房，婦甚狎熟；而昌靦然⓭有愧色，似新婚者。甫周年，生子矣。

異史氏曰：「古言庸福人⓮，必鼻口眉目間具有少庸⓯，而後福隨之；其精光陸離者⓰，鬼所棄也。庸之所在，桂籍⓱可以不入闈而通，佳麗可以不親迎而致；而況少有憑藉，益之以鑽窺⓲者乎！」

【注釋】❶淮上貢士　淮上，淮河之濱。貢士，明清時，會試中試者統稱貢士。❷號咷　放聲大哭。❸疇曩　往日；以前。❹入郡庠試　到府城參加選拔生員的考試。郡，府城所在地。庠，縣學。❺秋戰　參加鄉試。鄉試考期在秋季八月，故又稱秋闈。❻隱諷　用暗示性的語言加以勸告或指責。❼顧復之情　父母養育之情。《詩經・小雅・蓼莪》：「父兮生我，母兮鞠我。拊我畜我，長我育我，顧我復我，出入腹我。」❽房帷　泛指內室、閨房。❾惶駭　驚慌害怕。❿頑鈍　愚昧遲鈍。⓫入泮鄉捷　指成為秀才、考中舉人。⓬孝廉　明清時對舉人的雅稱。⓭靦然　慚愧的樣子。⓮庸福人　平庸而有福氣的人。⓯少庸　少許平庸的標誌。⓰精光陸離者容貌不平庸的人。精光，風儀神采。陸離，光彩絢麗的樣子。⓱桂籍　科舉登第人員的名籍。古人稱科舉考中為「蟾宮折桂」，蟾宮，指月宮。折桂，指攀折月宮桂花。因此，科舉時代登第人員的名籍稱為桂籍。⓲鑽窺鑽穴隙相窺，指男女偷情，比喻通過不正當手段取得功名。《孟子・滕文公下》：「不待父母之命、媒妁之言，鑽穴隙相窺，逾牆相從，則父母國人皆賤之。古之人未嘗不欲仕也，又惡不由其道。不由其道而往者，與鑽穴隙之類也。」

【語　譯】淮河邊有個叫周天儀的貢生，年紀五十歲了，只有一個兒子，名叫克昌，周天儀十分溺愛他。周克昌長到十三四歲，風度儀態十分俊秀；但天性不喜歡讀書，總是逃學，跟一群孩子玩耍，經常整天不回家。周天儀也不去管他。一天，天黑後還沒有回家，周天儀才去尋找，竟然蹤影全無。周天儀夫妻號啕大哭，幾乎不願再活下去。

一年多後，周克昌忽然自己回來了，說：「我被道士迷惑帶走，幸好沒有加害。正好他外出，才能逃回來。」周天儀高興極了，也沒有追問。等到教他讀書，比以前聰明穎悟了很多。一年以後，周克昌文思大進，到郡裡參加了秀才資格的考試後，就很知名了。世家大族爭相來議親，周克昌很不願意。趙進士的女兒十分漂亮，周天儀強行替兒子娶了她。過門後，夫妻倆互相開玩笑，非常歡洽；但周克昌總是一個人睡，好像和趙女沒有男女私情。一年後，周克昌參加鄉試，考中了舉人。周天儀更加寬慰。可是年紀漸老，每天盼望抱孫子，所以曾經暗示周克昌，周克昌很冷漠，好像無法理解。母親忍不住，早晚絮叨個不停。周克昌變了臉色，走出來說：「我早就想離開了，之所以不捨得馬上走，是因為你們對我的養育之恩。我實在不能探討夫妻間的事，達到你們的期望。還是讓我離開吧，那個順從你們心意的就要回來了。」母親追上去拉他，已經倒在地上，衣服帽子就像蟬脫下來的皮一樣。周天儀夫婦大驚失色，懷疑周克昌已經死了，這一個一定是他的鬼魂。他們只有相對悲歎。

第二天，周克昌忽然騎馬帶著僕人回來了，全家人惶恐驚駭。前去問他，他也說被壞人搶走賣到富商家裡；富商沒有兒子，把他當作兒子。得到周克昌以後，富商忽然又生了一個兒子。周克昌想家，富商就把他送回來了。周天儀問他的學業，還像以前那樣愚頑遲鈍。才知道這是真正的周克昌，那個當秀才、中舉人的，是鬼魂假借的。不過，周天儀暗暗慶幸事情沒有洩露，就讓兒子沿襲舉人的功名。周克昌走進臥室，趙女對他非常親昵、熟悉；而周克昌靦腆有慚愧的神色，像新婚似的。才一年，就生了個兒子。

異史氏說：「古語說：平庸使人得福。一定是鼻子、嘴巴、眉毛、眼睛之間具有少許平庸的標誌，然後福氣才能跟隨他；那些容貌不平庸的人，是鬼神所拋棄的。具有平庸的標誌，可以不進考場而取得科舉功名，可以不迎娶而得到佳人美婦。何況略有智力、又學會鑽營投機的呢！」

【研　析】〈周克昌〉寫周克昌貌美而不喜讀書，卻通過一個鬼物的幫忙而娶妻升官的故事。

〈周克昌〉中的周克昌，雖然年齡已經「十三四歲」，模樣也稱得上「丰姿甚秀」，可就是「性不喜讀，輒逃塾，從羣兒戲，恆終日不返」。對於這樣的孩子，大部分家長是要嚴加管教的，可是周氏夫妻卻「愛暱之」、「聽之」任之。終於釀成了逃學不歸的惡果，惹得夫妻倆「號咷」大哭，「幾不欲生」。逃學在現實生活中總不是好事，可是在文學作品中卻是好的故事情節的開頭。周克昌雖然逃學，一年多後卻自動回來了。人不但毫髮無損地回來了，並且腦子變得比以前聰明了很多。第二年考中了秀才，娶了趙進士家的漂亮女兒做妻子。再一年考中舉人，父母就逼著他要孫子，於是他扔下一句話就要走：「聽你們話的，就要來了。我不喜歡男女之事，我這就走。」話說得蹊蹺，人更蹊蹺，伸手一拉，立即倒地，衣帽如同蟬蛻蛇皮一般。周家人「大駭，疑昌已死，是必其鬼也。悲嘆而已」。第二天，周克昌又回來了。別的不說，考察他的學問，他和以前一樣蠢笨，這才知道這是真正的周克昌，以前那個中舉娶妻的周克昌，不知是哪一個聰明人的鬼魂。好在周克昌雖然魯笨，他的父母卻十分聰明。既然真假周克昌模樣相似，連家人都分辨不出來，何不讓真周克昌代替假周克昌的舉人頭銜和丈夫身分呢？周克昌雖然有點羞羞答答，還是歡歡喜喜和妻子新婚燕爾，第二年就添了個胖兒子。

用蒲松齡的看法，這篇故事是說有福之人不用忙，妻子、功名都有人替他掙下，他只是不慌不忙前來認領享受就是了。但這樣的故事，還可以幫助現代讀者認識古人對科舉功名的執著態度，不僅人在讀書應試，鬼魂也都在讀書應試，用心不可謂不良苦。每個家庭也投入大量的時間和精力來教育孩子讀書。一般來說，書生們大約從七八歲開始學習，稱之為「開蒙」。開蒙較早的，如〈大男〉中的奚大男，五六歲時就「告母欲讀」；也有開蒙較晚的，如〈細柳〉中的高長福，「年十歲，始學為文」，〈葉生〉中的丁乘鶴之子丁再昌，「時年十六，尚不能文」，葉生成為他的開蒙先生。就書生們的讀書方式而言，如果家庭經濟條件較好，可以請先生前來設帳坐館，按年付給聘金束脩。這樣，書生們便能夠在家中接受教育，即文中所提到的「延師教讀」。如〈葉生〉篇中，葉生就是在縣令丁乘鶴家中坐館，教其子讀書；〈金和尚〉中的金姓和尚有錢有勢，「買異姓兒，子之。延儒師教帖括業」。還有〈巧娘〉中的傅廉，〈喬女〉中的烏頭等等，都是如此。有些書生雖然家境貧寒，但是得到他人的資助，一樣可以得到在家中學習的機會。如葉生之子，在葉生死後，丁乘鶴厚遺之，「為延師教讀」；〈姊妹易嫁〉中的毛公，年幼時得到世族張姓者的賞識，「即留其家，教之讀，以齒子弟行」。但這只是些特例，大多數情況下，家中經濟狀況普通的書生們都是在私塾中接受教育的。所謂私塾，是指先生在自己家或其他公共房屋，如廟宇、會館等處設帳招學生來讀書，學生按月或按季節交納學費，即所謂的「從塾師讀」。如〈張誠〉中的張誠，〈仇大娘〉中的仇祿，〈菱角〉中的胡大成等，年幼時都是在外跟隨私塾先生讀書。相對而言，就讀於私塾不似在家中管教那樣嚴格，因此這些書生們的學業相對也比較鬆散，如〈細柳〉中的高長福，「嬌惰不肯讀，輒亡去從牧兒遨」；〈崔猛〉中的崔猛，「幼在塾中，諸童稍有所犯，輒奮拳毆擊，師屢戒不悛，名、字皆先生所賜也」。這種教育體制，造就了《聊齋誌異》中數量眾多、性格各異的書生，也形成了他們讀書、應試這樣貫穿終生的科舉生活。

嫦娥

太原❶宗子美，從父遊學，流寓廣陵❷。父與紅橋下林嫗有素。一日，父子過紅橋，遇之，固請過諸其家，瀹茗❸共話。有女在旁，殊色也。翁亟贊之。嫗顧宗曰：「大郎溫婉如處子，福相也。若不鄙棄，便奉箕帚❹，如何？」翁笑促子離席，使拜嫗曰：「一言千金矣！」先是，嫗獨居，女忽自至，告訴孤苦。問其小字，則名嫦娥。嫗愛而留之，實將奇貨居之❺也。時宗年十四，睨女竊喜，意翁必媒定之；而翁歸若忘。心灼熱，隱以白母。翁聞而笑曰：「曩與貪婆子戲耳。彼不知將賣黃金幾何矣，此何可易言❻！」

踰年，翁媼並卒。子美不能忘情嫦娥，服將闋❼，託人示意林嫗。嫗初不承。宗忿曰：「我生平不輕折腰，何媼視之不值一錢？若負前盟，須見還也！」媪乃云：「曩或與而翁戲約，容有之。但無成言❽，遂都忘卻。今既云云，我豈留嫁天王耶？要日日裝束，實望易千金；今請半焉，可乎？」宗自度難辦，亦遂置之。

適有寡媪僦居❾西鄰，有女及笄❿，小名顛當。偶窺之，雅麗不減嫦娥。向慕之，每以饋遺階進；久而漸熟，往往送情以目，而欲語無間。一夕，踰垣乞火。宗喜挽之，遂相燕好⓫。約為嫁娶，辭以兄負販未歸。由此蹈隙往來，形迹周密⓬。一日，偶經紅橋，見嫦娥適在門內，疾趨過之。嫦娥望見，招之以手，宗駐足；女又招之，遂入。女以背約讓宗，宗述其故。便入室，取黃金一鋌⓭付之。宗不受，辭曰：「自分永與卿絕，遂他有所約。受金而為卿謀，是負人也；受金而不為卿謀，是負卿也：誠不敢有所負。」女良久曰：「君所約，妾頗知之。其事必無成；即成之，妾不怨君之負心也。其速行，媪將至矣。」宗倉卒無以自主，受之而歸。隔夜，告之顛當。顛當深然其言，但勸宗專心嫦娥。宗不語；

願下之，宗乃悅。即遣媒納金林嫗，嫗無辭，以嫦娥歸宗。

入門後，悉述顛當言。嫦娥微笑，陽慫恿之。宗喜，急欲一白顛當，而顛當迹久絕。嫦娥知其為己，因暫歸寧⑭，故予之間，囑宗竊其佩囊。已而顛當果至，與商所謀，但言勿急。及解衿狎笑，脇下有紫荷囊，將便摘取。顛當變色起曰：「君與人一心，而與妾二！負心郎！請從此絕。」宗屈意挽解，不聽，竟去。一日，過其門探察之，已另有吳客僦居其中；顛當子母遷去已久，影滅迹絕，莫可問訊。

宗自娶嫦娥，家暴富，連閣長廊，彌亙⑮街路。嫦娥善諧謔，適見美人畫卷，宗曰：「吾自謂，如卿天下無兩，但不曾見飛燕、楊妃⑯耳。」女笑曰：「若欲見之，此亦何難。」乃執卷細審一過，便趨入室，對鏡修妝，傚飛燕舞風⑰，又學楊妃帶醉⑱。長短肥瘦，隨時變更；風情態度，對卷逼真。方作態時，有婢自外至，不復能識，驚問其僚⑲；既而審注，恍然始笑。宗喜曰：「吾得一美人，而千古之美人，皆在牀闥矣！」

一夜，方熟寢，數人撬扉而入，火光射壁。女急起，驚言：「盜入！」宗初醒，即欲鳴呼。一人以白刃加頸，懼不敢喘。又一人掠嫦娥負背上，鬨然而去。宗始號，家役畢集，室中珍玩⑳，無少亡者。宗大悲，恇然失圖㉑，無復情地。告官追捕，殊無音息。荏苒三四年，鬱鬱無聊，因假赴試入都。居半載，占驗詢察，無計不施。偶過姚巷，值一女子，垢面敝衣，倀儴㉒如丐。停趾相之，乃顛當也。駭曰：「卿何憔悴至此？」答云：「別後南遷，老母即世，為惡人掠賣旗下㉓，撻辱凍餒，所不忍言。」宗泣下，問：「可贖否？」曰：「難矣，耗費煩多，不能為力。」宗曰：「實告卿：年來頗稱小有㉔，惜客中資斧有限，傾裝貨馬，所不敢辭。如所需過奢，當歸家營辦之。」女約明日出西城，相會叢柳下；囑獨往，勿以人從。宗曰：「諾。」

次日，早往，則女先在，袿衣㉕鮮明，大非前狀。驚問之，笑曰：「曩試君心耳，幸綈袍之意㉖猶存。請至敝廬，宜必得當以報。」北行數武，即至其家，遂出肴酒，相與談讌。宗約與俱歸。女曰：「妾多俗累，不能從。嫦娥消息，固頗聞之。」宗急詢其何所，女曰：「其行蹤縹緲㉗，妾亦不能深悉。西山㉘有老尼，一目眇，問之，當自知。」遂止宿其家。天明示以徑。

宗至其處，有古寺，周垣盡頹；叢竹內有茅屋半間，老尼綴衲㉙其中。見客至，漫不為禮。宗揖之，尼始舉頭致問。因告姓氏，即白所求。尼曰：「八十老瞽㉚，與世暌絕㉛，何處知佳人消息？」宗固求之。乃曰：「我實不知。有二三戚屬，來夕相過，或小女子輩識之，未可知。汝明夕可來。」

宗乃出。次日再至，則尼他出，敗扉扃㉜焉。伺之既久，更漏㉝已催，明月高揭，徘徊無計，遙見二三女郎自外入，則嫦娥在焉。宗喜極，突起，急攬其袪㉞。嫦娥曰：「莽郎君！嚇煞妾矣，可恨顛當饒舌，乃教情欲纏人。」宗曳坐，執手款曲㉟，歷訴艱難，不覺惻楚㊱。女曰：

「實相告：妾實姮娥㊲被謫，浮沉俗間，其限已滿；託為寇劫，所以絕君望耳。尼亦王母㊳守府者，妾初譴時，蒙其收卹，故暇時常一臨存。君如釋妾，當為代致顛當。」宗不聽，垂首隕涕。女遙顧曰：「姊妹輩來矣。」宗方四顧，而嫦娥已杳。宗大哭失聲，不欲復活，因解帶自縊。恍惚覺魂已出舍，悵悵㊴靡適。俄見嫦娥來，捉而提之，足離於地；入寺，取樹上尸推擠之，喚曰：「癡郎，癡郎！嫦娥在此。」忽若夢醒。少定，女恚㊵曰：「顛當賤婢！害妾而殺郎君，我不能恕之也！」下山賃輿而歸。

既命家人治裝，乃返身出西城，詣謝顛當；至則舍宇全非，愕歎而返。竊幸㊶嫦娥不知。入門，嫦娥迎笑曰：「君見顛當耶？」宗愕然不能答。女曰：「君背嫦娥，烏得顛當？請坐待之，當自至。」未幾，顛當果至，倉皇伏榻下。嫦娥疊指彈之，曰：「小鬼頭陷人不淺！」顛當叩頭，但求賒死㊷。嫦娥曰：「推人坑中，而欲脫身天外耶？廣寒㊸十一姑不日下嫁，須繡枕百幅、履百雙，可從我去，相共操作。」顛當恭白：「但求分工，按時齎送。」女不許，謂宗曰：「君若緩頰[44]，即便放卻。」顛當目宗，宗笑不語。顛當目怒之。乃乞還告家人，許之，遂去。宗問其生平，乃知其西山狐也。買輿待之，次日，果來，遂俱歸。

然嫦娥重來，恆持重不輕諧笑。宗強使狎戲，惟密教顛當為之。顛當慧絕，工媚[45]。嫦娥樂獨宿，每辭不當夕[46]。一夜，漏三下，猶聞顛當房中，吃吃不絕。使婢竊聽之。婢還，不以告，但請夫人自往。伏窗窺之，則見顛當凝妝[47]作己狀，宗擁抱，呼以嫦娥。女哂而退。未幾，顛當心暴痛，急披衣，曳宗詣嫦娥所，入門便伏。嫦娥曰：「我豈醫巫厭勝[48]者？汝自欲捧心傚西子[49]耳。」顛當頓首，但言知罪。女曰：「愈矣。」遂起，失笑而去。

顛當私謂宗：「吾能使娘子學觀音[50]。」宗不信，因戲相賭，嫦娥每趺坐[51]，眸含若瞑。顛當悄以玉瓶插柳，置几上；自乃垂髮合掌，侍立其側，櫻唇半啟，瓠犀[52]微露，睛不少瞬。宗笑之。嫦娥開目問之，顛當曰：「我學龍女[53]侍觀音耳。」嫦娥笑罵之，罰使學童子拜。顛當束髮，遂四面朝參[54]之，伏地翻轉，逞諸變態，左右側折，襪能磨乎其耳。嫦娥解頤，坐而蹴之。顛當仰首，口啣鳳鉤[55]，微觸以齒。嫦娥方嬉笑間，忽覺媚情一縷，自足趾而上，直達心舍，意蕩思淫，若不自主。乃急斂神，呵曰：「狐奴當死！不擇人而惑之耶？」顛當懼，釋口投地。嫦娥又厲責之，眾不解。嫦娥謂宗曰：「顛當狐性不改，適間幾為所愚。若非夙根[56]深者，墮落何難！」自是見顛當，每嚴御之。顛當慚懼，告宗曰：「妾於娘子一肢一體，無不親愛；愛之極，不覺媚之甚。謂妾有異心，不惟不敢，亦不忍。」宗因以告嫦娥，嫦娥遇之如初。然以狎戲無節，數戒宗，不聽；因而大小婢婦，競相狎戲。

一日，二人扶一婢，效作楊妃[57]。二人以目會意，賺婢懈骨作酣態[58]，兩手遽釋；婢暴顛墀下，聲如傾堵。眾方大譁；近撫之，而妃子已作馬嵬甍[59]矣。大眾懼，急白主人。嫦娥驚曰：「禍作矣！我言如何哉？」往驗之，不可救。使人告其父。父某甲，素無行，號奔而至，負尸入廳事[60]，叫罵萬端。宗閉戶惴恐，莫知所措。嫦娥自出責之，曰：「主即虐婢至死，律無償法；且邂逅暴殂[61]，焉知其不再甦？」甲譟言：「四支已冰，焉有生理！」嫦娥曰：「勿譁。縱不活，自有官在。」乃入廳事撫尸，而婢已蘇，隨手而起，嫦娥返身怒曰：「婢幸不死，賊奴何得無狀！可以草索縶[62]送官府！」甲無詞，長跪哀免。嫦娥曰：「汝既知罪，姑免究處。但小人無賴，反復何常，留汝女終為禍胎，宜即將去。原價如干數，當速措置來。」遣人押出，俾浼二三村老，券証署尾[63]。已，乃喚婢至前，使甲自問之：「無恙乎？」答曰：「無恙。」乃付之去。

已，遂召諸婢，數責遍扑。又呼顛當，為之厲禁。謂宗曰：「今而知為人上者，一笑嚬亦不可輕。謔端開之自妾，而流弊[64]遂不可止。凡哀者屬陰，樂者屬陽；陽極陰生，此循環之定數。婢子之禍，是鬼神告之以漸也。荒迷不悟，則傾覆及之矣。」宗敬聽之。顛當泣求拔脫[65]。嫦娥乃掐其耳；逾刻釋手，顛當憮然為間，忽若夢醒，據地自投，歡喜欲舞。由此閨閣清肅，無敢譁者。婢至其家，無疾暴死。甲以贖金莫償，浼村老代求憐恕，許之。又以服役之情，施以材木[66]而去。宗常患無子。嫦娥腹中忽聞兒啼，遂以刃破左脅出之，果男；無何，復有身，又破右脅而出一女。男酷類父，女酷類母，皆論昏於世家[67]。

異史氏曰：「陽極陰生，至言哉！然室有仙人，幸能極我之樂，消我之災，長我之生，而不我之死。是鄉樂，老焉可矣，而仙人顧憂之耶？天運循環之數，理固宜然；而世之長困而不亨[68]者，又何以為解哉？昔宋人有求仙不得者，每曰：『作一日仙人，而死亦無憾。』我不復能笑之也。」

【注釋】❶太原　府名，治所在今山西太原。❷廣陵　秦置縣，西漢設廣陵國，東漢改為廣陵郡，以廣陵縣為治所，故址在今江蘇揚州。❸瀹茗　煮茶。❹奉箕帚　服灑掃之役，指作人妻室。❺奇貨居之　指把少有的貨物囤積起來，等待高價出售。《史記．呂不韋列傳》：「呂不韋賈邯鄲，見（子楚）而憐之，曰：『此奇貨可居！』」❻何可易言　怎麼說得如此容易。❼服將闋　居喪之期將滿。服闋，守喪期滿除服。闋，終了。❽成言　訂約；成議。❾僦居　租屋而居。僦，租賃。❿及笄　亦作「既笄」。古代女子滿十五歲結髮，用笄貫之，因稱女子滿十五歲為及笄。也指已到了結婚的年齡，如「年已及笄」。⓫燕好　指男女歡合。⓬周密　周到細密。⓭鋌　古同「錠」，專門鑄成的各種型態的金銀塊，用以貨幣流通。⓮歸寧　已嫁女子回娘家看望父母。《詩．周南．葛覃》：「害澣害否，歸寧父母。」⓯彌亙　猶綿延。⓰飛燕楊妃　趙飛燕、楊貴妃。趙飛燕，漢成帝皇后，體輕善舞，故名飛燕。楊貴妃，名玉環，字太真，唐玄宗時封為貴妃。⓱飛燕舞風　言體態輕盈。據《飛燕外傳》，趙飛燕順風揚袖起舞，幾乎被風吹起。⓲楊妃帶醉　慵懶嬌媚的醉態。唐白居易〈長恨歌〉：「金屋妝成嬌侍夜，玉樓宴罷醉和春。」⓳僚　同伴，此指其他婢女。⓴珍玩　珍貴的供玩賞的東西。㉑恇然失圖　嚇得沒了主意。恇然，驚懼的樣子。圖，謀略；主張。㉒恇儴　惶遽的樣子。㉓旗下　清代指八旗之下。㉔小有　謂薄有資財。㉕袿衣　婦女上衣。㉖綈袍之意　故人之情義。戰國時魏人范雎先事魏中大夫須賈，遭其毀謗，笞辱幾死。後逃秦改名張祿，仕秦為相，權勢顯赫。魏聞秦將東伐，命須賈使秦，范雎喬裝，敝衣往見。須賈不知，憐其寒而贈一綈袍。迨後知雎即秦相張祿，乃惶恐請罪。范雎以須賈尚有贈袍念舊之情，終寬釋之。見《史記．范雎蔡澤列傳》。後多用為眷念故舊之典。㉗縹緲　隱隱約約，若有若無的樣子。㉘西山　山名，在今北京市西郊。㉙綴衲　縫補僧衣。衲，百衲衣，僧尼之服裝。㉚瞽　瞎眼。㉛暌絕　隔絕；分離。㉜扃　關門。㉝更漏　古時夜間憑漏壺表示的時刻報更，所以漏壺又叫更漏。㉞袪　衣袖。㉟款曲　細訴衷情。㊱惻楚　悲痛。㊲姮娥　嫦娥，本作姮娥，因西漢時為避漢文帝劉恒的諱而改稱嫦娥，又作常娥，是中國神話人物、后羿之妻，神話中因偷食后羿自西王母處所盜得的不死藥而奔月。㊳王母　即西王母，因所居昆侖山在西方，又叫西昆侖，故稱西王母。㊴悵悵　失意的樣子。㊵恚　憤怒；生氣。㊶竊幸　暗中高興。竊，暗中。幸，高興。㊷賒死　緩死；饒命。㊸廣寒　廣寒宮，即月宮，嫦娥居住的宮殿。㊹緩頰　為人求情或婉言勸解。㊺工媚　工於媚術。媚，媚術，憑姿容魅惑人的手段。㊻當夕　指妻妾侍寢。㊼凝妝　盛裝，華麗的妝扮。㊽厭勝　用咒詛的法術來壓伏人。㊾捧心傚西子　捂著胸口向西施學習。西子，即西施，春秋時期越國美女，因患心口疼而經常捧心皺眉；同村醜女以為美，時捧心皺眉以效之。㊿觀音　即觀世音菩薩，觀世音是鳩摩羅什的舊譯，玄奘新譯為觀自在，中國常略稱為觀音。(51)趺坐　即互交二足，將右腳盤放於左腿上，左腳盤放於右腿上的坐姿。(52)瓠犀　瓠瓜的子，因排列整齊，色澤潔白，所以常用來比喻美人的牙齒。《詩經‧衛風‧碩人》：「手如柔荑，膚如凝脂。領如蝤蠐，齒如瓠犀。螓首蛾眉，巧笑倩兮，美目盼兮。」(53)龍女　神話傳說中龍王之女。在神話小說《西遊記》中，龍女是觀音菩薩的侍者。(54)朝參　朝上參拜。(55)鳳鉤　對女性小腳的美稱。(56)夙根　謂前生的靈根。(57)楊妃　即楊貴妃。(58)懈骨作酣態　謂模仿楊貴妃醉酒後倦怠慵懶的姿態。(59)妃子已作馬嵬夢　指死去。據載，唐玄宗天寶十四載，安祿山發動叛亂，次年引兵入關，玄宗皇帝倉皇逃往蜀地，行至馬嵬驛，士兵譁變，殺死楊國忠，賜死楊貴妃，葬於馬嵬坡。(60)廳事　私人住宅的堂屋。(61)暴殂　暴死。(62)縶　捆綁。(63)券証署尾　在券證的末尾署名。此指在婢女贖身的契約上畫押作保。(64)流弊　指某事引起的壞作用。(65)拔脫　超度；解救。(66)材木　做棺材的木料。(67)世家　指門第高貴、世代為官的人家。(68)亨　通。

【語　譯】山西太原宗子美，跟從父親遊學，寄居在揚州。他父親和紅橋下的林老太太有交往。一天，父子倆經過紅橋，遇見林老太太，再三邀請他們到她家做客，烹茶聊天。有個姑娘在旁邊，非常漂亮。宗父見了，十分稱讚她。林老太太看著宗子美說：「你的兒子溫順得像個姑娘，是有福之相。如果你不嫌棄，我就把孩兒嫁給他，怎麼樣？」宗父催促兒子站起來，向林老太太拜謝，說：「一句話值千金啊！」此前，林老太太獨自生活，那姑娘忽然自己到她家，訴說孤苦無依的境況。問她的名字，姑娘說叫嫦娥，林老太太很喜歡她，就把她留下來，實際上是把她看作珍貴的物品待價而沽罷了。當時宗子美十四歲，偷看嫦娥，暗自歡喜，以為父親一定會託媒定下親事。可是父親回去後像是忘了。宗子美心裡很焦急，偷偷告訴母親。宗父聽說後，笑著說：「上次不過是和那貪心婆子開玩笑罷了。她不知道要把嫦娥賣多少錢呢，這可不是輕易說說就行的！」

過了一年，宗子美的父母都去世了。宗子美不能忘情於嫦娥。服孝期將滿，他託人向林老太太說起這事。老太太起初不承認。宗子美生氣地說：「我平生不肯輕易彎腰，為什麼你把我那一拜看得一錢不值？倘若背棄先前的婚約，就得還我一拜！」林老太太於是說：「以前與你父親開玩笑定親，也許會有。可是沒有正式成約，就都忘記了。今天你既然這樣說，我難道留下她嫁給天王嗎？只是我天天打扮她，實指望用她換一千兩銀子；現在我只要一半，可以嗎？」宗子美自己認為難以籌措，也就放下了。

恰好有個寡婦租住了宗子美西鄰的房子，她有個女兒，十五歲了，小名叫顛當。宗子美偶然看見她，她的美麗不亞於嫦娥。他心中嚮往愛慕，常常以饋贈禮物為緣由到她家去；時間長了，兩人漸漸熟悉，常常眉目傳情，卻沒機會說話。一天晚上，顛當爬過牆來借火，宗子美高興地拉住她，於是兩人同床歡合。宗子美要和顛當約定嫁娶，顛當以哥哥外出做買賣沒回來為由推辭。從此，兩人找機會往來，沒有露出形跡。一天，宗子美偶然經過紅橋，看見嫦娥正好在她家門內，他快步走過。嫦娥望見他，朝他招手，宗子美停下腳步；嫦娥又招手，便走進她家。嫦娥責備他背棄婚約，宗子美講了事情的原委。嫦娥便走進屋裡，取出一錠黃金交給他。宗子美不接受，推辭說：「我料想和你永遠斷絕來往了，便和別人訂了婚約。接受你的錢財與你訂婚，是辜負了別人；接受你的錢財而不與你訂婚，是辜負了你。我實在不敢辜負任何人。」嫦娥沉默了很久才說：「你所訂的婚約，我早就知道了。那件事一定不會成功；即使成功了，我也不會埋怨你負心。你快走吧，老太婆就要來了。」宗子美倉促間不能自主，接過黃金回家了。第二天夜裡，他告訴了顛當。顛當認為嫦娥的話很對，只是勸宗子美專心地愛嫦娥，宗子美不說話；顛當表示願意居於嫦娥之下，宗子美這才高興起來。他馬上託媒把黃金交給林老太太，林老太太沒話好說，把嫦娥嫁給了宗子美。

嫦娥進門後，把顛當的話都告訴嫦娥。嫦娥微微一笑，假意慫恿他納顛當為妾。宗子美十分高興，急著想告訴顛當，可是顛當已經很久不見蹤跡了。嫦娥知道她是為了躲避自己，於是暫時回娘家去，故意給顛當一個時機，囑咐宗子美把顛當佩帶的小袋子偷過來。後來顛當果然來了，宗子美和她商量納她為妾的事，顛當只是說不要著急。當顛當解開衣服和他親昵嬉笑時，她腰間有個紫荷包，宗子美乘機要把它摘下拿過來。顛當發覺了，臉色一變，起身說：「你和別人一條心，和我卻是兩條心！負心郎！從此斷絕關係吧。」宗子美曲意挽留解釋，顛當不聽，逕自走了。一天，宗子美到顛當家門前打聽，已經另有蘇州客人租住其中，顛當母女搬走已經很久了，蹤影全無，打聽不到任何消息。

宗子美自從娶了嫦娥，家裡馬上富裕起來，相連的樓閣和長廊，連綿整條街巷。嫦娥善於開玩笑，有一次看到一幅美人畫卷，宗子美說：「我認為像你這樣漂亮的，天下沒有第二人，只是還沒見過趙飛燕和楊貴妃。」嫦娥笑著說：「如果想要見，也不難。」於是拿起畫卷仔細看了一遍，就快步走進屋裡，對著鏡子修補妝容，效仿趙飛燕風中起舞，又學楊貴妃醉裡嬌媚，高矮肥瘦，隨時變換；風情神態，與畫卷對照，十分逼真。嫦娥正在裝扮時，有個丫環從外面進來，竟然沒能認出來，吃驚地問別的丫環；後又仔細觀察，才恍然大悟地笑了。宗子美高興地說：「我得到一個美人，而千百年來的美人，都在我的屋裡了！」

一天夜裡，他們正在熟睡時，有幾個人撬門進來，火光照射四面牆壁。嫦娥急忙起來，驚慌地說：「強盜進來了！」宗子美剛醒過來，就想高呼。一個強盜把明晃晃的刀架在他的脖子上，嚇得他不敢喘氣。又一個強盜搶過嫦娥背在背上，強盜們吵吵嚷嚷地散去了。宗子美這才大聲呼叫，僕人們都聚集起來，屋裡的珍寶古玩，一件也沒丟失。宗子美萬分悲痛，嚇得沒了主意，情緒低落到極點。告到官府去追捕強盜，沒有任何音信。不覺過了三四年，宗子美鬱鬱寡歡，百無聊賴，便藉著考試的機會到京城去。住了半年，占卜問卦，到處查訪，用盡各種辦法。偶然經過姚巷，遇見一個女子，滿面汙垢，衣服破爛，惶惶不安的樣子像個乞丐。停下腳步仔細一看，原來是顛當。宗子美吃驚地說：「你怎麼憔悴到這個地步？」回答說：「分別後搬到南方去，老母親去世了，我被壞人搶去賣給一個滿族人，挨打、受辱、寒冷、飢餓，實在不忍訴說。」宗子美流下了眼淚，問道：「可以把你贖出來嗎？」顛當說：「難了，要花很多錢，你無能為力。」宗子美說：「老實告訴你：近年來我還稱得上薄有資財，可惜我出門帶的錢有限，傾盡錢袋，賣掉馬匹，我也不敢推辭。如果需要的錢太多，我就回家籌措。」顛當約他第二天出西城，到柳樹林裡相會；囑咐他獨自去，不要讓人跟著。宗子美說：「好。」

第二天，宗子美一早前往，顛當已經先在那裡了，衣著鮮麗，和昨天大不一樣。宗子美驚訝地問她，她笑著說：「昨天試探你的心罷了，幸好你還有故人的情義。請到寒舍來，應當得到你應有的報答。」往北走了幾步，就到了顛當家。顛當擺出酒菜，兩人邊喝邊談。宗子美約顛當一起回家。顛當說：「我有很多瑣事拖累，不能跟你走。嫦娥的消息，我倒聽到不少。」宗子美急忙問嫦娥在哪裡。顛當說：「她的行蹤飄忽不定，我也不能確切知道。西山有個老尼姑，一隻眼睛瞎了，問問她，就能知道了。」宗子美於是留在顛當家裡過夜。天亮後，顛當給宗子美指了去西山的路。

宗子美到了那裡，有座古寺，寺周圍牆都倒塌了；竹林裡有半間茅屋，一個老尼姑在裡面補僧衣。看見有客人來，漫不經心，也不以禮相待。宗子美拱手致意，她才抬起頭問宗子美有什麼事。宗子美便把自己的姓名告訴她，隨即說明來意。老尼姑說：「我是八十歲的老瞎子，與世隔絕，哪裡知道美人的消息？」宗子美再三懇求。老尼姑就說：「我實在不知道。有兩三個親戚，明天晚上要過來，或許那些女孩子們有認識的，也說不定。你明天晚上來吧。」

宗子美便出來了。第二天宗子美再來，老尼姑卻外出了，破門鎖著。等了很久，更鼓已敲響，明月高掛，他徘徊著無計可施的時候，遠遠看見兩三個姑娘從外面走來，嫦娥就在其中。宗子美高興極了，猛地上前，急忙拉住她的衣襟。嫦娥說：「魯莽的郎君！嚇死我了，可恨顛當多嘴，便讓情欲纏人。」宗子美拉她坐下，握住她的手傾訴衷情，一一訴說尋找她的艱難，不覺心情悲痛。嫦娥說：「實話告訴你：我實際上是天上嫦娥被貶謫，在塵世間沉浮，期限已滿；假託強盜把我劫走，以此讓你絕望罷了。老尼姑也是王母娘娘的看家人。我剛被貶到人間時，承蒙她收留照顧，所以閒暇的時候常常來看望她。你要是放過我，我就幫你把顛當娶過來。」宗子美不聽，低著頭流淚。嫦娥往遠處看著說：「姐妹們來了。」宗子美正四處張望，嫦娥已杳無蹤影了。宗子美失聲痛哭，不想再活下去了，就解下衣帶上吊自盡。恍惚間覺得靈魂已經離開身體，可是悵悵然不知到哪裡去。一會兒，見嫦娥來，抓住他往上一提，腳就離開了地面。進入古寺，取下樹上的屍體，把他的靈魂往屍體上推擠，呼喊道：「傻郎君，傻郎君！嫦娥在這裡。」宗子美忽然像夢醒了一樣。稍微安定，嫦娥生氣地說：「顛當這賤丫頭！害了我又讓郎君自殺，我不能饒恕她！」兩人下山租了轎子回去。

宗子美吩咐家人準備行裝，自己轉身出了西城，去感謝顛當；到了那裡，房屋面目全非，他驚愕、歎息一番，就回去了。心裡暗自慶幸嫦娥不知道。進了門，嫦娥迎上來笑著說：「你見到顛當了嗎？」宗子美驚訝得回答不上來。嫦娥說：「你背著嫦娥，怎麼得到顛當呢？請你坐下等著，她自己會來的。」沒多久，顛當果然來了，慌慌張張地跪在床前。嫦娥疊起手指彈了她一下，說：「小鬼頭害人不淺！」顛當磕頭，只求免死。嫦娥說：「把別人推進坑中，你卻想脫身天外嗎？廣寒宮的十一姑近日要出嫁，需要一百對繡枕、一百雙繡鞋，你跟我去，一起操辦。」顛當恭敬地稟告：「只求分下任務，我按時送上。」嫦娥不允許，對宗子美說：「你如果替她求情，我立即放過她。」顛當眼看著宗子美，宗子美笑著不說話。顛當怒沖沖地瞪著他。顛當於是請求回去告訴家裡人，嫦娥允許了，她就離開了。宗子美詢問顛當的生平，才知道她是西山的狐仙。宗子美雇好車馬等她。第二天，顛當果然來了，於是一起回家鄉去。

不過，嫦娥重新回來後，總是端莊穩重，不輕易說笑。宗子美硬要和嫦娥狎昵，她只是暗地裡叫顛當去承擔。顛當聰明絕頂，很會誘惑人。嫦娥樂於一個人睡覺，總是推辭不和宗子美一起過夜。有天晚上，三更天了，還聽見顛當房間裡吃吃的笑聲不斷。嫦娥讓一個丫環去偷聽。丫環回來，不告訴她，只是請夫人自己前往。嫦娥趴在窗前一看，只見顛當盛妝打扮成自己的模樣，宗子美擁抱她，喊她「嫦娥」。嫦娥一笑走了。沒多久，顛當的心口突然疼痛，急忙披上衣服，拉著宗子美到嫦娥的房間，進門就跪在地上。嫦娥說：「我難道是用咒詛的法術壓伏別人的人嗎？是你自己想捧心模仿西施嘛。」顛當連連磕頭，只是說「知罪了」。嫦娥說：「你病好了。」顛當便站起來，笑著走了。

顛當私下對宗子美說：「我能讓娘子學觀音菩薩。」宗子美不信，於是開玩笑打賭。嫦娥經常盤腿打坐，閉上眼睛，好像睡覺一樣。顛當悄悄用玉瓶插上柳枝，放在桌子上；自己則披散頭髮，雙手合十，侍立在嫦娥旁邊，半張著櫻桃小口，微微露出瓠瓜子兒般的牙齒，眼睛一眨也不眨。宗子美笑了。嫦娥睜開眼睛追問。顛當說：「我在學龍女侍奉觀音菩薩罷了。」嫦娥笑著罵她，罰她學童子叩拜。顛當束起頭髮，從四個方向朝嫦娥參拜，伏在地上，翻轉著身體，顯示種種變化姿態，左右側著彎腰，襪子能摩擦到自己的耳朵。嫦娥開顏歡笑，坐著用腳踢她。顛當仰起頭，嘴巴銜著嫦娥的小腳，輕輕用牙齒觸碰。嫦娥正在嬉笑的時候，忽然覺得一縷春情，從腳尖往上升，直達心窩，神魂搖盪，有淫欲之思，好像不能控制。嫦娥於是急忙收斂心神，喝斥說：「狐奴真該死！不看人就魅惑嗎？」顛當害怕了，鬆開口伏在地上。嫦娥又厲聲斥責她，眾人都不明白怎麼回事。嫦娥對宗子美說：「顛當狐性不改，剛才差點兒被她愚弄了。要不是前世的靈根深厚，墮落又有什麼難的！」從此，嫦娥見到顛當，總是嚴加管教。顛當慚愧懼怕，對宗子美說：「我對娘子身體的每一個部分，無不感到親愛之極，討她歡心也就不自覺地過頭了。說我有異心，我不但不敢，也不忍心。」宗子美於是把顛當的話告訴了嫦娥，嫦娥對顛當像當初一樣了。

但因為顛當和宗子美親熱嬉戲毫無節制，嫦娥多次勸戒宗子美，宗子美不聽；因此大小丫環僕婦，競相嬉戲取樂。

一天，兩個丫環攙扶著另一個丫環，讓她扮作楊貴妃。兩人用眼色會意，騙那丫環模仿貴妃醉酒後倦怠慵懶的樣子，兩人突然鬆手；丫環猛然跌倒在石階下，聲音就像倒了一堵牆似的。眾人這才大叫起來；上前一摸，「楊貴妃」已經跌死了。眾人嚇壞了，急忙報告主人。嫦娥吃驚地說：「闖出禍來了！我之前說的不就是這樣嗎？」前去驗看，那丫環已經沒救了。派人去告訴死者的父親。死者的父親某甲，素來品行不好，喊叫著跑到宗家，背著屍體進入廳堂，百般叫罵。宗子美關上房門，惶恐不安，不知該怎麼辦。嫦娥親自走出來責備某甲，說：「主人即使虐待奴婢至死，法律也沒有要主人償命的條規；況且她偶然暴死，怎麼知道她不再復蘇？」某甲大喊著說：「四肢已經冰涼，哪有活過來的道理！」嫦娥說：「不要喧譁。縱然活不過來，自有官府理論。」於是走進廳堂，撫摸那屍體，丫環卻已經蘇醒，並隨手站起來了。嫦娥回過身來生氣地說：「丫環幸虧沒死，這賊奴怎麼這樣無禮！拿繩子捆起來送到官府！」某甲無話可說，跪在地上哀求赦免。嫦娥說：「你既然知罪，暫且不再追究。但小人無賴，反覆無常，留下你的女兒終究是禍根，最好馬上領回去。原來賣身的價錢是多少，你該趕快去籌措。」派人把某甲押出去，讓他求兩三位村裡的老先生，在券證的末尾簽名。然後便把那丫環叫到跟前，讓某甲親自問她：「你身體沒問題吧？」丫環說：「沒問題。」這才交給某甲帶走。

處理完畢，嫦娥把各位丫環召集起來，逐一訓斥責打。又叫來顛當，為她立下嚴厲的禁令。嫦娥對宗子美說：「我今天才知道，地位在眾人之上的人，笑一聲、皺一下眉都不能輕率。嬉戲的開端是源自我的，流弊也就難以制止。大凡是哀事屬陰，樂事屬陽；陽極陰生，這是天道循環的規律。那丫環的禍事，是鬼神在用微小的徵兆警告我們。再執迷不悟，就會有滅頂之災了。」宗子美恭敬地聽著。顛當哭著求嫦娥把她解脫出來。嫦娥於是掐她的耳朵；過了一刻鐘才放手，顛當愣了一會兒，忽然如夢初醒，伏在地上向嫦娥叩拜，高興得想要唱歌跳舞。從此，閨閣裡清靜肅穆，沒有敢喧鬧的。那個丫環回到自己家，沒病突然死去。某甲因為贖金不能償還，央求村裡的老先生代他去求可憐寬恕，嫦娥答應了。又因為那丫環有侍奉自己的情義，施捨了一副棺材，讓那人走了。宗子美常常擔憂沒有兒子。嫦娥腹中忽然有嬰兒的啼哭聲，於是用刀剖開左肋取出來，果然是個男孩；不久，嫦娥又有了身孕，又剖開右肋取出一個女孩。男孩非常像父親，女孩非常像母親，都和世家大族訂了婚。

異史氏說：「陽極陰生，真是至理名言啊！但是家裡有個仙女，有幸能使我的快樂達到頂點，消除我的災禍，使我長生不老，使我不會死亡。這種境地很快樂，可以在裡面活到老了，而仙人怎麼反倒擔憂呢？天運循環的規律，道理本來應該這樣；但世界上有長期窮困而沒有一次順利的人，又怎麼解釋呢？從前宋代有個想做神仙卻做不成的人常常說：『能做一天仙人，就是死了也沒有遺憾了。』我再也不能笑他了。」

【研　析】〈嫦娥〉寫太原宗子美娶仙人嫦娥為妻、狐仙顛當為妾的愛情故事。

在《聊齋誌異》中，〈嫦娥〉寫得很特別，也很另類。它雖然講的是愛情故事，但若論純潔雅靜，它不如〈嬰寧〉篇；論纏綿悱惻，它不如〈連城〉篇；論婉約動人，它甚至不如短短的〈綠衣女〉篇。〈嫦娥〉中既有男女之間的異性戀，又有女性之間的同性戀，三位主人公的感情糾葛，錯綜複雜、撲朔迷離，令人困惑，也令人神往。

馬瑞芳在《馬瑞芳揭秘聊齋誌異》中說：「因為蒲松齡的觀念，也因為封建社會的實際存在，在《聊齋》的愛情故事裡有個非常奇特的角落——光怪陸離的雙美圖。〈蓮香〉、〈青鳳〉、〈巧娘〉、〈青梅〉，這些故事或者寫『二美一夫』，或者寫男子家有妻外有室（或情人），『二美』和諧友好，以全心全意讓男人享受到嫡庶和美、多子多福的人生。

〈嫦娥〉裡的宗子美娶仙女嫦娥為妻，納狐女顛當為妾。一妻一妾非但不互相嫉妒，反而整天跟宗子美嬉戲，似乎生活在化裝舞會中。宗子美娶了一妻一妾，這一妻一妾又變盡法術讓他『享受』歷朝歷代的美女，這是何等愜意的男人幻想！」

這是今人的評價，我們再看看古人對此的評價。何守奇著意於宗子美的誠心實意，所以才能得到嫦娥和顛當的愛情，「宗子美實心孩子耳，仙狐並愛之，乃知輕脫者故仙人所必棄也。嫦娥謫滿，猶在人間，未免有情，神仙仍復爾爾」。但明倫則將之引向聖賢道德的說教，「惟仙多情，亦惟仙能制情；惟仙真樂，亦惟仙不極樂：此則文之梗概也。……然吾謂仙人畢竟差聖賢一著：聖賢化人以德，節人以禮，立禁於先事，防患於未然。閑有家而悔亡，假有家而勿恤，毋嘻嘻而失節，自無無妄之災矣。觀其為人上者，一笑嚬亦不可輕之言，至禍作而鬼神告之以漸，始恍然悟曰：今而知……抑何見事之晚也」！細細讀讀〈嫦娥〉篇，再認真體味體味古人和今人的評語，我們大概都會有一種感覺：經典的魅力是永恆的，是超越時空界限的。儘管各個時代讀者的品讀不同，結論不一，但都頗有見地、頗有道理，這些解讀與《聊齋誌異》一起構成了一個豐富的體系，在現代社會持續發生影響，滋養著人們的心靈世界。

鞠藥如

鞠藥如，青州❶人。妻死，棄家而去。後數年，道服荷蒲團至。經宿欲去，戚族❷強留其衣杖。鞠託閒步❸至村外，室中服具，皆冉冉❹飛出，隨之而去。

【注　釋】❶青州　府名，治所在今山東濰坊青州。❷戚族　家人親戚。❸閒步　漫步；散步。❹冉冉　慢慢地。

【語　譯】鞠藥如，是山東青州人。妻子死後，他離家出走。幾年後，他穿著道袍，背著蒲團回來。過了一晚，又要離開，親戚強行留下他的衣服、行李。鞠藥如假託散步，走到村外，屋裡的衣服用具，都緩緩地飛出來，隨他而去了。

【研　析】〈鞠藥如〉通過一個簡單的情節，寫出了鞠藥如得道成仙的神祕感。

青州的鞠藥如，妻子死後就棄家而去，數年後穿著道服帶著蒲團回來了。住了一宿就要走，親戚朋友留下他的衣杖，認為這樣他就走不了了。他放開衣杖，說要到村外散步，家裡的衣杖卻冉冉飛起，隨他而去。但明倫評論說：「服杖皆作冉冉飛，其人焉能留。」看到「室中服具，皆冉冉飛出，隨之而去」這樣的場景，戚族們也只能望洋興歎，徒喚奈何了。

〈鞠藥如〉雖然簡短到不能再簡短，其內涵卻並不單薄。其妻死前，鞠藥如是怎樣的人？其妻死後，鞠藥如為何出家？出家之後，鞠藥如是如何修行得道的？他「道服荷蒲團」回家的目的是什麼？戚族們看到「室中服具，皆冉冉飛出」的情景後是怎樣的表現？鞠藥如後來怎麼樣了？蒲松齡對此，都一概未予理會，只是非常客觀地用寥寥數筆勾畫了幾下，留下了大量的細節等待讀者來完成。

盜戶

順治❶間，滕、嶧❷之區，十人而七盜，官不敢捕。後受撫❸，邑宰❹別之為「盜戶」。凡值與良民爭，則曲意左袒❺之，蓋恐其復叛也。後訟者輒冒稱盜戶，而怨家則力攻其偽；每兩造❻具陳，曲直且置不辨，而先以盜之真偽反復相苦，煩有司稽籍❼焉。適官署多狐，宰有女為所惑，聘術士來，符❽捉入瓶，將熾以火，狐在瓶內大呼曰：「我盜戶也！」聞者無不匿笑。

異史氏曰：「今有明火劫人者，官不以為盜而以為姦；踰牆行淫者，每不自認姦而自認盜：世局又一變矣。設今日官署有狐，亦必大呼曰『吾盜』無疑也。」

章丘漕糧❾徭役，以及徵收火耗❿，小民常數倍於紳衿⓫，故有田者爭求託焉。雖於國課⑫無傷，而實於官橐⑬有損。邑令鍾，牒請釐弊，得可。初使自首；既而奸民以此要上，數十年鬻去之產，皆誣託詭挂，以訟售主。令悉左袒之，故良懦⑭多喪其產。有李生，為某甲所訟，同赴質審⑮。甲呼之「秀才」；李厲聲爭辨，不居秀才之名。喧不已。令詰左右，共指為真秀才。令問：「何故不承？」李曰：「秀才且置高閣⑯，待爭地後，再作之未晚也。」噫！以盜之名，則爭冒之；秀才之名，則爭辭之：變異矣哉！有人投匿名狀⑰云：「告狀人原壤⑱，為抗法吞產事：身以年老不能當差，有負郭田⑲五十畝，於隱公元年⑳，暫挂惡衿顏淵㉑名下。今功令㉒森嚴，理合自首。詎惡久假不歸，霸為己有。身往理說，被伊師率惡黨七十二人㉓，毒杖交加，傷殘脛肢；又將身鎖置陋巷，日給簞食瓢飲㉔，囚餓幾死。互鄉㉕地証，叩乞革頂㉖嚴究，俾血產㉗歸主，上告。」此可以繼柳跖之告夷、齊㉘矣。

【注釋】❶順治　清世祖福臨年號（西元一六四四－一六六一年）。❷滕嶧　滕縣、嶧縣，清屬兗州府，在今山東棗莊。❸受撫　接受招安，歸順官府。❹邑宰　縣邑之長，即縣令。❺左袒　漢高祖劉邦死後，呂后當權，培植呂姓的勢力，呂后死，太尉周勃奪取呂氏的兵權，就在軍中對眾人說：「擁護呂氏的右袒（露出右臂），擁護劉氏的左袒。」軍中都左袒。後來管偏護一方叫左袒。❻兩造　指有關爭訟的雙方當事人。《書經・呂刑》：「兩造具備，師聽五辭。」❼稽籍　查證盜戶的名籍。❽符　道士畫的驅使鬼神的圖形或線條。❾章丘漕糧　章丘，縣名，明清時屬濟南府，即今山東濟南章丘。漕糧，封建時代由東南地區經水道運往京師的稅糧，明清時山東也是漕糧的徵收地區。❿火耗　原指碎銀熔化重鑄為銀錠時的折耗，清初官員沿用此法，「火耗」不斷加重，從中謀取巨大差額。⓫紳衿　泛指地方上體面的人。紳，紳士，有官職而退居在鄉者。衿，青衿，生員所服，指生員。⓬國課　猶國賦。課，賦稅。⓭官橐　猶宦囊，指官吏的收入。橐，盛物的袋子。⓮良懦　善良而懦弱的人。⓯質審　質對審訊。⓰置高閣　捆起來以後放在高高的架子上，比喻放著不用、丟在一旁不管，也比喻把某事或某種主張、意見、建議等擱置起來，不予理睬和辦理。高閣，儲藏書籍、器物的高架子、閣板。《晉書・庾翼傳》：「此輩宜東之高閣，俟天下太平，然後議其任耳。」⓱匿名狀　不署姓名的誣告訟詞。⓲原壤　春秋時魯國人，因為沒有禮貌，曾遭孔子杖擊。《論語・憲問》：「原壤夷俟。子曰：『幼而不孫弟，長而無述焉，老而不死是為賊。』以杖叩其脛。」⓳負郭田　靠近城市的良田。《史記・蘇秦列傳》：「且使我有雒陽負郭田二頃，吾豈能佩六國相印乎！」⓴隱公元年　魯隱公元年，即西元前七二二年，為《春秋》記年之始。㉑惡衿顏淵　惡秀才顏回。衿，青衿，代指秀才。顏淵，名回，春秋時魯國人，孔子弟子，以安貧樂道著稱。㉒功令　古時國家對學者考核和錄用的法規。㉓伊師率惡黨七十二人　他的老師率領著同夥壞人七十二人。相傳孔子弟子三千，賢者七十二人。㉔簞食瓢飲　一筐飯，一瓢水。形容讀書人安於貧窮的清高生活。簞，古時盛飯的圓形竹器。《論語・雍也》：「一簞食，一瓢飲，在陋巷，人不堪其憂，回也不改其樂。」㉕互鄉　地名，不詳其處。《論語・述而》：「互鄉難與言，童子見，門人惑。」㉖革頂　革除功名。頂，頂戴，清用以區別官員品級的帽飾，革職或降職時，即革除或摘去所戴頂子。㉗血產　用血汗經營的地產。㉘柳跖之告夷齊　指柳跖告夷、齊的匿名狀。據褚人穫《堅瓠集》，明穆宗隆慶年間，海瑞為直隸巡撫，欲制裁豪門巨室，卻被奸邪者所乘。於是有人以柳跖名義向海瑞投遞匿名狀，狀告伯夷、叔齊兄弟二人依仗父勢霸占其地產。其意在說明投狀人中不乏誣良為盜、渾水摸魚的奸邪之徒，讓海瑞提高警覺。柳跖，即柳下跖，春秋時人。《莊子・盜跖》：「孔子與柳下季為友，柳下季之弟名曰盜跖。盜跖從卒九千人，橫行天下，侵暴諸侯。穴室樞戶，驅人牛馬，取人婦女。貪得忘親，不顧父母兄弟，不祭先祖。所過之邑，大國守城，小國入保，萬民苦之。」舊時，人們常以柳下跖代指大盜。夷齊，伯夷、叔齊，商末孤竹君之二子。兄弟二人彼此讓國，逃往周地，後來諫阻周武王伐紂，未果，寧死不食周粟，餓死在首陽山上。舊時，人們常以夷、齊比喻高潔之士。

【語譯】順治年間，在山東滕縣、嶧縣地區，十人之中有七人是強盜，官府都不敢追捕。後來，強盜接受招撫，縣令為了把他們區別開來，稱之為「盜戶」。每當碰上他們和平民紛爭，官府就曲意袒護盜戶，大概害怕他們再次反叛。後來打官司的總是冒充盜戶，而仇家則竭力證明他不是盜戶；往往訴訟雙方各執一詞，是非曲直暫且不去分辨，先要為盜戶的真假反覆攻訐，以至讓官吏們去查戶籍。正好官署中有很多狐妖，縣令的女兒被狐妖迷惑，請來法師，用符咒把狐妖投入瓶子，準備用火烤。狐妖在瓶子裡大聲喊：「我是盜戶啊！」聽到的人沒有不暗暗發笑的。

異史氏說：「現在有公開搶劫的，官府不認為是強盜，而認為是奸徒；翻牆姦淫婦女的，往往不承認自己是奸徒，卻自認是強盜：這是世風的又一種變化。如果今天官署裡有狐妖，也一定大喊：『我是強盜』，這一點沒有疑問。」

山東章丘徵收水運公糧、徭役和火耗稅，小百姓常常比鄉紳和秀才多交幾倍，所以有田產的人爭相請求把田產寄在這些人的名下。這樣雖然沒有侵害到國家稅收，但實際上對官員的私囊有損害。縣令鍾某寫公文請求改革弊政，獲得許可。一開始讓這些人自首；後來刁民們以此要挾鄉紳秀才們，幾十年前賣掉的產業，也亂說成假掛在他人名下，來與買主打官司。縣令都加以偏袒，因此善良、怯懦的人家大多喪失了產業。有位李生，也被某甲起訴，一同到公堂對質。某甲稱李生為「秀才」，李生厲聲爭辯，不承認秀才之名。兩人喧鬧不休。縣令詢問手下人，都說李生是真秀才。縣令問：「為什麼不承認呢？」李生說：「暫且把秀才的名號擱在一邊，等爭完地產後，再做秀才也不晚。」唉！強盜之名，就爭相冒認；秀才之名，就爭相推辭，這變化真奇怪啊！有人遞上匿名狀詞，寫道：「告狀人原壤，為被人違法侵吞產業一事訴訟：我因為年老不能服役，有近城的肥沃田地五十畝，在隱公元年時暫時掛在惡秀才顏淵名下。現在法律森嚴，他理應自首。豈料惡秀才久借不還，霸占據為己有。我前去和他理論，被他的老師孔子領著七十二名惡徒，棍棒交加，打成殘疾；又把我鎖在他的『陋巷』裡，每天只給一簞飯、一瓢水，囚禁飢餓得幾乎死掉。互鄉的土地可以作證，跪求大人革去他的功名，嚴加追查，使我的血汗產業回歸故主。謹此上告。」這件事可以承繼柳跖狀告伯夷、叔齊了。

【研　析】〈盜戶〉借一個狐狸冒充「盜戶」的小故事，諷刺地方官員對盜匪蜂起現象的無能為力。俗話說「邪不壓正」。從大的趨勢和總的情況來看，這種說法是對的；但在某些特殊的短暫時期，邪惡勢力往往也會占據上風，甚至有人還以邪為正，大有自得、自豪之感。

順治年間的滕縣和嶧縣，便出現了這樣的情況，十個人裡邊就有七個強盜，連官府也不敢逮捕他們。若真是到了這種情況，我想官府不但不敢逮捕他們，就是敢於逮捕也不能逮捕了。後來，強盜們同意招撫，官府就建立名冊，一旦遇到爭訟之事，不管是非曲直，就給「盜戶」以特殊照顧。到這裡，故事的現實意義已經足夠了。但是故事的文學意義還嫌不足。蒲松齡接著說，「盜戶」本不是什麼光榮的稱呼，可是因為能夠得到好處，就有人寧願冒充「盜戶」。每每打官司，先不論案情如何、曲直歸誰，首先要弄清的是，查冊子，看其姓名在不在「盜戶」名冊上。到這裡，故事的幽默和辛辣就逐漸顯示出來了。蒲松齡又寫出了此故事的精彩之筆：「適官署多狐，宰有女為所惑，聘術士來，符捉入瓶，將熾以火，狐在瓶內大呼曰：『我盜戶也！』聞者無不匿笑。」

〈盜戶〉寫有人樂意冒充名譽不好的「盜戶」，其附則則寫有人不承認自己頗為名譽的秀才身分。社會生活千變萬化，人們的心理也隨之變化不居。以前感到光榮的事，現在成了恥辱；以前認為恥辱的事，現在卻反而值得炫耀。這是一種規律，值社會變遷、價值觀混亂之時，這條規律越顯示其言之不誣。蒲松齡說：「噫！以盜之名，則爭冒之；秀才之名，則爭辭之；變異矣哉！」是啊，世道變遷，人心不古，真是值得正直有識之士悲歎啊！

〈盜戶〉附則中那篇匿名狀，寫得實在妙趣橫生。它借用孔子及其弟子的名義和經歷，聯繫當年海瑞所處理的具體案件，左右逢源，妙筆生花，惹人解頤，是少見的敢拿孔聖人開涮的好文章。蒲松齡為了科舉做官，擬寫了很多此類文章。或許這篇匿名狀就是蒲松齡一時技癢，捉刀代擬而成的。

醜狐

穆生，長沙❶人。家清貧，冬無絮衣。一夕枯坐，有女子入，衣服炫麗，而顏色黑醜，笑曰：「得毋寒乎？」生驚問之，曰：「我狐仙也。憐君枯寂❷，聊與共溫冷榻耳。」生懼其狐，而厭其醜，大號。女以元寶❸置几上，曰：「若相諧好，以此相贈。」生悅而從之。牀無裀褥❹，女代以袍。將曉，起而囑曰：「所贈，可急市軟帛作臥具；餘者絮衣、作饌足矣。倘得永好，勿憂貧也。」遂去。生告妻，妻亦喜，即市帛為之縫紉。女夜至，見臥具一新，喜曰：「君家娘子劬勞❺哉！」留金以酬之。從此至無虛夕。每去，必有所遺。

年餘，屋廬修潔，內外皆衣文錦繡，居然素封❻。女賂遺漸少，生由此心厭之，聘術士至，畫符於門。女來，齧折而棄之，入指生曰：「背德負心，至君已極！然此奈何我！若相厭薄❼，我自去耳。但情義既絕，受於我者，須要償也！」忿然而去。生懼，告術士。術士作壇❽，陳設未已，忽顛地下，血流滿頰；視之，割去一耳。眾大懼，奔散；術士亦掩耳竄去。室中擲石如盆，門窗釜甑❾，無復全者。生伏牀下，蓄縮汗聳。俄見女抱一物入，貓首猧❿尾，置牀前，嗾⓫之曰：「嘻嘻，可嚼奸人足。」物即齕履，齒利於刃。生大懼，將屈藏之，四股不能動。物嚼指，爽脆有聲。生痛極，哀祝。女曰：「所有金珠，盡出勿隱。」生應之。女曰：「呵呵！」物乃止。生不能起，但告以處。女自往搜括，珠鈿⓬衣服之外，止得二百餘金。女少之，又曰：「嘻嘻！」物復嚼。生哀鳴求恕。女限十日，償金六百。生諾之，女乃抱物去；久之，家人漸聚，從牀下曳生出，足血淋漓，喪其二指。視室中，財物盡空，惟當年破被存焉。遂以覆生，令臥。又懼十日復來，乃貨婢鬻衣⓭，以足其數。至期，女果至；急付之，無言而去。自此遂絕。

生足創，醫藥半年始愈，而家清貧如初矣。狐適近村于氏。于業農，家不中貲⑭；三年間，援例納粟⑮，夏屋連蔓，所衣華服，半生家物。生見之，亦不敢問。偶適野，遇女於途，長跪道左。女無言，但以素巾裹五六金，遙擲生，反身逕去。後于氏早卒，女猶時至其家，家中金帛輒亡去。于子睹其來，拜參之，遙祝曰：「父即去世，兒輩皆若子，縱不撫卹⑯，何忍坐令貧也？」女去，遂不復至。

異史氏曰：「邪物之來，殺之亦壯；而既受其德，即鬼物不可負也。既貴而殺趙孟⑰，則賢豪非之矣。夫人非其心之所好，即萬鍾⑱何動焉。觀其見金色喜，其亦利之所在，喪身辱行而不惜者歟？傷哉貪人，卒取殘敗！」

【注釋】❶長沙　府名，治所在今湖南長沙。❷枯寂　寂寞無聊。❸元寶　古代貨幣名，以貴重的黃金或白銀製成，一般白銀居多，黃金稀見。❹裀褥　坐臥之具。裀，通「茵」。褥子；床墊。❺劬勞　勞苦、苦累的意思。❻素封　無官爵封邑而富比封君的人。❼厭薄　厭惡鄙視。❽壇　僧道進行宗教活動的場所。❾釜甑　皆古代蒸煮食物的炊具。❿猧　小狗。⓫嗾　使狗，發出使狗咬人的聲音。⓬珠鈿　嵌珠的花鈿，多為婦女首飾。⓭貨婢鬻衣　出賣婢女和財產。⓮中貲　中等資產。⓯援例納粟　援用成例，捐納財貨進國子監為監生，可直接參加省城、京都的考試。⓰撫卹　安撫救濟。⓱趙孟　趙盾，字孟，春秋時晉國大夫。曾擁立靈公即位，後靈公曾派刺客鉏麑暗殺他，鉏麑見趙盾勤於公事，不忍下手而自殺。⓲萬鍾　指優厚的俸祿。鍾，古代量器名。

【語　譯】穆生，是湖南長沙人。家裡十分貧寒，冬天沒有棉衣。一天晚上，他止在呆坐著，有個女子進來，衣服華麗耀眼，容貌卻又黑又醜。她笑著說：「難道不冷嗎？」穆生吃驚地問她是誰，她說：「我是狐仙。可憐你寂寞、無聊，暫且和你一塊兒暖暖冷床板。」穆生害怕她是狐狸，而且討厭她長得醜，大叫起來。狐女掏出一個元寶放在桌上，說：「你如果跟我相好，就把這個送給你。」穆生高興地順從了。床上沒有被褥，狐女用衣服來代替。天快亮了，狐女起來囑咐說：「我送的錢，可以趕快去買綢布來做被褥，剩下的做棉衣、買糧食，足夠用了。如果能永遠相好，不用為貧窮擔憂了。」說完就走了。穆生告訴了妻子，妻子也很高興，馬上買來綢布縫製被褥。狐女夜裡來了，見被褥一下子變新了，高興地說：「你家娘子太辛苦了！」留下銀子來酬謝她。從此，狐女沒有一晚不來。每次離開，一定有所饋贈。

過了一年多，穆家的房屋整齊潔淨，一家人都穿上刺繡華美的衣裳，居然十分富有。狐女贈送的東西漸漸少了，穆生因此心中厭惡她，請一個術士來，在門上畫了一道符。狐女來了，把這道符咬爛扔掉，進門指著穆生說：「忘恩負義，你是到了極點！但這道符又能把我怎麼樣！要是你嫌棄我，我自己離開。只是情義斷絕了，接受我的東西，必須還給我！」她氣憤地走了。穆生很害怕，告訴了術士。術士建起法壇，還沒有布置好，忽然摔倒在地上，血流滿面。一看，一隻耳朵被割去了。眾人大驚，四處逃散；術士也捂著耳朵逃跑了。屋子裡有盆子大小的石頭亂扔，門窗鍋盆，沒有一件完整的。穆生躲在床下，抽縮顫抖，全身冒汗。一會兒，看見狐女抱著一隻怪物進來，貓頭狗尾，把它放在床前，驅使它說：「嘻嘻，咬奸人的腳。」那怪物就咬住穆生的鞋子，它的牙齒比刀還要尖利。穆生嚇壞了，想屈身躲藏，四肢動彈不得。怪物咬他的腳趾，發出清脆的響聲。穆生疼痛極了，哀求禱告。狐女說：「所有金銀財寶，都拿出來，不許隱藏。」穆生答應了。狐女叫一聲：「呵呵！」怪物就停下了。穆生不能起身，只能告訴收藏財寶的地方。狐女親自去搜尋，珠寶、首飾、衣服之外，只找到二百多兩銀子。狐女嫌少，又說：「嘻嘻！」怪物又咬起來。穆生哀叫，請求饒恕。狐女限定十天時間，償還六百兩銀子。穆生答應了，狐女才抱起怪物離開。過了很久，僕人慢慢聚起來，從床下把穆生拉出來，只見他腳上鮮血淋漓，沒了兩個腳趾。再看屋裡，財物都沒有了，只有當年的破被子還在，就把它蓋在穆生身上，讓他躺下。又怕十天後狐女再來，就賣掉婢女、衣服，湊夠那個數目。到了期限，狐女果然來了。穆生趕緊把錢交給她，她沒有說話就離開了。從此，狐女就再也不來了。

穆生的腳傷，醫治了半年才好，但家裡像原來一樣貧窮了。狐女嫁給附近村子的于家。于某務農，家裡的財產趕不上中等人家。三年之間，他引用成例捐了個監生，蓋起的大房子連接不斷，穿的漂亮衣服，一半是穆生家裡的東西。穆生見了，也不敢問。穆生偶然到野外去，途中遇到狐女，就跪在路旁。狐女沒有說話，只用一條白手帕包了五六兩銀子，遠遠地扔給穆生，轉身逕直走了。後來于某早早死了，狐女還常到他家，于家的財物總是見少。于某的兒子見她來了，向她參拜，遠遠地祝禱說：「父親儘管去世了，我們這些孩子們都是你的兒子，你縱然不撫恤我們，怎麼忍心讓我們窮下去呢？」狐女走了，再也沒有來。

異史氏說：「邪惡的東西來了，殺了它也是壯舉；但既然接受了它的恩德，即使它是鬼物也不能負心。富貴以後就要殺害趙孟，賢士豪傑都會非議。大凡人對於不是他心裡所喜歡的，即便萬石糧食又怎能打動呢。看穆生見到銀子就喜形於色，難道也是那種只要有利可圖，就是傷害身體、辱沒德行也在所不惜的人嗎？傷心啊，貪婪的人，最終落得身殘名敗！」

【研　析】〈醜狐〉寫一個面貌黑醜的狐女幫助穆生興發家業，又因穆生忘恩負義而復使其歸於清貧的故事。

大凡讀過《聊齋誌異》的人，大概都認識其中幾個誘人的美狐。〈嬌娜〉中的嬌娜，她不但為孔雪笠治病療瘡，還為報答救命之恩，將自己修煉多年的紅丸金丹吐入孔生腹中；〈紅玉〉中的紅玉，贈送馮相如白金四十兩，使其娶得光豔妻室，在馮相如家遭橫難妻死兒拋之時，她為其育兒操作振興家門。她倆都是有義烈情懷的狐女。再如〈辛十四娘〉中的辛十四娘，她不但愛美成癖，而且心思縝密屢救丈夫於危難；〈小翠〉中的小翠，她不僅治好了丈夫的癡病，還屢出巧計為公公去除了政敵。她倆都有著非同常人的智謀韜略。還有〈鳳仙〉中的鳳仙，為了讓丈夫揚眉吐氣，既與其分離以免其因情分心，又現影鏡中激勵其苦讀向學；〈胡四姐〉中的胡四姐，為了保全尚生的性命和品位，不讓他和自己的親姐姐胡三姐交好，又不讓他和野地的騷狐相匹偶。她倆一個功名心重有點俗，一個嫉妒心重有點酸，但都是關心丈夫的賢內助。這些狐女性格各異、舉止不同，但其共同特點都是美麗、深情和智慧，體現了蒲松齡對美的思念、對情的嚮往、對智的熱愛。

除了那些美狐，《聊齋誌異》中還寫了許多惡狐，也寫了一些貌醜心美的所謂「醜狐」。〈醜狐〉篇中這位狐女，衣服炫麗而顏色黑醜，可是她卻是一位有仁愛之心的狐女。對於拋棄她的穆生，她十分痛恨，狠狠地懲罰了他，後來看到穆生貧窮，又起惻隱之心給他銀子。後來與醜狐相好的于氏，早早就死掉，狐女也沒有把贈與于家的所有財物取走，而留於其後代，可見她心靈的美好已遮蓋了她相貌的醜陋。我們讀整篇作品，甚至從沒有感到她的醜陋的存在。而那位穆生呢？蒲松齡沒有提到他的容貌，但他在狐女的幫助之下富裕之後，卻厭薄起狐女的醜陋，有意將其拋棄。這位狐女如果是一位普通人家的普通女子，其被拋棄後的悲慘命運可想而知，可是不要忘了，這是一隻狐狸。她不但奪回了自己的財產，還讓小狗咬傷了穆生。這說明狐女雖然是善良的，卻也不是一味的懦弱無力。她有自己的好惡，也有自己報恩或報仇的特殊手段。

這是我們現代讀者的看法，清代的讀者是怎麼看待這位「醜狐」的呢？何守奇說：「此狐雖醜，擲金道左，猶無失其為故；視穆之背德負心，相去遠矣。」但明倫說：「明知其狐，而又厭其醜；乃見金而悅從之。鄙矣，卑矣！借以贍其身家，復因其賂遺不繼而遂驅之，毋乃愚而詐乎！獨不思以彼禦窮，而不念昔者，狐肯甘心詒肆，而僅撫窮自悼乎？嚼指有聲，此等奸人，只合付之貓猧耳。喪其二指，只足抵二載衣食之資；貨婢鬻產，而猶是當年，適落得一場笑話耳。我之懷矣，自貽伊戚，其穆生之謂乎！」二人之評論，雖然在文藝上無甚高見，但確為痛快淋漓，代表了世人對醜狐的讚美與對穆生的鄙薄。

鹿啣草

關外❶山中多鹿。土人❷戴鹿首，伏草中，捲葉作聲，鹿即羣至。然牡少而牝多❸。牡交羣牝，千百必徧，既徧遂死。眾牝嗅之，知其死，分走谷中，啣異草置吻旁以熏之，頃刻復甦。急鳴金施銃❹，羣鹿驚走。因取其草，可以回生。

【注釋】❶關外　指山海關以東地區，即今之東北三省。❷土人　土著；本地人。❸牡少而牝多　雄性的少而雌性的多。牡，雄性的鳥或獸。牝，雌性的鳥或獸。❹銃　古代用火藥發射彈丸的一種火器。

【語譯】關外山中有很多鹿。當地人戴著鹿頭，潛伏在草叢裡，捲起葉子吹出聲音，鹿就成群結隊地來了，然而公鹿少，母鹿多。公鹿與很多母鹿交配，即使有千百頭，也一定要交配一遍，全交配完，公鹿就死去。眾母鹿嗅一嗅，知道牠死了，就分頭走進山谷，銜來一種奇異的草，放在公鹿的嘴邊，用草的味道熏牠，片刻時間公鹿就會甦醒過來。人們急忙敲鑼、放槍，群鹿受驚逃走。從而取得那些草，可以起死回生。

【研　析】〈鹿啣草〉寫關外人取鹿啣草治病的事情。

民間有一種說法，叫做「東北有三寶，人參、鹿茸和紫貂」。可見鹿在中國東北三省既有悠久的養殖歷史，又有巨大的經濟價值。當然，可以說鹿全身都是寶，所以古時候人們把鹿稱作神獸。但是鹿身上最珍貴的東西要算是鹿茸了。鹿茸就是雄鹿額上未骨化的角，是一種有組織的結構，為真皮衍生物。鹿茸含有豐富的複合蛋白質和激素，以及磷酸鈣、膠質軟骨素等化學成分，是一種高級補品和名貴藥材。

由於人們視鹿為神獸，所以認為鹿用過的東西也肯定有不同常物之處。只不過，蒲松齡把鹿啣草的場面描寫得有點不堪入目，彷彿古代的春宮畫了。鹿們聽到土人們吹樹葉的聲音，都跑過來。因為雄性的少雌性的多，所以雄鹿就和所有的雌鹿交配，即使有千百隻雌鹿，也要交配一遍，方才完事。雄鹿與雌鹿交配完畢，就累死了。眾雌鹿就到周圍的山谷中去銜來異草，放在牠的嘴邊把牠熏醒。這時，土人們「急鳴金施銃，羣鹿驚走。因取其草，可以回生」。

群鹿銜來的這種草，既然生長在周圍的山谷裡，平時去找這種草就好了，何必要等到鹿的交配季節呢？原因可能有三：一，此草極不好找，只有鹿才能找得到。二，鹿銜過的草上沾有鹿的唾液，這才是最珍貴的東西。三，這種奇異的草類和鹿的唾液相結合，形成了最佳良藥。當然，這只是我們現在的推測。

除了鹿啣草，俗傳蛇銜草也能治病。南朝王廷秀《感應經》云：「昔有田父耕地，值見創蛇在焉。有一蛇，銜草著瘡上，經日創蛇走。田父取其草餘葉以治瘡，皆驗。本不知草名，因以『蛇銜』為名。《抱朴子》云：『蛇銜（指蛇銜草）能續已斷之指如故』，是也。」

小棺

天津❶有舟人某，夜夢一人教之曰：「明日有載竹笥❷賃舟者，索之千金；不然，勿渡也。」某醒，不信。既寐，復夢，且書「⿸厂頁、⿸厂⿰頁頁、⿸厂⿱頁⿰頁頁」❸三字於壁，囑云：「倘渠吝價，當即書此示之。」某異之。但不識其字，亦不解何意。

次日，留心行旅。日向西，果有一人驅騾載笥來，問舟。某如夢索價。其人笑之。反復良久，某牽其手，以指書前字。其人大愕，即刻而滅。搜其裝載，則小棺數萬餘，每具僅長指許，各貯滴血而已。某以三字傳示遐邇❹，並無知者。未幾，吳逆❺叛謀既露，黨羽盡誅，陳尸幾如棺數焉。徐白山說。

【注釋】❶天津　天津衛，即今之天津市。❷竹笥　用以盛放衣物書籍等的竹製盛器。❸⿸厂頁⿸厂⿰頁頁⿸厂⿱頁⿰頁頁　此三字，字書皆無，當為代表某種特定意義的神祕符號。❹遐邇　遠近。遐，遠。邇，近。❺吳逆　指吳三桂。吳三桂於康熙十一年（西元一六七二年）舉兵反清，故稱逆。

【語　譯】天津有個船夫，夜裡夢見有人教他說：「明天有載著竹筐來租船的人，你向他要價一千兩銀子；不答應，就不要替他運。」船夫醒後，沒有相信。睡著後，又做這個夢，那人還在牆壁上寫下「䪼、䪾、䫋」三個字，叮囑說：「如果他吝惜金錢，你就寫這三個字給他看。」船夫感到驚異。可是他不認識這些字，也不明白是什麼意思。

第二天，船夫留意過往的客商。夕陽西下，果然有個人趕著騾子載著竹筐來了，詢問租船的事。船夫按夢中人的囑咐要價。那人笑他。討價還價了許久，船夫就拉著那人的手，用手指寫下夢中那三個字。那人大為驚愕，立刻消失了。船夫搜查他裝載的東西，原來是幾萬具小棺材，每具只有手指般長，裡面都只貯存著一滴血。船夫向遠近的人展示那三個字，並沒有人認識。不久，吳三桂的叛變陰謀暴露，他的黨羽都被誅殺，堆放的屍體數量大約就是小棺材的數量。這是徐白山講的。

【研　析】〈小棺〉通過三個生僻的文字和數萬神祕的小棺材，預示了吳三桂叛軍的滅亡。

《聊齋誌異》全書近五百篇，幾乎每一篇都有神祕色彩。就是最短的兩篇〈赤字〉和〈瓜異〉也讓人感到神祕莫測。這些神祕現象，儘管匪夷所思，但畢竟都是自然現象，看得見，摸得著，給人心理上帶來的恐怖感相對還比較少。而這篇〈小棺〉描寫的是夢境，加上三個生僻的文字，再加上現實中看到某人突然泯滅、竹筐裡盛著數萬小棺材、每一只棺材裡都貯藏著一滴鮮血。這樣的事情，任誰碰上都會有毛骨悚然之感的。好在文章最後揭出了謎底，說這事和吳三桂叛亂有關，否則，這會成為時人的一塊心病的。

在〈小棺〉之後，有一篇〈虞堂附記〉云：「癸未冬，家君自德州移守臨清，訪獲直隸清河縣明天教匪五百餘人。首逆馬進忠，自稱聖人。建『天心順』年號。造作字體，非篆非隸，不可辨識。製黃袍，併黃白各旗幟。封有三宮六院及四大賢相、六部尚書、護國軍師、十二差官、大將軍、七真人、八卦教首、三教首、七十二賢等職。入教者盡易李姓，男女各半。焚香禮拜先天，運氣淨面，以惑愚民。公然結彩周身，與其偽后同乘；侍者持旗夾車而驅，招搖鄉村間。約以臘月十五日，先破州城。甲申二月二日，劫掠而北。家君偵得之，潛帶心腹宵行，圍其村而獲之，檄報各憲。中丞廉使，先後繼至。所封偽職，無一漏網。誠巨案也。先是，聞直隸有走無常者，言陰司造冊甚急，恐有大劫。將毋是歟？」

這則文字，也是通過神祕的預言來揭示直隸清河縣明天教匪的滅亡。但是，由於筆力不夠，雖然敘述得清清楚楚，在恐怖和驚悚上，卻離〈小棺〉十分遙遠了。

李生

商河❶李生，好道。村外里餘，有蘭若❷；築精舍三楹❸，趺坐❹其中。游食緇黃❺，往來寄宿，輒與傾談，供給不厭。一日，大雪嚴寒，有老僧擔囊借榻，其詞玄妙。信宿❻將行，固挽之，留數日。適生以他故歸，僧囑早至，意將別生。雞鳴而往，扣關不應。踰垣入，見室中燈火熒熒，疑其有作，潛窺之。僧趣裝❼矣，一瘦驢縶燈檠❽上。細審，不類真驢，頗似殉葬物；然耳尾時動，氣咻咻然。俄而裝成，啟戶牽出，生潛尾之。門外原有大池，僧繫驢池樹，裸入水中，偏體掬濯❾已；着衣牽驢入，亦濯之。既而加裝超乘❿，行絕駛。生始呼之。僧但遙拱致謝，語不及聞，去已遠矣。王梅屋言。李其友人。曾至其家，見堂上額，書「待死堂」，亦達士也。

【注釋】❶商河　縣名，即今山東濟南商河縣。❷蘭若　原意是森林，引申為「寂靜處」、「空閒處」、「遠離處」等，意為寂淨無苦惱煩亂之處。也泛指一般的佛寺。❸精舍三楹　精舍三間。精舍，僧道居住或說法布道的處所。三楹，三間。楹，古代計算房屋的單位，一說一列為一楹；一說一間為一楹。❹趺坐　即互交二足，將右腳盤放於左腿上，左腳盤放於右腿上的坐姿。❺游食緇黃　指雲遊四方、隨處而食的僧道。緇黃，指僧道。僧人緇服，道士黃冠，故稱。❻信宿　連住兩夜。❼趣裝　速整行裝。❽燈檠　古代照明用具，其式樣繁多，檠端細而尖，下設托盤，可插燭點燃，用盤積燭淚。❾掬濯　捧水洗濯。❿超乘　本指跳躍上車，此指躍上驢背。

【語譯】山東商河李生，喜好佛法。村外一里多的地方，有一座寺院；李生在那裡建了三間齋舍，在裡面盤腿打坐。雲遊四方的和尚道士，往來投宿，李生總和他們暢談，提供資財，不厭其煩。一天，天降大雪，氣溫嚴寒，有個老和尚挑著行囊來借宿，說話十分玄妙。老和尚住了兩晚，將要離開，李生再三挽留，老和尚留了幾天。正好李生有事回家，老和尚囑咐他早點回來，看樣子要和李生告別。雞叫時分，李生到寺院去，敲門沒有人答應。他越牆而入，只見房間裡燈光昏暗，懷疑老和尚在幹什麼，偷偷地窺看。老和尚在收拾行裝了，一頭瘦驢繫在燈架上。仔細一看，不像是真驢子，很像殉葬的物品，但耳朵尾巴不時擺動，「咻咻」地喘著氣。一會兒，行李收拾好了，老和尚打開門，牽著驢子出來，李生偷偷尾隨著。門外原來有一個大池塘，老和尚把驢子拴在池塘邊的樹上，裸體鑽入水中，捧水把全身洗過後，穿上衣服，把驢子牽進水中，也洗一洗。完了，把行李放在驢背上，騎上驢子，飛馳而去。李生這才喊他。老和尚只是遠遠地拱手致謝，聲音還沒聽到，就離開很遠了。這是王梅屋講的。李生是他的朋友。他曾到過李生的家，見他的堂上有塊匾額，上面寫著「待死堂」，也是個豁達的人。

【研析】〈李生〉寫商河李生修道佛寺遇到一個奇異的老僧人的故事。

《聊齋誌異》中的有些小說，是蒲松齡根據別人提供的民間素材整理寫成的。如，〈山魈〉寫一個山怪的故事，是聽孫太白說的。〈咬鬼〉寫一個咬鬼的故事，是聽沈麟生說的。〈胡四姐〉寫一個人狐相戀的故事，是聽友人李文玉說的。這些故事，都說明了故事來源，據此可以猜測，這是蒲松齡根據聽來的民間故事整理而成。

另有些小說，蒲松齡雖然沒有點明素材來源，後人也研究發現了其寫作根據。〈王六郎〉所講的漁夫水鬼的故事，在清人張泓的《滇南憶舊錄．成公祠》中也有類似記載。〈張誠〉所講的兄弟義氣故事，與清人周亮工《書影．戚三郎》故事中的朋友義氣故事極為相似。〈林四娘〉所講的明衡王府林四娘故事，清人王漁洋在《池北偶談》、林雲銘在《林四娘記》、陳維崧在《婦人集》、甚至曹雪芹在《紅樓夢》中，均有記載。這都表示了故事的同源異流，雖然人名或有不同、情節或有差別、寓意或有出入，其都來自相同的民間故事原型，則是可以肯定的。還有些故事，最初流傳民間，後來被文人記入了典籍，蒲松齡也拿來改編潤色，如〈俠女〉源自唐人薛用弱《集異記》中的賈人妻，〈種梨〉源自晉人干寶《搜神記》中的徐光，〈鳳陽士人〉源自唐人白行簡的《三夢記》。這也表明蒲松齡吸收民間文學的範圍之廣和改編民間文學的力量之巨。

這篇〈李生〉，蒲松齡是聽王梅屋說的。在點明「王梅屋言」之後，蒲松齡又加上一句「李其友人。曾至其家，見堂上額，書『待死堂』，亦達士也」。「待死堂」，這確實不是一般人敢於起的堂室名字。李生確實是已經看破生死的「達士」。〈李生〉故事本身也頗有可讀性，其中最引人矚目的，是他那頭驢子。老僧來的時候，是「擔囊借榻」，並沒有驢子。若說李生有事回家，其間老僧得到了驢子，不管是買的還是雇的，也講得過去。但是你看：「一瘦驢縶燈檠上。細審，不類真驢，頗似殉葬物；然耳尾時動，氣咻咻然。」這不由不引起李生的注意。李生於是「潛尾之」，緊緊跟在他的後邊。「門外原有大池，僧繫驢池樹，裸入水中，徧體掬濯已；着衣牽驢入，亦濯之」，老僧自己洗澡算不了奇怪，奇怪的是他給類似草把和紙張紮糊成的驢子洗澡，而驢子並沒有成為一塌糊塗，反而人有精神驢有勁，精神抖擻地跑遠了。

除了這頭驢子，《聊齋誌異》中還有一頭「喓喓然」的蟈蟈變化而成的驢子。〈胡氏〉篇寫：「胡知主人有女，求為姻好，屢示意，主人偽不解。一日胡假而去。次日有客來謁，縶黑衛於門，主人逆而入。……客聞之怒，主人亦怒，相侵益亟。客起抓主人，主人命家人杖逐之，客乃遁。遺其驢，視之毛黑色，批耳修尾，大物也。牽之不動，驅之則隨手而蹶，喓喓然草蟲耳。」

蔣太史

蔣太史超❶，記前世為峨嵋僧❷，數夢到故居菴前潭邊濯足。為人篤嗜內典❸，一意台宗❹，雖早登禁林❺，嘗有出世之想。假歸江南，抵秦郵❻，不欲歸。子哭挽之，弗聽。遂入蜀❼，居成都❽金沙寺；久之，又之峨嵋，居伏虎寺，示疾怛化❾。自書偈❿云：「翛然⓫猿鶴自來親，老衲無端墮業塵⓬。妄向鑊湯⓭求避熱，那從大海⓮去翻身。功名傀儡場⓯中物，妻子骷髏隊⓰裏人。只有君親⓱無報答，生生常自祝能仁⓲。」

【注釋】❶蔣太史超　蔣超，字虎臣，號綏庵、華陽山人，江蘇金壇朱林鎮人。曾任翰林院編修，官至順天提督學政，後出家為僧。太史，明清兩代，修史之事歸於翰林院，所以對翰林亦有「太史」之稱。❷峨嵋僧　峨嵋山的僧人。峨嵋，山名，也作峨眉，位於今四川樂山峨眉山市，地勢陡峭，風景秀麗，是中國四大佛教名山之一。❸內典　指佛教的經典。❹台宗　指佛教的天台宗。❺禁林　翰林院的別稱。❻秦郵　今江蘇高郵的別稱。秦王嬴政於此築高臺、置郵亭，故名。❼蜀　四川省的別稱。❽成都　地名，即今四川成都。❾示疾怛化　指僧人得病死去。示疾，佛教語，謂佛菩薩及高僧得病。怛化，謂人之死乃自然變化，不要驚動他，後人死亦謂「怛化」。怛，憂懼；驚恐。《莊子・大宗師》：「俄而子來有病，喘喘然將死，其妻子環而泣之。子犁往問之，曰：『叱！避，無怛化！』」❿偈　佛經中的唱詞。⓫翛然　形容無拘無束、自由自在的樣子。《莊子・大宗師》：「翛然而往，翛然而來而已矣。」⓬業塵　佛教謂罪惡的塵世。⓭鑊湯　佛經所說「十八地獄」之一，用以烹罪人。⓮大海　即苦海，佛教指塵世間的煩惱和苦難。⓯傀儡場　演傀儡戲的場所，亦喻指官場。⓰骷髏隊　鬼魂的隊列。骷髏，乾枯無肉的死人的全副骨骼。⓱君親　君王與父母。⓲生生常自祝能仁　生生世世求佛祖保佑。生生，生生世世，佛教指輪迴。能仁，梵語的意譯，即釋迦牟尼，意為有能力與仁義的智者。

【語　譯】太史蔣超，記得前世是峨嵋山的和尚，幾次夢見回到先前居住過的草屋前的潭邊洗腳。為人特別嗜好佛經，一心皈依天台宗，雖然很早就進了翰林院，卻常常有出家的想法。他請假回江南，抵達江蘇高郵，不想回家。兒子哭著拉他，他不聽。於是進入四川，住在成都金沙寺；過了很久，又到了峨嵋山，住在伏虎寺，患病而死。他自己寫下偈語：「自由自在的猿和鶴自來親近，老僧我無緣無故墜落到凡塵。妄想跳到沸湯鍋裏躲避炎熱，怎能在茫茫苦海中隨便翻身。功名就好像傀儡戲中的木偶，妻子也如同骷髏堆裏的死人。只有國君和雙親還無從報謝，我會生生世世求佛保佑他們。」

【研　析】〈蔣太史〉寫蔣超棄官學佛的故事。

與虛構的人物不同，蔣超是實有的歷史人物。蔣超，天啟四年（西元一六二四年）出生於一書香之家，順治四年（西元一六四七年）一甲第三名進士，授翰林院編修（正七品）。順治八年（西元一六五一年）擔任浙江鄉試主考官。康熙六年（西元一六六七年），吏部晉升蔣超為翰林院修撰，委任順天提督學政。順天學政秩滿後，他便開始了漫遊名山勝水的生涯。在返鄉途中，行至秦郵

（今江蘇高郵），轉道西馳，於康熙十一年（西元一六七二年）春在峨眉山伏虎寺披剃為僧，法名「智通」。康熙十二年（西元一六七三年）正月，蔣超圓寂。

關於蔣超棄官學佛的事，清人多有記載。今抄錄王漁洋《池北偶談》一則，供讀者參考：「翰林修撰蔣虎臣先生超，金壇人，自號華陽山人。幼耽禪寂，不茹葷酒，祖母夢峨眉山老僧而生。生數歲，嘗夢身是老僧，所居茅屋一間，屋後流泉繞之，自伸一足，入泉洗濯，其上高山造天；又數夢古佛入己室，與之談禪。年十五時，有二道人坐其門，說山人有師在峨眉，二百餘歲，恐其墮落云云。久之乃去。順治丁亥，先生年二十三，以一甲第三人及第，入翰林。二十餘載率山居，僅自編修進修撰，終於史官。性好山水，徧遊五岳及黃山、九華、匡廬、天台、武當，不避蛇虎。晚自史館以病請告，不歸江南，附楚舟上峽，入峨眉山，以癸丑正月卒於峨眉之伏虎寺。臨化有詩云：『偶向鑊湯求避熱……』。嘗自謂蜀相蔣琬之後，在蜀與修《四川通志》，以琬故，遍叩首巡撫、藩臬諸司署前。其任誕不羈如此。」

邵臨淄

臨淄❶某翁之女，太學❷李生妻也。未嫁時，有術士推其造❸，決其必受官刑❹。翁怒之，既而笑曰：「妄言一至於此！無論世家女必不至公庭，豈一監生❺不能庇一婦乎？」既嫁，悍甚，指罵夫壻以為常。李不堪其虐，忿鳴於官。邑宰邵公❻准其詞，簽役立勾。翁聞之，大駭，率子弟登堂，哀求寢息❼。弗許。李亦自悔，求罷。公怒曰：「公門內豈作輟盡由爾耶？必拘審❽！」既到，略詰一二言，便曰：「真悍婦！」杖責三十，臀肉盡脫。

異史氏曰：「公豈有傷心於閨闥❾耶？何怒之暴也！然邑有賢宰，里無悍婦矣。誌之，以補〈循吏傳〉❿之所不及者。」

【注釋】❶臨淄　縣名，即今山東淄博臨淄。❷太學　中國古代設於京城的最高學府，始設於漢代，隋代以後改為國子監。❸推其造　推算人的生辰八字。造，舊時星命術士稱人生辰干支。❹官刑　官府所用之刑。❺監

生 國子監生員的簡稱。監，國子監，明清時國家最高學府。❻邵公 邵如崙，湖北天門人，康熙二十一年（西元一六八二年）任臨淄知縣。❼寢息 停息；擱置。❽審 審訊。❾閨闥 指夫婦的居室。❿循吏傳 史書上為奉公守法的官吏作的傳記。

【語　譯】山東臨淄某翁的女兒，是國子監生李生的妻子。她沒有出嫁時，有算命先生推算她的生辰八字，斷定她一定會遭受官府刑法。某翁聽了很生氣，接著笑著說：「竟然這樣信口胡說！不要說世家大族的女兒一定不會上法庭，難道一位監生不能庇護自己的妻子嗎？」婚後，她非常刁悍，打罵丈夫習以為常。李生不能忍受她的暴虐，一怒之下告了官。縣官邵公准了李生的狀詞，發簽牌給衙役，立即拘捕到案。某翁聽說，大驚失色，領著子弟們登上公堂，哀求縣官免予拘審。邵公不答應。李生也後悔了，請求撤訴。邵公生氣地說：「官府裡難道要動要停都由你們？一定要拘傳審問！」那女人來到後，邵公約略問了一兩句話，便說：「果然是個悍婦！」命令責打三十棍，打得她屁股皮開肉綻。

異史氏說：「邵公難道因為女人傷過心嗎？為什麼這樣暴怒！但城裡有賢良的長官，鄉間就沒有悍婦了。記錄這事，以補充〈循吏傳〉沒有涉及的內容。」

【研　析】〈邵臨淄〉寫一悍婦被丈夫檢舉，遭到官府拷打的故事。

臨淄某翁之女，出身不見得多麼高貴，性情卻非常高傲兇悍。她認為在家既可無法，嫁得太學生更可無天，丈夫一開始又對其放任縱容，遂使她打罵丈夫即成為日課。丈夫到了忍無可忍之時，才「鳴於官」，使她受到懲罰。

3425 淄臨邵

蒲松齡平生多睹悍婦懦夫。蒲松齡「郢中詩社」的朋友王鹿瞻，娶妻兇悍潑辣異常，將鹿瞻之父逐出家門，致使老人客死異鄉旅店，鹿瞻不敢前往收屍。蒲松齡聞知此事，寫信給王鹿瞻：「兄不能禁獅吼之逐翁，又不能如孤犢之從母，以致雲水茫茫，莫可問訊，此千人所共指！」勸其速備棺木，扶櫬來歸。否則，眾叛親離，訴諸公堂，「則惡名彰聞，永不齒於人世矣」！隨之又作成〈馬介甫〉一篇小說。此篇寫縣令邵如崙在公堂上「略詰一二言，便曰：『真悍婦！』杖責三十，臀肉盡脫」。蒲松齡在「異史氏曰」中說：「公豈有傷心於閨闥耶？何怒之暴也！」這弔詭之語，實為借臨淄邵公之手，替世之「傷心於閨闥」者，出一口惡氣。

澂俗

澂❶人多化物類，出院求食。有客寓旅邸❷，時見群鼠入米盎❸，驅之即遁。客伺其入，驟覆之，瓢水灌注其中，頃之盡斃。主人全家暴卒，惟一子在。訟官，官原而宥之❹。

【注釋】❶澂　雲南澂江府，今雲南澄江縣。❷旅邸　旅館。❸盎　腹大口小的盛物瓦器。❹原而宥之　原諒饒恕了他。原宥，諒解；寬大處理。

【語譯】澂地人常常變成其他動物，到門外尋找食物。一位客人住在旅館，時常看見一群老鼠竄進米缸，驅趕牠們，牠們就馬上逃走。客人等老鼠爬進缸裡，猛地蓋上蓋子，用瓢往裡面灌水。一會兒，老鼠全死了。店主人全家突然死亡，只剩下一個兒子。告到官府，官府查明原因後，赦免了客人。

【研析】〈澂俗〉寫澂地人化成老鼠偷人米吃，誤被人灌死的故事。

蒲松齡在〈聊齋自志〉中說：「人非化外，事或奇於斷髮之鄉；睫在目前，怪有過於飛頭之國。」兩句的意思是說，人物雖處在中原大地，但所發生的故事，比遠在斷髮之鄉的還要神奇；

人們眼下發生的故事，比遠在飛頭之國的還要怪異。〈澂俗〉中的澂地人，常常變成其他動物出外覓食。當地人知道這一風俗，可能不覺為怪，而一旦遇到外鄉人，可能就有麻煩。這天，正好有一個外鄉人住在了澂地的旅店裡，正好看到有老鼠到米缸裡偷米吃，正好這個人愛管閒事，就用水瓢舀水把老鼠灌死了。當然，這絕不是一群老鼠，這是旅店主人的一家老小。故事很讓人悲傷，好在還剩下了一個兒子，這家人家不至於斷子絕孫。

遼陽軍

沂水❶某，明季充遼陽軍❷。會遼城陷，為亂兵所殺；頭雖斷，猶不甚死。至夜，一人執簿❸來，按點諸鬼。至某，謂其不宜死，使左右續其頭而送之。遂共取頭按項上，羣扶之，風聲簌簌，行移時，置之而去。視其地，則故里也。沂令聞之，疑其竊逃。拘訊❹而得其情，頗不信；又審其頭無少斷痕，將刑之。某曰：「言無可憑信，但請寄獄中。斷頭可假，陷城不可假。設遼城無恙，然後受刑未晚也。」令從之❺。數日，遼信至，時日一如所言，遂釋之。

【注　釋】❶沂水　縣名，即今山東臨沂沂水縣。❷充遼陽軍　充軍到遼陽。充軍，古代的一種刑法，把罪犯發配到邊遠地方去服役。遼陽，即今遼寧遼陽，清初置遼陽府。❸簿　供登記或書寫用的本子。❹拘訊　逮捕審訊。❺從之　認為他說得對。

【語　譯】山東沂水某人，在明朝末年充軍遼陽。碰上遼城陷落，被亂兵所殺；頭雖然斷了，人還沒完全死。到了晚上，一個人拿著名冊來，查點鬼魂。點到這人，說他不應該死，叫手下人把他的頭接上，送他離開。那些人就一起拿過頭來接在他的脖子上，一齊攙扶著他走，風聲簌簌，走了一會，那些人把他放下就走了。看看這個地方，原來是自己的故鄉。沂水縣令聽到消息，疑心他偷跑回來。把他抓來審問，瞭解了其間的情況，縣令很不相信；又檢查他的脖子，沒有一點砍斷的痕跡，就打算用刑。那人說：「我所說的沒有憑據，只請把我暫時關押在牢裡。斷頭的事可以裝假，遼城被攻陷的事卻假不了。如果遼城安然無恙，然後再用刑也不晚。」縣令答應了。幾天後，遼城方面的消息傳來，陷落的時間正和那人說的相符合，縣令就把那人釋放了。

【研　析】〈遼陽軍〉寫某人被殺又安頭復活的故事。

遼陽自古以來就是中國東北的邊塞要地。唐代詩人沈佺期〈獨不見〉詩中就說：「盧家少婦郁金堂，海燕雙棲玳瑁梁。九月寒砧催木葉，十年征戍憶遼陽。白狼河北音書斷，丹鳳城南秋夜長。誰為含愁獨不見，更教明月照流黃？」這位少婦的丈夫在遼陽當兵，已經十年不見面了，所以到了該送寒衣的秋季九月，她就想起了他。到了明代，遼陽是東北的重鎮，直至明末一直是東北地區的軍政中心。明人吳希夢作〈登望京樓和韻〉：「春雲漠漠水悠悠，四顧晴山遠郭樓。煙鎖朝巒浮翡翠，霞明遠岫擬丹丘。」這充分反映出當時遼陽城的壯觀。明人張鰲在其所著〈遼陽歌〉中這樣描述遼陽商業的盛況：「遼陽春似洛陽春，紫陌花飛不見塵。」天啟元年（西元一六二一年），清軍攻破遼陽，遼東巡撫袁應泰殉難。沂水縣的某人即應在這場戰爭中被亂兵所殺。他斷頭復活的故事雖然怪誕，卻是歷史的烙印。

張貢士

安丘張貢士❶，寢疾❷，仰臥牀頭。忽見心頭有小人出，長僅半尺；儒冠儒服❸，作俳優❹狀。唱崑山曲❺，音調清徹，說白自道名貫❻，一與己同；所唱節末❼，皆其生平所遭。四折既畢❽，吟詩而沒。張猶記其梗概，為人述之。

【注　釋】❶安丘張貢士　安丘，縣名，即今之山東濰坊安丘。張貢士，指張在辛，字卯君，號柏庭，清初書法家、金石鑑賞家，安丘人，康熙二十五年（西元一六八六年）拔貢。❷寢疾　臥病在床。❸儒冠儒服　穿戴儒生的帽子和衣服。❹俳優　古代以科諢為特色，包容音樂、戲劇、歌舞等成分的表演藝人。❺崑山曲　即崑曲，又稱崑劇、崑腔、崑山腔，是中國最古老的劇種之一，也是中國傳統文化藝術中的珍品。❻名貫　姓名與籍貫。❼節末　情節本末。❽四折既畢　指全劇演出完畢。一本四折是元雜劇的基本體製。

【語　譯】安丘張貢士，臥病不起，仰臥在床頭。忽然看見心頭有個小人出來，只有半尺高；戴儒帽，穿儒服，裝扮舉止就像戲裡的人物。唱崑山曲，音調清澈宏亮，對話、獨白、介紹姓名籍貫，全部和自己相同，說唱的情節，都是自己的生平遭遇。唱完四折，朗誦完下場詩，然後消失了。張貢士仍然記得劇情梗概，曾給人講過這件事。

【研析】〈張貢士〉寫安丘張在辛病臥床頭看到心頭小人唱昆曲的故事。

張貢士即張在辛，他是清代實有的歷史名人。康熙二十五年（西元一六八六年）拔貢生，授觀城教諭不就。築園城隅，偕在乙、在戊兩弟及群從討論風雅。常與王漁洋、魏禧、王岱、曹貞吉、尤侗、朱彝尊論詩談文，與高鳳翰、金農等人研究繪畫、篆刻。集名流所長，遂得「揚州八怪」之奇風。工篆、隸，兼精刻印，畫入逸品。家有墨寶樓，喜收藏書、畫、古玩。著有《篆印心法》、《漢隸奇字》、《畫石瑣言》、《隱厚堂詩集》等。

在〈張貢士〉中，蒲松齡寫張在辛臥病在床，看到心頭小人出，唱崑曲，姓名籍貫、平生事蹟都和他一模一樣。這樣的故事包含著怎樣的道理呢？何守奇說：「此疑是貢士心神。」但明倫說：「人之一生，不過一場戲耳。祇要問心，自己是何腳色，生平是何節末。要作鬚眉畢現，毋為巾幗貽羞；要認本來面目，毋作粉臉逢迎；要求百世留芳，毋作當場出醜。能令人共看有好下場。」聯繫這兩則小評論，我們就看出了張貢士與「小人」之間的心理聯繫。

王漁洋《池北偶談》中將此篇改名為〈心頭小人〉，將「寢疾」改為「晝寢」，〈張貢士〉中的那種特殊氛圍就變得黯然失色。因為「心頭小人」出，並非常有之事，只有疾病中的人才能有這種感覺。正因為是在病中，精神容易恍惚，所以才產生這樣的景象。也正因為精神恍惚，所以記著的也僅僅是其「梗概」，至於具體的細節，他就記不清楚了。這正符合「寢疾」人物的身分。如果像王漁洋那樣改成「晝寢」，其故事當然也成立，但就離人物的心理和命運較遠了。

單父宰

青州❶民某，五旬餘，繼娶少婦。二子恐其復育❷，乘父醉，潛割睪丸而藥糝❸之。父覺，託病不言。久之，創漸平。忽入室，刀縫綻裂，血溢不止，尋斃。妻知其故，訟於官。官械❹其子，果伏。駭曰：「余今為『單父宰❺』矣！」並誅之。

邑有王生者，娶月餘而出其妻。妻父訟之。時淄宰辛公❻，問王何故出妻，答云：「不可說。」固詰之，曰：「以其不能產育耳。」公曰：「妄哉！月餘新婦，何知不產？」忸怩❼久之，告曰：「其陰❽甚偏。」公笑曰：「是則偏之為害，而家之所以不齊❾也。」此可與〈單父宰〉並傳一笑。

【注釋】❶青州　府名，治所在今山東濰坊青州。❷育　生養孩子。❸糝　塗抹。❹械　拘繫；用刑。❺單父宰　單父是春秋時魯國城邑名，孔子弟子宓不齊（字子賤）曾為單父宰。此處之單父諧音為騸父（閹割父親），是此官的風趣話。❻辛公　辛民，字先民，直隸大興舉人，順治元年（西元一六四四年）任淄川知縣。❼忸怩　形容羞愧或不大方的樣子。❽陰　生殖器。❾家之所以不齊　家政不修。《禮記・大學》：「欲治其國者，先齊其家；欲齊其家者，先修其身。」《白虎通・嫁娶》：「妻者，齊也。」聯繫二者，不齊，猶言不妻，指妻子不能生育。

【語　譯】山東青州居民某人，五十多歲，續娶了個年輕婦女。兩個兒子擔心父親再生養孩子，趁著父親喝醉酒，暗地把父親的睪丸割下來，撒上藥粉。父親醒來後，託辭生病，沒有聲張。過了很久，創口漸漸平復了。他忽然要行房，刀縫迸裂，血流不止，一會兒就死了。妻子知道了緣由，告到官府。官府拘捕了那兩個兒子，他們果然認罪。審判官大驚說：「我今天成了『單父宰』了！」把那兩個兒子都處決了。

本縣有個王生，結婚一個多月就休了妻子。他的岳父告到官府。當時淄川縣令是辛公，問王生休妻的緣故，王生回答說：「不能說。」辛公再三追問，王生說：「因為她不能生育。」辛公說：「荒唐！一個多月的新娘子，怎麼知道不能生育？」王生忸怩了很久，告訴辛公說：「她的陰部很偏。」辛公笑著說：「這麼說是『偏』的危害，所以家政不能修整啊。」這可以和〈單父宰〉的故事一起流傳，供人一笑。

【研　析】〈單父宰〉寫一則青州人閹割自己父親的故事。

《呂氏春秋・察賢》記載了一個「鳴琴而治」的故事：「宓子賤治單父，彈鳴琴，身不下堂而單父治。巫馬期以星出，以星入，日夜不居，以身親之，而單父亦治。巫馬期問其故於宓子，宓子曰：『我之謂任人，子之謂任力；任力者故勞，任人者故逸。』宓子則君子矣。逸四肢，全耳目，平心氣，而百官以治，義矣，任其數而已矣。巫馬期則不然，弊生事精，勞手足，煩教詔，雖治猶未至也。」意思就是說：宓子賤治理單父，每天在堂上靜坐彈琴，就治理得很好。巫馬期披星戴月，早朝晚退，晝夜不閒，親自處理各種政務，單父也治理得很好。巫馬期向宓子詢問其中的緣故。宓子說：「我的做法叫使用人才，你的做法叫使用力氣。使用力氣的人當然勞苦，使用人才的人當然安逸。」宓子算得上君子了。使四肢安逸，耳目保全，心氣平和，而官府的各種事務處理得很好，這是應該的了，他只不過使用正確的方法罷了。而巫馬期卻不是這樣，他費盡心機，勞動手足，發號施令，雖然治理好了，卻不是最高的境界。

蒲松齡熟讀經典，心中存著無數的典故，而諧音修辭又是古今常用的修辭方法之一，所以當他聽到青州民某閹割了自己的父親時，一下子就由「單父」想到了「騸父」，於是這則小故事就由一個普普通通的惡作劇，變成了一個妙趣橫生而又古色古香的笑話，藝術效果也就更上一層樓了。這一篇的附則，說的是淄川王生見識短淺，不知道女人生孩子前和生孩子後生殖器是有變化的，所以鬧了一個大笑話。但是這個笑話若到此為止，聽者只笑話王生的癡呆憨傻，直到聽了辛公「是則偏之為害，而家之所以不齊也」那句妙語，聽者才不得不佩服舉人老爺的讀書之廣。

兒子騸了父親的生殖器，丈夫厭惡妻子的生殖器，這都是一些上不了臺盤的齷齪事，可是一經舉人進士的略加點染，就使一則不堪入耳的醜聞變成了一則令人解頤的笑話，雖然是小小的文字遊戲，也可看出讀書人的錦心繡口。

邑人

邑❶有鄉人，素❷無賴。一日，晨起，有二人攝❸之去。至市頭，見屠人以半豬懸架上，二人便極力推擠之，忽覺身與肉合，二人亦逕去。少間，屠人賣肉，操刀斷割，遂覺一刀一痛，徹於骨髓。後有鄰翁來市肉，苦爭低昂❹，添脂搭肉，片片碎割，其苦更慘。肉盡，乃尋途歸；歸時，日已向辰❺。家人謂其晏起❻，乃細述所遭。呼鄰問之，則市肉方歸，言其片數、斤數，毫髮不爽。崇朝❼之間，已受凌遲❽一度，不亦奇哉！

【注釋】❶邑　城市，此指淄川縣城。❷素　一貫從事。❸攝　拘捕。❹低昂　指秤的高低。❺辰　辰時，相當於早上七點至九點。❻晏起　很晚才起床。晏，晚。❼崇朝　終朝，從天亮到早飯時。❽凌遲　零割碎剮的一種酷刑。

【語譯】縣裡有個鄉民，平時奸滑無賴。一天，他早晨起來，有兩人把他押走。到了集市上，看見殺豬的把半爿豬掛在肉架上，那兩人就用力把他往那上面推擠，他忽然覺得自己的身體和豬肉合二為一，那兩人也逕自走了。一會兒，殺豬的賣肉，拿起刀來切割，那鄉民便覺得割一刀就一陣劇痛，直透骨髓。後來，那鄉民鄰居家的老頭來買肉，為秤的高低苦苦爭執，添塊油脂，搭塊兒肉，一片一片零碎地割，那痛苦更加難以忍受。肉賣完了，那鄉民才沿著舊路回家。回到家裡，天已接近辰時了。家裡人說他起得太晚，他便細細敘述自己的遭遇。把鄰居叫來問問，鄰居買肉剛回來，說起所買肉的片數、斤數，跟那鄉民說的絲毫不差。一早晨的功夫，那鄉民已經受了一回剮刑，不也很奇怪嗎！

【研　析】

〈邑人〉寫一無賴之徒睡夢之中被刀零割的故事。

這篇故事中有兩個難點。其一，故事上來說「晨起，有二人攝之去」，後邊又說「家人謂其晏起」，若僅從字面理解，這兩句話是矛盾的。早晨起來，就有人把這個人捕捉走了，難道沒有人看見、聽見？從集市上回來後，他難道不是從家門外回家的？如果是從家門外回家的，那他從外邊進家門，怎麼會被認為是晚起呢？通讀全篇，我們可以這樣推測，這個人早晨是在睡夢中被人捉拿走的，集市上發生的一切都是他的夢境；否則，他真的被凌遲了又怎麼還能活著回家。在接近辰時的時候，他從夢中醒來，爬起床來，走出房子，家人才說：「這麼晚了，你怎麼才起來？」他才朦朦朧朧地把夢中的故事講述了一遍。其二，既然這一切都是這個人的夢境，那「呼鄰問之，則市肉方歸，言其片數、斤數，毫髮不爽」又是怎麼回事？實際上，賣肉的並不在夢中，雖然「言其片數、斤數，毫髮不爽」，只是他割肉的時候眼前只有豬肉，而根本看不到這個人。總而言之，做夢的只管做夢，賣肉的只管賣肉，二人並沒有直接發生關係；如果做夢的不說，賣肉的永遠也不會知道今天早晨還有這麼一說。

「屠人賣肉，操刀斷割，遂覺一刀一痛，徹於骨髓。後有鄰翁來市肉，苦爭低昂，添脂搭肉，片片碎割，其苦更慘」，這是本篇最為精彩的兩句細節描寫。前一句就已經讓讀者感同身受，痛徹骨髓了，後一句更是讓人哭笑不得，幾乎閉過氣去了。蒲松齡看不慣那些為非作歹的人，但是作為一個窮秀才又無權管教或者管制他們，只有在文學作品中加以撻伐了。但明倫評價說：「碎割之慘，令於生前受之，自口述之。鬼神或予以自新之路耶？抑借其言以警世耶？不然，恐他時再割地獄中，再無人證其片數、斤數矣。」

元寶

廣東❶臨江山崖巉巖❷，常有元寶❸嵌石上。崖下波湧，舟不可泊。或蕩槳❹近摘之，則牢不可動；若其人數應得此，則一摘即落，回首已復生矣。

【注釋】❶廣東　即廣東省。❷巉巖　形容險峻陡峭，山石高聳的樣子。❸元寶　中國舊時鑄成馬蹄形的銀錠，常作貨幣流通。❹蕩槳　划船。

【語譯】廣東靠江的山崖十分險峻，常常有元寶嵌在岩石上。崖下波濤洶湧，船隻不能停靠。有人搖著船靠近，想把元寶摘下來，可是元寶卻牢不可動；如果那人命中註定應該得到元寶，一摘元寶就掉下來，回頭一看元寶已經重新長出來了。

【研析】〈元寶〉寫廣東臨江的山崖上長有元寶的異事。

天上不會掉下元寶來，這是連小孩子都明白的道理。但在這篇故事中，天上掉元寶的事是可能的，只是不掉給所有的人，只掉給有緣的人。廣東江畔山崖上有很多元寶。對於沒有緣的人來說，江邊本來風急浪高，近之不易，即使到了跟前，用盡力氣也不能撼動分毫。而當某人命中應該得到這個元寶的時候，元寶就應手而落，歸他所有了。奇怪的是，摘去元寶的地方接著又長出一個來，等待下一個有緣人前來摘取。〈雷曹〉一則中的樂雲鶴，他跟隨雷曹到了天上，「細視星嵌天上如蓮實之在蓬也，大者如甕，次如瓿，小如盎盂。以手撼之，大者堅不可動，小星搖動似可摘而下者；遂摘其一藏袖中」。在蒲松齡看來，只要有緣分，不僅江畔的一個元寶可以得到，即使天上的星星都能摘到手。

研石

王仲超言：「洞庭君山❶間有石洞，高可容舟，深暗不測，湖水出入其中。嘗秉燭❷泛舟而入，見兩壁皆黑石，其色如漆，按之而軟；出刀割之，如切硬腐❸。隨意製為研❹。既出，見風則堅凝過于他石。試之墨，大佳。估舟游楫❺，往來甚眾，中有佳石，不知取用，亦賴好奇者之品題❻也。」

【注釋】❶洞庭君山　洞庭湖中的君山。君山，古稱洞庭山、湘山，是八百里洞庭湖中的一個小島。❷秉燭　指舉著火把。❸硬腐　豆腐乾。❹研　古同「硯」，硯臺。❺估舟游楫　商人和遊客的船隻。❻品題　稱揚。

【語譯】王仲超說：「洞庭湖的君山中有個石洞，高得能容下船隻，光線黑暗，深不可測，湖水在洞口進進出出。我曾舉著蠟燭，划船進去，只見兩邊洞壁都是黑色石頭，顏色像漆一樣，按下去是軟的；用刀割一下，就像切豆腐乾一樣。隨意做成硯臺。出來以後，遇風就凝結，比其他石頭更加堅硬。試著用它磨墨，非常好。雇船遊覽的人很多，洞裡有這樣好的石頭，卻不知道拿來使用，這也有賴於好奇的人加以稱揚。」

【研析】〈研石〉寫洞庭湖君山上的石洞裡出產研石的事情。

蒲松齡沒有到過洞庭湖，這個故事是他聽王仲超說的。王仲超是誰？目前還不得而知。我們很多人即使沒有到過洞庭湖，也大概知道洞庭湖君山的美麗傳說。君山，就是紀念湘君的山。對於湘君和湘夫人的來歷，歷代多有爭論。其中一種說法是：湘君就是古帝舜，他南巡時死於蒼梧，葬在九嶷山。舜的妻子是堯帝的二女娥皇、女英，她們追隨丈夫到沅、湘，夫死而哭，淚水落在竹子上，使竹竿結滿了斑點，「斑竹」之名即由此而來。

在那樣一個美麗的地方，有一個美麗的山洞，當然會有人前去遊玩觀光。但是，雖然山洞「高可容舟」，但畢竟「深暗不測」，並且「湖水出入其中」，就是打著火把進去，也只「見兩壁皆黑石，其色如漆」。更奇怪的是，「出刀割之，如切硬腐。隨意製為研。既出，見風則堅凝過于他石。試之墨，大佳」。誰能想到軟軟的石頭能夠成為堅硬無比的硯臺呢？所以蒲松齡說，這個山洞的研石若想出名，還得通過名人的宣傳游揚。

蒲松齡在寶應寫過一首〈與樹百論南州山水〉，詩云：「揚州有紅橋，廊榭亦蕭敞。餘杭有西湖，淳流亦瀚泱。雕甍鬥華麗，名流過題賞。」在蒲松齡看來，揚州的紅橋，杭州的西湖，都是通過名人的「題賞」而出名的。但是，揚州、西湖畢竟是真實的存在，而洞庭君山的這個山洞則多半是子虛烏有了。

武夷

武夷山❶有削壁千仞，人每于下拾沈香❷玉塊焉。太守聞之，督數百人作雲梯❸，將造頂以覘❹其異，三年始成。太守登之，將及巔，見大足伸下，一拇指粗于擣衣杵❺，大聲曰：「不下，將墮矣！」大驚，疾下。纔至地，則架木朽折❻，崩墜無遺。

【注釋】❶武夷山　山名，在福建西北部武夷山市，位於福建與江西的交界處。❷沈香　即沉香木，是一種木材、香料和中藥。沉香木樹心部位受到外傷或真菌感染刺激後，會大量分泌帶有濃郁香味的樹脂。這些部分因為密度很大，入水能沉，又被稱為「沉水香」。❸雲梯　攀援登高的一種工具，古代屬攀越城牆攻城的戰爭器械。❹覘　偷偷察看。❺擣衣杵　洗衣物時用來敲打的木棒。杵，一頭粗一頭細的圓木棒。❻朽折　因朽爛而斷折。

【語譯】福建武夷山有一道千百丈高如刀削出來的石壁，人們往往在石壁下面拾到沉香和玉塊。知府聽說這件事，督促幾百人製造雲梯，想到石壁頂上去看看有什麼奇異現象，三年才造好。知府登上雲梯，快要到山頂時，見一隻大腳伸下來，拇指比擣衣棒還粗，一個很大的聲音說：「不下去，就要掉下去了！」知府大驚，急忙下來。剛到地面，木頭搭成的雲梯就腐朽、折斷，完全崩塌了。

【研析】〈武夷〉寫武夷峭壁掉沉香玉塊，太守架雲梯尋之而不得的故事。

武夷山風景區位於福建武夷山市南郊，武夷山脈北段東南麓，是中國著名的遊覽勝地。武夷山通常指位於福建武夷山市西南十五公里的小武夷山，稱福建第一名山，屬典型的丹霞地貌，素有「碧水丹山」、「奇秀甲東南」之美譽。

蒲松齡肯定沒有到過武夷山，但他所寫的這則小故事，一定會喚起遊過武夷山的人的舊地重遊之感。我們看此故事的第一句：「武夷山有削壁千仞，人每于下拾沈香玉塊焉。」到過武夷山的人都知道，這裡的「削壁千仞」絕非泛泛而談，其山壁光滑、高聳入雲，可稱中華一絕。當然，最讓人驚奇的是此峭壁上正好就鐫刻著「壁立萬仞」四個大字。因為「人每于下拾沈香玉塊焉」，所以武夷山下的太守竟然用數百人花三年的時間建造一座雲梯，想登頂看個究竟。誰知還沒登頂，就看到了一個更加奇異的景象：「將及巔，見大足伸下，一拇粗于擣衣杵，大聲曰：『不下，將墮矣！』」想一想，山頂上有佛守護，別說沉香玉塊，更加奇異珍貴的寶物還不知有多少呢，只是太守無緣見到了。

〈武夷〉篇的最後一句話也寫得極有意思：「纔至地，則架木朽折，崩墜無遺。」太守剛剛退回地面，雲梯就全部倒塌了。一者打消了太守再次攀登的念頭，二者也顯示石壁非常之高，造雲梯的做法是極不可取的，因為需要好幾年的時間，最頂端的還沒造好，底端的已經開始腐爛了，所以不可能藉此登上頂端，更何況弄不好還有生命危險，這次太守退下來雲梯才倒塌，就已經實屬萬幸了。

富翁

富翁某，商賈多貸其貲。一日出，有少年從馬後，問之，亦假本❶者。翁諾之。至家，適几❷上有錢數十，少年即以手疊錢，高下堆壘之。翁謝去❸，竟不與貲。或問故，翁曰：「此人必善博❹，非端人也。所熟之技，不覺形于手足矣。」訪之，果然。

【注釋】❶假本　借本錢。❷几　小或矮的桌子。❸謝去　推辭掉。❹善博　喜歡賭博。

【語譯】有個富翁，做生意的人大多向他借貸。一天，富翁外出，有個青年人跟在馬後，富翁問他，原來也是來借本錢的。富翁答應了。到家後，剛好桌上有幾十枚銅錢，青年人閒來無事，就用手疊錢，高低不等地摞起來。富翁客氣地請他離開，終究沒借錢給他。有人問他原因，富翁說：「這人一定好賭博，不是正派人。他所慣熟的疊錢動作，不自覺地就顯現在他的一舉一動上了。」一打聽，果然如此。

【研析】〈富翁〉寫一富翁先答應後拒絕借錢給賭徒的小故事。

故事一開始就說：「富翁某，商賈多貸其貲。」看來這個富翁主要不是靠經商致富，而是靠放貸的方式發財。儘管他是靠放貸發財，他也不是隨便就把錢借給人的。他要借錢給人，首先這些人得有償還的能力，否則，借出去的錢豈不是肉包子打狗，有去無回？所以，他的放貸對象主要是商賈，因為經商的利潤高，還錢基本上沒有問題。有一次，有一個少年跟在他的馬後頭，開口向富翁借錢，富翁很痛快地就答應了。可是「至家，適几上有錢數十，少年即以手疊錢，高下堆壘之。翁謝去，竟不與貲」。有一個詞叫「技癢」，就是說有某種技藝的人遇到機會就急欲表現一下，方才過癮。這位少年喜歡賭博，見錢眼開，一時技癢，就堆疊玩弄起來。賭徒的心思畢竟簡單，他沒想到這一時技癢，漏了餡兒，斷送了自己借錢的際遇，被富翁拒絕了。富翁說：「此人必善博，非端人也。所熟之技，不覺形于手足矣。」至此，我們不但佩服富翁的心思之密，還佩服他的道德仁厚，他借錢是借給「端人」供其生財，而不借給賭徒使自己破財。有了「智」和「仁」這兩條，他的富翁身分會保持長久的。

據說，蒲松齡的高祖蒲世廣年輕時也是一位賭場高手。有一次族人蒲節到龍興寺賭輸了全部家產，哭著來向蒲世廣訴苦。蒲世廣馬上就到龍興寺去，一頓飯的工夫就把蒲節輸掉的家產全部贏了回來。因為此內容和賭博有關，所以寫在這裡，供大家參考。

岳神

揚州提同知❶，夜夢岳神❷召之，詞色憤怒。仰見一人侍神側，少為緩頰❸。醒而惡❹之。早詣岳廟，默作祈禳❺。出則見藥肆❻一人，絕肖所見，問之，知為醫生。既歸，暴病，特遣人聘之。既至，出方為劑，暮服之，中夜而卒。或言：閻羅王❼與東岳天子，日遣侍者男女十萬八千眾，分布天下作巫醫❽，名「勾魂使者❾」。用藥者不可不察也！

【注釋】❶揚州提同知　揚州府姓提的同知。揚州，府名，治所即今江蘇揚州。同知，明清時期官名，為知府的副職。❷岳神　泰山神東岳大帝，即下文之「東岳天子」，舊時人們認為岳神是管轄天下鬼魂的首領。❸緩頰　為人求情或婉言勸解。❹惡　心裡鬱悶；不高興的樣子。❺祈禳　祈禱以求福除災。❻藥肆　藥店。肆，店鋪。❼閻羅王　佛教稱主管地獄的神，即「閻王」。❽巫醫　是具有兩重身分的人，既能交通鬼神，又兼及醫藥。❾勾魂使者　地獄中捉拿罪犯魂魄的鬼卒。

【語　譯】揚州的提同知，晚上夢見岳神召見他，岳神聲色俱厲。仰頭看見一個人侍立在岳神旁邊，稍稍替他求情。提同知醒來，很嫌惡這個夢。早上來到岳神廟，默默祈求保佑。出來後，看見藥店裡有一個人，很像在夢裡見到的那個人。一問，才知道是位醫生。回家後，他突然病倒，專門派人去請那位醫生。那醫生到來，開方抓藥，提同知傍晚服了藥，半夜就死了。有人說：閻羅王和東岳天子，每天派遣男女侍者十萬八千名之多，分布於天下當巫師、醫生，叫作「勾魂使者」。用藥的人不能不仔細察看啊！

【研析】〈岳神〉寫閻羅與東岳大帝派遣「勾魂使者」勾人魂魄的故事。

揚州府的提同知夜裡夢見東岳大帝招他，表現出很生氣的樣子，東岳大帝旁邊有一人，似乎給他說了幾句好話。醒來後，他很不高興，但是還是到岳廟去，磕頭祈禱，希望消災納福。回來的路上，看到藥店裡有一人，很像夢中替他說好話的那人，問了問，知道是個醫生。回來，提同知就得了暴病，派人把那位好心的醫生請來，傍晚吃了他開的藥，半夜裡人就死了。為什麼會是這樣呢？原來這個醫生不是真正的醫生，而是閻王爺和東岳大帝聯合著派遣十萬八千鬼神到天下做巫醫，實際上就是勾魂使者，通過給人治病的方式，來勾取人的性命。

照理說，閻王爺和東岳大帝都是有名的神靈，主管著懲惡揚善，這次為什麼卻如此興師動眾，大量逮捕活人到陰間去做鬼呢？是否那提同知犯了我們不知道的罪行，才被陰間捉拿去的？但在此篇的最後，蒲松齡卻說「用藥者不可不察也」，對提同知表現出極大的同情，看來他借題發揮，把重點落在譴責害人性命的醫生上了。但明倫說：「為其於緩己頻而聘之，不知適以速其死。果如或所言，無怪巫醫遍天下，而輕信者比比也。」他們看出的都是蒲松齡對巫醫的批判。

藥僧

濟寧❶某，偶於野寺外，見一遊僧❷，向陽捫蝨❸；杖挂葫蘆，似賣藥者。因戲曰：「和尚亦賣房中丹❹否？」僧曰：「有。弱者可強，微者可鉅，立刻見效，不俟經宿❺。」某喜，求之。僧解衲❻角，出藥一丸，如黍❼大，令吞之。約半炊時，下部暴長；踰刻自捫，增於舊者三之一。心猶未足，窺僧起遺，竊解衲，拈二三丸並吞之。俄覺膚若裂，筋若抽，項縮腰橐❽，而陰長不已。大懼，無法。僧返，見其狀，驚曰：「子必竊吾藥矣！」急與一丸，始覺休止❾。解衣自視，則幾與兩股鼎足而三矣。縮頸蹣跚❿而歸，父母皆不能識。從此為廢物，日臥街上，多見之者。

【注釋】❶濟寧　州名，治所在今山東濟寧。❷遊僧　遊方僧，四方雲遊的和尚。❸向陽捫蝨　曬著太陽捉拿蝨子。❹房中丹　增進性能力的藥。丹，精煉的成藥。❺不俟經宿　不用等經過一宿。俟，等。經宿，一夜的時間。❻衲　僧衣；百衲衣。❼黍　黃米。❽項縮腰橐　縮著脖子彎著腰。橐，通「駝」。彎腰曲背。❾休止　停止活動或運轉。❿蹣跚　形容走路搖晃的樣子。

【語　譯】濟寧的某人，偶然在郊野寺院的外面看到一個雲遊和尚，正在向陽處抓蝨子；禪杖上掛著葫蘆，像是個賣藥的。那人開玩笑說：「和尚也賣房中丹嗎？」和尚說：「有。性功能差的可以變強，性器官小的可以變大，立刻見效，不用隔夜。」那人很高興，便向和尚求取。和尚解開僧衣的衣角，拿出一粒藥丸，像黃米粒般大小，讓那人吞下。大約半頓飯工夫，那人的陽具突然長起來；過了一會兒，那人自己摸了摸，比先前大了三分之一。那人心裡還不滿足，瞅著和尚起身上廁所，暗地裡解開僧衣，取了兩三粒藥丸都吞下去了。不久，那人覺得皮膚像要裂開，筋脈像在抽搐，脖子縮短，腰背彎曲，而陽具不停地長大。那人十分驚恐，沒有辦法。和尚回來，看到那人的樣子，吃驚地說：「你一定是偷服我的藥了！」急忙給他一粒藥丸吃，那人才覺得陽具停止了生長。他解開衣服自己看看，陽具幾乎跟兩條腿鼎足而三了。他縮著脖子踉踉蹌蹌地回家，父母都不認識他了。從此，他成了個廢物，每天躺在大街上，許多人都看到過他。

【研　析】《藥僧》寫濟寧某人偷食僧人的房中丹藥，陰長不止，終成廢物的故事。

「房中術」和「春藥」，數千年來一直是中國人討論的熱門話題和研製的珍貴藥品。特別是到了明代，此風尤盛。沈德符《萬曆野獲編》「士人無賴」條云：「國朝士風之敝，浸淫於正統而糜爛於成化。當王振勢張，太師英國公長輔輩，尚膝行白事，而不免身膏草野。至憲宗朝，萬安居外，萬妃居內，士習遂大壞。萬以媚藥進御，御史倪進賢又以藥進。至都御史李實、給事中張善俱獻房中秘方，得從廢籍復官。以諫諍風紀之臣，爭談穢媟，一時風尚可知矣。」

朝廷之上爭獻「媚藥」，朝廷之士，爭談「穢媟」，可見當時社會對「房中術」和「春藥」的渴求態度。《金瓶梅》第七十九回，西門慶在外風流過後，回到家中，潘金蓮欲火難禁，可是西門慶已經疲軟。於是，潘金蓮拿出「胡僧藥」來，「這婦人取過燒酒壺來，斟了一鍾酒，自己吃了一丸，還剩下三丸。恐怕力不效，千不合，萬不合，拿燒酒都送到西門慶口內」。就這樣，三丸「房中丹」就把西門慶送到西天去找給他藥的胡僧去了。

蒲松齡這篇〈藥僧〉雖然寫得情節荒誕，但卻真實地反映了明清之際人們對「房中術」和「春藥」的態度，這是一種「藝術的真實」和「心理的真實」，對認識當時的社會狀況，有著很高的參考價值。何守奇說：「求此藥者，欲工於媚內耳。增三之一，心猶未滿，勢不至為廢物不止也。」但明倫說：「房中丹即果效，焉將用之？已增於舊而猶未足，其心不可問矣。縮其項以增其陰，生前人世廢物，死後色中餓鬼。」

皂隸

萬曆❶間，歷城❷令夢城隍❸索人服役，即以皂隸❹八人書姓名于牒❺，焚廟中；至夜，八人皆死。廟東有酒肆，肆主故與一隸有素❻。會夜來沽酒，問：「款❼何客？」答云：「僚友❽甚多，沽一尊❾少敘姓名耳。」質明❿，見他役，始知其人已死。入廟啟扉，則瓶在焉，貯酒如故。歸視所與錢，皆紙灰也。今肖⓫八像于廟。諸役得差，皆先酬⓬之乃行；不然，必遭笞譴。

【注　釋】❶萬曆　明神宗朱翊鈞年號。❷歷城　縣名，即今山東濟南歷城。❸城隍　地方城池的守護神。❹皂隸　舊時衙門裡的差役，因其常穿黑色衣服，故名。❺牒　文書或證件。❻素　老交情。❼款　誠懇地招待。❽僚友　舊時指在同一個官署任職的官吏。❾尊　今作「樽」，是中國古代的一種大中型盛酒器。❿質明　天剛亮的時候。⓫肖　謂圖畫或雕塑人像。⓬酬　同「醻」。酹酒致謝。

【語　譯】明朝萬曆年間，山東歷城縣令夢見城隍爺向他要人去服役，縣令就把八個衙役的姓名寫在文書上，在城隍廟裡燒了。到了晚上，那八個人都死了。城隍廟東邊有座酒店，店主向來和其中一個衙役有交情。碰上那天夜裡這個衙役來打酒，店主問：「款待誰啊？」衙役回答說：「一起當差的同事朋友很多，打一瓶酒，互相敘敘姓名。」天亮後，店主見到別的衙役，才知道那人已經死了。店主進了城隍廟，打開門，看見酒瓶子在那裡，像原來那樣裝著酒。他回家看那人付的錢，都是紙灰。縣令讓人在廟裡安放那八個衙役的塑像。衙役們領了差事，都先到廟裡祭奠後才出發；否則，一定遭到鞭打責罵。

【研　析】〈皂隸〉寫歷城的城隍神向縣令要人服役的故事。

歷城縣的縣令夢到城隍神要人服役，就毫不猶豫地派八名皂隸前去服役。當然這八個人都變成了鬼，不能再做人了。但是，即使成了鬼，皂隸們還是有些特權的，陽世的各位差役執行任務前，都必須酹酒祭奠他們，否則就會受到鞭打或斥罵。

城隍神，是中國民間和道教信奉守護城池之神。明代城隍神信仰趨於極盛。明太祖對城隍特別崇敬，曾親詔劉三吾：「朕設京師城隍，俾統各府州縣之神，以鑒察民之善惡而福禍之，俾幽明舉，不能幸免。」明太祖更冊封京都、府、州、縣四級城隍，各級城隍神都有不同爵位和服飾，各地最高官員需定期主祭。及至清代，祭城隍同樣列入祀典，城隍的地位更崇高。但凡新官到任前需到城隍廟齋宿；上任日，更需在城隍前完成祭禮才能就任。由此觀之，城隍的職能隨時代變遷，已由起初有求必應的神明，轉變為地位超然的國家和地方守護神。

不管地位多麼高，既然是神靈而非鬼怪，就應該忠於職守，保護城池並且護佑本城之人民才對。可是，歷城縣的城隍神卻擺架子、講排場，向縣官索要人員為他服役。縣官呢，也不問青紅皂白，立即就焚燒八名皂隸的名牒，八名皂隸頃刻之間變成了鬼魂。皂隸呢，變成鬼魂之後，還作威作福，要求縣裡的後任向他們敬獻美酒。——一級一級，從陽世到陰間，都是貪官汙吏，沒有一個清廉高潔之士，這大概就是此篇小說想要表達的主要意思。

〈皂隸〉篇說：「入廟啟扉，則瓶在焉，貯酒如故。歸視所與錢，皆紙灰也。」這大概有兩方面的用意：第一，藝術的需要，證明這個人確實已經變成了鬼，雖然喝酒，但酒不見少，雖然支錢，但錢不是錢。第二，思想的需要，人一旦變成了鬼，名義上有酒喝有錢花，其實什麼也得不到，生帶不來，死帶不去，因此，人千萬不要對錢財、美酒等有什麼癡心妄想。

績女

紹興❶有寡媼夜績，忽一少女推扉入，笑曰：「老姥❷無乃勞乎？」視之，年十八九，儀容秀美，袍服炫麗。媼驚問：「何來？」女曰：「憐媼獨居，故來相伴。」媼疑為侯門亡人❸，苦相詰。女曰：「媼勿懼。妾之孤，亦猶媼也。我愛媼潔，故相就。兩免岑寂，固不佳耶？」媼又疑為狐，默然猶豫。女竟升牀代績，曰：「媼無憂，此等生活，妾優為❹之，定不以口腹相累。」媼見其溫婉可愛，遂安之。

夜深，謂媼曰：「攜來衾枕，尚在門外，出溲❺時，煩捉之。」媼出，果得衣一裹。女解陳榻上，不知是何等錦繡，香滑無比。媼亦設布被，與女同榻。羅衿甫❻解，異香滿室。

既寢，媼私念：遇此佳人，可惜身非男子。女子枕邊笑曰：「姥七旬，猶妄想耶？」媼曰：「無之。」女曰：「既不妄想，奈何欲作男子？」媼愈知為狐，大懼。女又笑曰：「顧作男子，何心而又懼我耶？」媼益恐，股戰⑦搖牀。女曰：「嗟乎！膽如此大，還欲作男子！實相告：我真仙人，然非禍汝者，但須謹言，衣食自足。」

媼早起，拜於牀下。女出臂挽之，臂膩如脂⑧，熱香噴溢；肌一着人，覺皮膚鬆快。媼心動，復涉遐想。女哂曰：「婆子戰慄纔止，心又何處去矣！使作丈夫，當為情死。」媼曰：「使是丈夫，今夜那得不死！」由是兩心浹洽⑨，日同操作。視所績，勻細生光；織為布，晶瑩如錦，價較常三倍。媼出，則扃其戶；有訪媼者，輒於他室應之。居半載，無知者。

後媼漸洩於所親，里中姊妹行皆託媼以求見。女讓⑩曰：「汝言不慎，我將不能久居矣。」媼悔失言，深自責；而求見者日益眾，至有以勢迫媼者。媼涕泣自陳⑪，女曰：「若諸女伴，見亦無妨；恐有輕薄兒，將見狎侮。」媼復哀懇，始許之。

越日，老媼少女，香煙相屬於道。女厭其煩，無貴賤，悉不交語；惟默然端坐，以聽朝參[12]而已。鄉中少年聞其美，神魂傾動，媼悉絕之。有費生者，邑之名士，傾其產，以重金啗[13]媼。媼諾，為之請。女已知之，責曰：「汝賣我耶？」媼伏地自投。女曰：「汝貪其賂，我感其癡，可以一見。然而緣分盡矣。」媼又伏叩。女約以明日。生聞之，喜，具香燭而往，入門長揖[14]。女簾內與語，問：「君破產相見，將何以教妾也？」生曰：「實不敢他有所干。祇以王嬙、西子[15]，徒得傳聞；如不以冥頑見棄，俾得一闊眼界，下願已足。若休咎[16]自有定數，非所樂聞。」忽見布幕之中，容光射露，翠黛朱櫻[17]，無不畢現，似無簾幌[18]之隔者。

生意眩神馳，不覺傾拜。拜已而起，則厚幙沉沉，聞聲不見矣。悒悵[19]間，竊恨未覩下體[20]；俄見簾下繡履雙翹[21]，瘦不盈指。生又拜。簾中語曰：「君歸休！妾體惰矣！」媼延生別室，烹茶為供。生題〈南鄉子〉㉒一調於壁云：「隱約畫簾前，三寸凌波㉓玉筍尖。點地分明蓮瓣㉔落，纖纖，再着重臺㉕更可憐。花襯鳳頭㉖彎，入握應知軟似綿；但願化為蝴蝶去，裙邊，一嗅餘香死亦甜。」題畢而去。

女覽題不悅，謂媼曰：「我言緣分已盡，今不妄矣。」媼伏地請罪。女曰：「罪不盡在汝。我偶墮情障㉗，以色身示人，遂被淫詞汚褻㉘，此皆自取，於汝何尤㉙。若不速遷，恐陷身情窟，轉劫㉚難出矣。」遂襆被㉛出。媼追挽之，轉瞬已失。

【注釋】❶紹興　府名，治所在今浙江紹興。❷姥　老年婦女的俗稱。❸侯門亡人　王侯貴族家逃亡的人。❹優為　善於操作。❺溲　大小便，特指小便。❻甫　剛剛。❼戰　發抖。❽脂　油脂。❾浹洽　和諧；融洽。❿讓　責備。⓫陳　述說。⓬朝參　參拜。⓭啗　拿利益引誘人。⓮長揖　拱手高舉，自上而下行禮。《漢書·高帝紀上》：「沛公方踞牀，使兩女子洗。酈生不拜，長揖曰：『足下必欲誅無道秦，不宜踞見長者。』」⓯王嬙西子　王昭君、西施。⓰休咎　吉凶。⓱翠黛朱櫻　翠眉朱脣。黛，青黑色的顏料，古代女子用來畫眉，故代指眉。櫻，櫻桃，形容女子小而紅潤的嘴脣。唐孟棨《本事詩·事感》：「白尚書（居易）姬人樊素善歌，妓人小蠻善舞，嘗為詩曰：『櫻桃樊素口，楊柳小蠻腰。』」⓲簾幌　猶簾幕。《南史·范縝傳》：「人生如樹花同發，隨風而墮，自有拂簾幌墜於茵席之上，自有關籬牆落於糞溷之中。」⓳悒悵　憂鬱悵惘。⓴下體　身體的下半部。㉑繡履雙翹　指舊時女子尖足繡鞋翹起的鞋尖。㉒南鄉子　詞牌名。㉓凌波　比喻美人步履輕盈，如乘碧波而行，也借指美女的腳。《文選・曹植・洛神賦》：「淩波微步，羅襪生塵。」㉔蓮瓣　指繡鞋，舊時也指女子纏得很小的腳。㉕重臺　複瓣的花，此指高底女鞋。㉖鳳頭　指古代女子的繡花小鞋或小足。㉗情障　情欲的魔障。㉘汙褻　褻瀆。㉙尤　過失。㉚轉劫　轉世。㉛襆被　用包袱裹束衣被，意為整理行裝。

【語　譯】浙江紹興有個寡婦，一天晚上正在紡線，忽然一個姑娘推開房門進來，笑著說：「老婆婆還沒累嗎？」老太太抬頭一看，姑娘有十八九歲，儀容秀美，衣服華麗。老太太驚訝地問：「你從哪裡來？」姑娘說：「我可憐老婆婆獨自居住，所以來和你做伴。」老太太懷疑她是從顯貴人家逃出來的人，再三盤問她。姑娘說：「老婆婆不要害怕。我的孤苦伶仃，也和老婆婆一樣。我喜歡你的整潔，所以前來相伴。免得咱們兩人都寂寞孤單，這不是很好嗎？」老太太又懷疑她是狐精，默不作聲，猶猶豫豫。姑娘已主動上床替她紡線，說：「老婆婆不用擔憂，紡線這種活，我能幹得很好，肯定不給你增加食用的負擔。」老太太看她溫柔可愛，心裡也就安定下來。

夜深的時候，她告訴老太太說：「我帶來的被褥枕頭，還放在門外，你出去解手時，麻煩你替我拿進來。」老太太出了房門，果然拿到一套衣被。姑娘解開包裹，鋪在床上，不知是什麼錦繡做成的，香軟光滑，無與倫比。老太太也鋪上粗布被褥，和她同床而眠。姑娘剛剛脫下衣裙，一股奇特的香氣彌漫全屋。

躺下後，老太太心裡暗想：遇到這樣漂亮的姑娘，可惜我不是個男子。姑娘在枕邊笑著說：「老婆婆七十歲了，還癡心妄想嗎？」老太太說：「沒有。」姑娘說：「既然沒有癡心妄想，怎麼想要做個男子呢？」老太太更加相信她是狐精，心裡很害怕。姑娘又笑著說：「願意做個男子漢，為什麼心裡又怕我呢？」老太太更加害怕了，兩條腿不停顫抖，把床板都搖晃了。姑娘說：

「唉！膽子只有這麼大，還想作男子！實話告訴你：我真是仙女，但不是來禍害你的。只要你別出去亂說，保你穿衣吃飯都很充足。」

老太太第二天很早起來，跪拜在床下。姑娘伸手把她扶起來，姑娘手臂如油脂一樣細膩，散發著香噴噴的熱氣；肌膚一碰到別人，立刻令人感到皮膚鬆快。老太太心裡動了一下，又開始想入非非。姑娘微笑著說：「癡婆婆，兩腿打顫剛剛停下來，心又到哪裡去了！假如你真的成了男子，一定會為情欲而死。」老太太說：「我要是個男子漢，今夜怎能不死呢！」從此以後，兩人相處得很融洽，每天在一起工作。看她紡出來的棉線，均勻細膩又有光澤；用它織成布匹，晶瑩閃光，好像錦緞似的，價格比平常的高出三倍。老太太出門，就把房門鎖上；有人來拜訪老太太，總是在別的房間裡應酬。這樣過了半年，沒有人知道這件事。

後來，老太太逐漸在親朋之間洩露了這件事，村裡的姐妹們都拜託老太太，要求見一面。姑娘責備說：「你說話不謹慎，我不能在這裡長久地住下去了。」老太太後悔自己的失言，深深地自責；但是要求見面的人越來越多，甚至有人用權勢逼迫老太太。老太太流著眼淚向姑娘說明情況。姑娘說：「如果是那些姐妹，見面倒也沒什麼；恐怕有些輕佻浮薄的小子，見了面會受到調戲侮辱。」老太太再次哀求，她才答應了。

第二天，村裡的老太婆、小姑娘，拿著香燭絡繹不絕地來了。姑娘討厭這種打擾，無論貴賤，都不和她們交談；只是默默無聲地端坐在那裡，聽憑她們朝拜參見罷了。村裡的年輕人聽說她很漂亮，神魂顛倒，老太太一律拒絕他們的求見。有個姓費的書生，是紹興的名士，他變賣了所有家產，拿重金送給老太太。老太太答應了，替費生請求。姑娘已經知道這件事，責備說：「你要出賣我嗎？」老太太跪在地上，承認做錯了。姑娘說：「你貪圖他的賄賂，我感激他的癡情，可以見一面。但是咱們的緣分也就完了。」老太太又跪下磕頭。姑娘約定明天見面。費生聽到這個消息，十分高興，準備好香燭前去拜見，進門就深深地施了一禮。姑娘在簾子裡面和他說話，問他：「你傾盡家產來見我，想要叫我做什麼呢？」費生說：「實在不敢有別的想法。只因為王嬙、西施兩位美女，都是傳聞。如果你不因為我的愚昧頑固而嫌棄我，讓我開開眼界，見見你的面容，在下的心願就滿足了。至於吉凶禍福，那是自有天命，不是我樂於聽聞的。」忽然看見布簾中，姑娘容光煥發，如有光線照射一般顯露出來，青翠的畫眉、朱紅的櫻唇，顯現得清清楚楚，似乎中間沒有繡簾隔著。

費生心迷神馳，不知不覺地倒身下拜。拜完起身，只見面前掛著沉沉的厚簾，只聽到聲音，看不見容貌了。心裡正在悶悶不樂時，暗自遺憾沒有看見她的下身；突然看見簾下露出一雙穿著繡鞋的小腳，嬌小得不滿一指。他又拜倒在地。姑娘在繡簾後面說：「你回去吧！我身體很疲倦了！」老太太把費生請到別的房間，給他泡茶。他在牆上題寫了一首〈南鄉子〉：「隱隱約約畫簾前，三寸小腳就像水波上的玉筍尖尖。輕輕行走好似蓮瓣灑落地面，步履輕柔纖巧，再穿上高底繡鞋就更加惹人愛憐。鞋面上複瓣的花朵襯著鞋頭上鳳鳥彎彎，握在手裏應該柔軟如綿。但願化作一隻蝴蝶隨你而去，落在你的繡裙邊，聞一聞你身上的芳香死也心甘。」題完就走了。

姑娘看見這首詞，心裡很不高興，對老太太說：「我說緣分已經完了，今天看來果然不錯。」老太太跪在地上請罪。姑娘說：「罪不都在你。我偶然墮落到情網之中，把容貌給人看了，於是才遭到淫詞的汙辱，這都是自找的，和你沒有什麼關係。假如我不趕快離開這裡，恐怕將陷身於情窟裡，那就在劫難逃了。」說完就提著包裹出了房門。老太太追出去挽留，但是一轉眼就無影無蹤了。

【研 析】〈績女〉寫一仙女到人間與一寡媼相伴紡績，並招來世間俗男俗女的拜訪求見，最後終於回歸仙境的故事。

《聊齋誌異》寫了很多性愛的白日夢，這篇〈績女〉就是較有代表性的一篇。寡媼與女相識是故事的第一部分。女「愛媼潔，故相就」；「媼見其溫婉可愛，遂安之」。安是相安了，可心中並不安。「女解陳榻上，不知是何等錦繡，香滑無比」，「媼亦設布被，與女同榻」，寡媼開始多次「可惜身非男子」的心理搖動。每次寡媼心有所動，仙女就先得於心，這是寡媼靈與肉的交戰。到「媼愈知為狐，大懼」，是第一回合，以靈勝肉敗為結束。但色欲竟像水中的葫蘆，甫一鬆手又浮起來。然後以仙女問話開始，以寡媼「股戰搖牀」結束，這是第二回合，是又一次自我否定。到葫蘆再次起來時，情況有了轉變，色欲的落敗已經不單單因為恐懼，更多的是因為寡媼由仙女口中的「衣食自足」想起了「此等生活，妾優為之」那句話。在第三回合，財貨欲硬生生壓倒了色欲。這也只是暫時的休兵。第二天早晨，「女出臂挽之，臂膩如脂，熱香噴溢；肌一着人，覺皮膚鬆快」。寡媼再次心動，又涉遐想。這次通過兩人達成「當為情死」、「那得不死」的戲謔式共識，而進入到平凡安靜的生活，「兩心浹洽，日同操作」。

但欲望是沒有盡頭的。為了自己的欲望，寡媼沒有遵守仙女「須謹言」的要求。對於寡媼的多事，仙女也數次責備過她，換言之，寡媼也曾深深自責，認為不該說將出去，但最後欲望還是驅使她說了出去，情況愈演愈烈，終至收拾不得。先是「託媼」，再是「以勢迫媼」，終是「以重金啗媼」，在重金面前，兩人的「兩心浹洽」已經若有若無。

馮鎮巒對這篇故事中的「情」深有感觸，評論道，「吾想聊齋真溫柔」，「世間惟有情字了得。朱晦翁詩云：『世上無如人欲險，幾人到此誤平生。』然此尚以『欲』言，若論『情』字，則一縷情絲直傳遍大千世界，聖賢仙佛俱入其中，袁才子云：『惜玉憐香而心不動者，聖人也；惜玉憐香而心動者，常人也；不知玉不知香者，禽獸也。』此語頗有見」。

〈績女〉在藝術上是很高明的。荷馬寫海倫之美，從長老眼中看出；王實甫寫崔鶯鶯之美，從和尚眼中看出。蒲松齡寫績女之美，卻從一位對女色最應該心如枯井的七旬老太婆眼中看出。如此之寫法，真可以說既前無古人，又旁無外人矣。

此外，〈績女〉也是對「我見猶憐」故事的繼承和發展。南朝宋劉義慶《世說新語・賢媛》劉孝標注引〈妒記〉云：「溫平蜀，以李勢女為妾。郡主凶妒，不即知之。後知，乃拔刃往李所，因欲斫之。見李在窗梳頭，姿貌端麗，徐徐結髮，斂手向主，神色閑正，辭甚淒婉。主于是擲刀前抱之，曰：『阿子，我見汝亦憐，何況老奴！』遂善之。」〈績女〉明顯受到此類故事的影響。袁世碩先生云：「〈績女〉前半幅用『我見猶憐』的框架，寫女性容姿美之性感，後半幅將性感引向性愛則粗俗不堪了。這是個古老的主題，司馬相如有〈美人賦〉，曹植有〈洛神賦〉，陶淵明有〈閑情賦〉。〈美人賦〉明寫好色而不淫，〈洛神賦〉寫追悅之悲思，〈閑情賦〉以妨情制情之題目，鋪張欣慕之十願。蒲松齡這篇實為近世世俗版的〈美人賦〉。」〈績女〉篇藝術高明、含義豐富，可是它為何成不了傳世名篇呢？「後半幅將性感引向性愛則粗俗不堪了」，這可能就是它不能躋身《聊齋》名篇的原因，袁先生所論極有道理。從此，當代文學創作也可以吸取有益的經驗和應該避免的教訓。

抽腸

萊陽❶民某晝臥，見一男子與婦人握手入。婦黃腫，腰粗欲仰，意象❷愁苦。男子促之曰：「來，來！」某意其苟合❸者，因假睡以窺所為。既入，似不見榻上有人。又促曰：「速之！」婦便自坦胸懷，露其腹，腹大如鼓。男子出屠刀一把，用力刺入，從心下直剖至臍，蚩蚩❹有聲。某大懼，不敢喘息。而婦人攢眉忍受，未嘗少呻。男子口啣刀，入手于腹，捉腸挂肘際；且挂且抽，頃刻滿臂。乃以刀斷之，舉置几❺上，還復抽之，几既滿，懸椅上；椅又滿，乃肘數十盤，如漁人舉網狀，望某首邊一擲。覺一陣熱腥，面目喉鬲❻覆壓無縫。某不能復忍，以手推腸，大號起奔。腸墮榻前，兩足被縶，冥然而倒。家人趨視，但見身繞豬臟；既入審顧，則初無❼所有。眾各自謂目眩，未嘗駭異。及某述所見，始共奇之。而室中並無痕迹，惟數日血腥不散。

【注釋】❶萊陽　縣名，即今山東煙臺萊陽。❷意象　心緒和表情。❸苟合　男女間非婚姻的性關係。❹蚩蚩　通「嗤嗤」。象聲詞。❺几　小矮桌。❻鬲　通「膈」。橫隔膜。❼初無　從來沒有；並沒有。

【語譯】山東萊陽某位居民，白天躺著，看見一個男子和一個婦人拉著手走進來。婦人皮膚黃腫，腰粗得像要仰起，一副愁眉苦臉的樣子。男子催促她說：「來呀，來呀！」那人以為是偷情的，便假裝睡著來偷看他們幹什麼。兩人進來後，好像沒看見床上有人。男子又催促說：「快點！」婦人便自己敞開胸懷，露出肚子，肚子大得像一面鼓。男子拿出一把屠刀，用力刺進去，從胸口下直剖到肚臍，發出「嗤嗤」的聲音。那人害怕極了，不敢喘氣。但那婦人皺著眉頭忍受，一聲也沒有呻吟。男子用嘴銜著刀，把手伸進婦人的肚子，抓出腸子來掛在手肘上；邊掛邊拉，轉眼間臂上就掛滿了。於是用刀把腸子切斷，舉著放在桌子上，又繼續拉。桌子放滿了，掛在椅子上；椅子又掛滿了，就在肘上盤了幾十圈，像漁夫舉網的樣子，往那人的頭邊一扔。那人覺得一陣熱腥的氣味，臉孔、眼睛、喉嚨、胸膈被嚴密地覆蓋住。他不能再忍受了，用手推開腸子，大叫著爬起來往外跑。腸子掉在床前，他雙腳被絆住，昏倒在地上。家人來看，只見他身上纏繞著豬腸；進了門細看，卻什麼也沒有了。大家都認為自己眼花，並不感到驚異。等那人把見到的事講了出來，大家才覺得奇怪。然而房間裡並沒有什麼痕跡，只是血腥的氣味幾天都沒有散去。

【研析】〈抽腸〉寫某人在睡夢中見到一男子為一婦人剖腹抽腸的故事。

蒲松齡描寫的這個場面並不是真正呈現過的，也就是說，「抽腸」這樣的事情現實中並沒有發生，篇中所寫，只是某人的夢中景象而已。一上來，他的夢境是向色情方面發展的，「某意其苟合者，因假睡以窺所為」。但是故事並沒有按照他的預期進行，而是由豔情轉向了血腥。「男子口啣刀，入手于腹，捉腸挂肘際；且挂且抽，頃刻滿臂」，等等，真是細緻入微，讓人如聞其聲，如見其景。最後，此人「覺一陣熱腥，面目喉鬲覆壓無縫」，無法再忍受，「以手推腸，大號起奔。腸墮榻前，兩足被縶，冥然而倒」。

這個人的腸子是夠長的了，但是世界上偏偏還有沒有腸子的人群。這在李汝珍的小說《鏡花緣》中有所描寫，多九公給唐敖介紹說：「問其所以，才知吃下物去，腹中並不停留，一面吃了，隨即一直通過。所以他們但凡吃物，不肯大大方方，總是賊頭賊腦，躲躲藏藏，背人而食。」當然，這一段文字主要是為了諷刺那些吝嗇成性而又家庭富有的富人。

太醫

萬曆❶間，孫評事少孤，母十九歲守節❷。孫舉進士，而母已死。嘗語人曰：「我必博誥命❸以光泉壤❹，始不負萱堂❺苦節。」忽得暴病，綦篤❻。素與太醫❼善，使人招之；使者出門，而疾益劇。張目曰：「生不能揚名顯親，何以見老母地下乎！」遂卒，目不瞑。無何，太醫至，聞哭聲，即入臨弔。見其狀，異之。家人告以故，太醫曰：「欲得誥贈❽，即亦不難。今皇后旦晚臨盆❾矣，但活十餘日，誥命可得。」立命取艾❿，灸⓫尸一十八處。炷將盡，牀上已呻；急灌以藥，居然復生。囑曰：「切記勿食熊虎肉。」共誌之；然以此物不常有，頗不關意。既而三日平復，仍從朝賀。過六七日，果生太子，召賜羣臣宴，中使⓬出異品，偏賜文武，白片朱絲，甘美無比。孫啖之，不知何物。次日，訪諸同僚，曰：

「熊膰⑬也。」大驚，失色，即刻而病，至家遂卒。

【注釋】❶萬曆　明神宗朱翊鈞年號。❷守節　指婦女喪夫後守節不嫁。《詩經・鄘風・柏舟序》：「〈柏舟〉，共姜自誓也。衛世子共伯早死，其妻守義，父母欲奪而嫁之，誓而弗許，故作是詩以絕之。」❸誥命　明清之際，五品以上的官員，如果功績超群都有機會得到皇上的封贈命令，即誥命。❹泉壤　猶泉下，地下，指墓穴。晉潘岳〈寡婦賦〉：「上瞻兮遺象，下臨兮泉壤。」❺萱堂　指母親的居室，並藉以指母親。❻綦篤　病情嚴重。❼太醫　封建社會專門為帝王和宮廷官員等上層統治階級服務的醫生。❽誥贈　明清對五品以上官員的曾祖父母、祖父母、父母及妻室之歿者，以皇帝的誥命追贈封號，叫誥贈。❾臨盆　臨產；分娩。❿艾　即艾蒿，一種菊科的多年生草本植物，葉製成艾絨，供針灸用。⓫灸　灼、燒，中醫的一種治病療法。即用艾絨等做艾柱，燒灼或薰烤身體穴位或某一部位，以疏通經絡，調和氣血，達到治病的效用。⓬中使　宮中派出的使者，多指宦官。⓭熊膰　即熊掌。《韓非子・內儲說下》：「成王請食熊膰而死，不許，遂自殺。」

【語譯】明朝萬曆年間，孫評事小時候死了父親，母親十九歲守寡。孫氏考中進士，而母親已經去世了。他曾對人說：「我一定要博得皇上對亡母的封贈，使她含笑九泉，才能不辜負母親守節的艱辛。」忽然孫氏得了急病，病情嚴重。孫氏平常和太醫的交情很好，便派人去請；派去的人出了門，孫氏的病更加重了。他睜大眼睛說：「活著不能名聲傳揚，使雙親顯赫，怎麼去黃泉下見老母親啊！」說完就死了，眼睛沒有閉上。不久，太醫到了，聽到哭聲，馬上進去憑弔。太醫看到孫氏的樣子，覺得很奇怪。家人便把原因告訴太醫。太醫說：「想得到封贈，也並不難。現在皇后早晚要生產了，只要活上十多天，老母就能得到封贈。」他馬上叫人取來艾炷，熏灸屍體的十八處穴位。艾炷快燒完，孫氏已經在床上呻吟了，太醫急忙灌下藥湯，孫氏竟然復活了。太醫叮囑說：「一定要記住不能吃熊肉和虎肉。」大家都記住了；可是因為熊肉和虎肉不是常有的食物，所以也不太在意。三天後，孫氏恢復了健康，仍舊上朝拜賀。過了六七天，皇后果然生下了太子，皇帝召集群臣，賜宴慶賀。太監端出珍異的食品，遍賞文武百官。這種食品是白色的肉片，上面有紅色的紋絲，香甜可口，美味無比。孫氏吃了，不知是什麼東西。第二天，孫氏向同僚打聽，同僚說：「那是熊掌。」孫氏大驚失色，登時病發，回到家裡就死了。

【研析】〈太醫〉寫孫評事死而復生後又誤食熊掌而死的故事。

此人姓孫，評事是他的官名，屬大理寺。評事一職，隋朝始置，直至民國時期，主要負責案件審理，明清時為正七品。我們知道明清對五品以上官員的曾祖父母、祖父母、父母及妻室之歿者，以皇帝的誥命追贈封號，叫誥贈。而孫評事只是正七品，當然不能自己贏得誥命，並使其母親得到誥贈。他生前曾發下誓言，一定要熬到正五品以上，否則就對不起守寡撫養他的母親。但是，天不從人願，離正五品還有一大截，他就早早死去了。

但是不要緊，小說中的這位太醫是極為高明的。他知道孫評事死不瞑目的原因後，就說：「欲得誥贈，即亦不難。今皇后旦晚臨盆矣，但活十餘日，誥命可得。」並且極力進行搶救：「立命取艾，灸尸一十八處。炷將盡，牀上已呻；急灌以藥，居然復生。」但是太醫囑咐道：「切記勿食熊虎肉。」孫評事不是不要命的人，他還等著升官博封呢！可是，人鬥不過命。試想熊虎肉是輕易能吃到的嗎？可是那天皇帝果然生了兒子，召群臣宴會，有一個太監端出一盤異品菜肴，遍賜群臣，誰知這就是傳說中的熊掌。雖然「白片朱絲，甘美無比」，過了嘴癮，但畢竟又因此掉了性命。孫評事雖然多活了十來天，最後還是死了。太醫說「但活十餘日，誥命可得」，孫評事等了「十日」，在那個「餘」字上沒有挨過去，殊為可惜，死得還是不能瞑目。但明倫也很疑惑痛惜，評論道：「此事不可解。孫雖數盡，亦既灸而活之矣，僅十餘日而卒，不能博誥命以光泉壤，痛哉！」

牛飛

邑人❶某，購一牛，頗健。夜夢牛生兩翼飛去，以為不祥，疑有喪失。牽入市損價❷售之。以巾裹金，纏臂上。歸至半途，見有鷹食殘兔，近之甚馴。遂以巾頭縶股，臂之。鷹屢擺撲，把捉稍懈，帶巾騰去。此雖定數❸，然不疑夢，不貪拾遺❹，則走者❺何遽能飛哉？

【注　釋】❶邑人　同縣之人。❷損價　減價。❸定數　氣數；命運。❹拾遺　拾取旁人遺失的東西，據為己有。❺走者　指牛。

【語　譯】本縣某人，買了一頭牛，非常健壯。夜裡夢見牛長出兩隻翅膀飛走了，認為這是不祥之兆，擔心牛真的會丟了。於是把牛牽到集市上，降價賣掉了。他用手巾把錢包起來，纏在手臂上。回家走到半路上，看見一隻老鷹在吃殘缺不全的兔子，他走上前去，那鷹很馴服。那人便用手巾一端綁住鷹腿，讓鷹站在手臂上。鷹不斷地擺動撲打，那人抓得稍微一鬆，老鷹帶著包錢的手巾飛走了。雖然說命中註定不可避免，但如果不因夢生疑，不貪圖撿東西，那麼會跑的牛怎麼就能飛走呢？

【研　析】〈牛飛〉寫一人因夢中失牛而趕緊把牛賣了，沒想到賣牛的錢還是丟失了的故事。

這個故事就發生在蒲松齡的家鄉山東淄川。一個人買了一頭牛，非常健壯。這當然是值得高興的事。俗話說「三十畝地一頭牛，老婆孩子熱炕頭」，這是傳統社會普通農民的最實在，也是最高級的想望。可是夜裡他做了一個夢，夢見牛長出雙翅飛走了。他便擔心有一天牛真的丟了，那時可就一分錢也撈不到了，所以第二天就迫不及待地把牛牽去賤賣了。

牛賣了，雖然賠了點本，可是錢畢竟到手了。為了怕錢丟失，他還「以巾裹金，纏臂上」，這是最穩妥的辦法了。可是無巧不成書，他偏偏就遇到了一個蒼鷹搏兔的奇事。他倒不是為了那隻兔子，他是為了那隻鷹。他把包裹錢的布巾繫在鷹的腿上，就像一個獵人一樣讓雄鷹立在臂上，感覺真是好極了，賠本賣牛的事也忘記了，大概連布巾裡包著銀子的事也忘了。但是，「鷹屢擺撲，把捉稍懈，帶巾騰去」，終於還是把賣牛錢丟了，這和丟了牛沒有什麼兩樣，他的夢境也最終得到了印證。

同樣是寫命中註定之事，這一篇和前一篇〈太醫〉不同的是，蒲松齡在篇末加了幾句評論，雖然沒寫「異史氏曰」幾個字，其實就是慣常的「異史氏曰」。這些話也是頗有道理，如果這個人不因心理脆弱而疑心，不因貪圖財物而捉鷹，那頭牛多半是不會「飛」走的。由此可見，「定數」有時是可以憑藉人力破除的。

刁姓

有刁姓者，家無生產❶，每出賣許負之術❷——實無術也。數月一歸，則金帛盈橐❸。共異之。會里人有客于外者，遙見高門內一人，冠華陽巾❹，言語啁嗻❺，眾婦叢繞之。近視，則刁也。因微窺所為。有問者曰：「吾等眾人中，有一夫人❻在，能辨之乎？」蓋有一貴婦微服❼其中，將以驗其術也。里人代為刁窘。刁從容望空橫指曰：「此何難辨！試觀貴人頂上，自有雲氣環遶。」眾目不覺集視一人，覘❽其雲氣。刁乃指其人曰：「此真貴人！」眾驚以為神。里人歸，述其詐慧❾，乃知雖小道❿，亦必有過人之才；不然，烏能欺耳目、賺金錢，無本而殖⓫哉！

【注釋】❶生產　產業。❷許負之術　善於相面的方法。許負本為一婦人，以善於相面而被漢高祖封為雌亭侯。❸橐　口袋。❹華陽巾　道士所戴的一種帽子。《新五代史・唐臣傳・盧程》：「程戴華陽巾，衣鶴氅，據几決事。」❺喁嗻　囉嗦多言。❻夫人　封建時代朝廷對官員之母及妻的一種封號。有封號者，稱為「命婦」。明清一、二品官之妻皆封夫人。❼微服　改變常服以避人耳目。❽覘　偷偷地察看。❾詐慧　狡詐的智慧；鬼聰明。❿小道　禮樂政教以外的學說、技藝。⓫無本而殖　不用本錢而能發財。殖，繁殖；增殖。

【語　譯】有個姓刁的，不從事生產，總是外出兜售相面之術——實際上他並不懂相術。但他每幾個月回家一趟，回來時總是滿載金銀玉帛。大家都覺得奇怪。姓刁的有個在外的同鄉，遠遠望見高高的門裡有個人，頭戴華陽巾，正在侃侃而談，很多婦女圍繞在周圍。走近一看，原來是刁某。於是從旁邊偷偷注視著他。有人問刁某說：「我們這些人當中，有一位夫人，你能辨認出來嗎？」原來有一位貴婦人喬裝打扮，混進人群之中，想驗證一下刁某的相術。那位同鄉正為刁某著急。刁某從容地往空中一指，說：「這有什麼難的！請看貴婦人的頭頂上有雲氣環繞。」婦女們不自覺地把目光集中到一人身上，看她頭上的雲氣。刁某就指著那位婦人說：「這是真正的夫人！」大家十分吃驚，都以為神奇。那位同鄉回去後，講述了刁某狡詐的智慧。大家才知道他所幹的雖然是小技藝，也必然有過人的智慧。否則，怎麼能欺騙別人耳目、賺取金錢，無本生利呢！

【研　析】〈刁姓〉寫一刁姓男子通過虛假的相面術發財致富的故事。

此篇中所寫的這個姓刁的人，家裡沒有什麼財產和產業，經常出外給人家相面，每次回來，都帶回整口袋的金銀布帛。他是通過什麼手段發財的呢？鄉親們都很奇怪，但是從來也沒有得到確定的答案。

另外一個同里人到外地做事，看到一家高門大院內有一個頭戴道士巾、吱吱呀呀說著外地話的人，被很多婦女圍繞著。近前一看，原來那人就是刁姓。他藏到旁邊繼續觀察，終於發現了刁姓發財的祕訣，那就是耍小聰明騙人。有一位貴夫人就混雜在那些婦女之中，她們讓刁姓猜猜哪一位是貴夫人。刁姓當然不知道哪一位是貴夫人，但是他多少懂點心理學，他說：「此何難辨！試觀貴人頂上，自有雲氣環遶。」刁姓不認識貴夫人，那群婦女卻認得她，於是不自覺朝她頭上看去。雲氣當然沒有，但是誰是貴夫人卻再明白不過了。於是，「眾驚以為神」，這些富有的婦女們就把金銀財寶乖乖奉上了。

在〈刁姓〉篇後，有一則「仙舫附記」：「某甲號稱預知，善決人吉凶。高坐一廟廊，時大雨如澍。有客執雨具，提筥；筥盛梨二、藥裹一，奔入問吉凶。甲起課曰：『問病。』客然之。又曰：『病熱渴。』客又然之，而尚未之神也。忽曰：『子姓王。』客始大驚。又謂：『病者當為爾妻。』其人惶恐側拜，泣問愈否。大呼曰：『歸，體愈矣。』客款謝而去。其子異而問之，曰：『筥有藥裹，知其問病；置二梨，知病熱渴；雨具柄雕「王記」，則為王姓無疑。』其子曰：『何以知其為妻？』甲笑曰：『冒雨覓藥，奔入求卜，恐即父母瀕危，亦未必如是急急也。』語雖近刻，而世之重妻孥而輕父母者，夫豈少哉！」

這對父子一問一答，把慣走江湖的算卦、看相者的祕密武器都給抖出來了。說白了，就是一點察言觀色的小聰明，但是卻使許多人深信不疑，是很多愚夫愚婦在養活著這些人啊。

農婦

邑西磁窰塢❶有農人婦，勇健如男子，輒為鄉中排難解紛。與夫異縣而居。夫家高苑❷，距淄百餘里；偶一來，信宿❸便去。婦自赴顏山❹，販陶器為業。有贏餘，則施丐者❺。一夕，與鄰婦語，忽起曰：「腹少微痛，想孽障❻欲離身也。」遂去。天明往探之，則見其肩荷釀酒巨甕二，方將入門。隨至其室，則有嬰兒繃臥❼。駭問之，蓋娩後已負重百里矣。故與北菴尼善，訂為姊妹。後聞尼有穢行❽，忿然操杖，將往撻楚❾，眾苦勸乃止。一日，遇尼於途，遽批❿之。問：「何罪？」亦不答。拳石交施，至不能號，乃釋而去。

異史氏曰：「世言女中丈夫，猶自知非丈夫也，婦並忘其為巾幗⓫矣。其豪爽自快，與古劍仙⓬無殊，毋亦其夫亦磨鏡者⓭流耶？」

【注　釋】❶邑西磁窰塢　淄川縣城西南的磁窰塢村。邑，淄川縣城。磁窰塢，在淄川縣城西南二十里處，今名磁村。❷高苑　縣名，即今山東淄博高青。❸信宿　連宿兩夜。❹顏山　明清時屬青州府益都縣顏神鎮，在今山東淄博博山區。❺丐者　行乞的人。❻孽障　同「業障」。佛教指妨礙修行的罪惡，舊時長輩罵不孝子弟的話。❼綳臥　嬰兒躺在包裹裡。綳，束縛嬰兒的布條。❽穢行　汙穢淫亂的行為。❾撻楚　鞭打。❿批　批頰；打耳光。⓫巾幗　古代婦女的頭巾和髮飾，借指婦女。⓬劍仙　技能超凡的劍俠。⓭磨鏡者　唐人小說〈聶隱娘〉中劍客聶隱娘的丈夫。

【語　譯】本縣西鄉磁窰塢有位農夫的妻子，像男子一樣勇武強健，常常為街坊鄰居排憂解難。她和丈夫分住在不同的縣裡。丈夫住在高苑，距離淄川一百多里；偶爾來一次，住兩宿就離去。農婦自己到顏山去，販賣陶器為業。有了盈餘，就施捨給乞丐。一天夜裡，她和隔壁的女人聊天，忽然站起來說：「我的肚子有些疼，可能是孽種要離身了。」說完就走了。天亮時，這位女鄰居去看她，只見她肩挑兩個釀酒的大甕，正要進門。女鄰居跟著她走進裡屋，發現有個包著襁褓的嬰兒在床上躺著。女鄰居吃驚地問她，原來她分娩後，已經挑著重物走了一百里路了。農婦原來和北庵的尼姑相好，結為姐妹。後來聽說那尼姑有汙穢淫亂的事，便憤怒地拿起木棍，要去打她，大家苦苦相勸才停下來。一天，農婦在路上遇到那尼姑，就打她的耳光。尼姑問道：「我有什麼錯？」農婦也不回答，只是用拳頭和石塊打，直到那尼姑不能喊叫，才放開她離開。

異史氏說：「世上所說的女中丈夫，還知道自己並非丈夫，這農婦連自己是女流之輩也忘了。她的豪放直爽，和古代的劍仙俠客沒有半點不一樣，難道她的丈夫也是磨鏡少年那類人物嗎？」

【研　析】〈農婦〉通過幾個情節，展示了農婦勇健如男的體魄、愛憎分明的性格。

首先來看她的勇健如男。這位農婦住在磁窰塢，靠什麼生活呢？靠到四五十里遠的顏神鎮顏山挑來陶器販賣維持生活。這可是個粗重工作，一般男子也難以勝任，可見她「勇健如男子」確是真事，不是浪得虛名。「一夕，與鄰婦語，忽起曰：『腹少微痛，想孽障欲離身也。』遂去。天明往探之，則見其肩荷釀酒巨甕二，方將入門。隨至其室，則有嬰兒綳臥」。說生就生，生完了接著就工作賺錢，除了金聖嘆形容魯智深的「闊綽」一詞，再也找不到更好的詞來形容她了。

其次，來看她的「排難解紛」。她從來不攢錢，夠用就行，剩下的全部打發要飯的。因為她相信掙錢並非難事，用不著像守財奴一樣錙銖積累。她在家裡孤身一人，夜晚不免孤獨寂寞，所以就有一位北庵的尼姑和她結為乾姐妹，經常與她聊天交談。可是這一天，她不知從何處聽說尼姑有不潔行為，就要去毆打她，別人好不容易才把她勸住。一天，她在路上遇到了那位尼姑，不問青紅皂白上去就是幾耳光，接著就「拳石交施，至不能號，乃釋而去」，這不僅僅像魯智深，甚至還有點像武松了。由此可見，她平時為百姓「排難解紛」，憑藉的也不是智慧和口才，大多還是靠武力解決。當然由於她自己行得正站得直，在道德上沒有汙點，別人也就不好再說什麼，只好聽她的安排了。

這位農婦娘家是淄川磁窰塢，夫家卻在淄川以北一百餘里處的高苑縣。她丈夫不常來，偶然來一次住兩宿就走了。這真是一對神祕的夫妻。她的丈夫住在高苑幹什麼呢？蒲松齡也不知道。但是他推測，像這樣一位不知自己真實性別的女子，其丈夫也肯定不是凡人，否則也駕馭不了她。蒲松齡說她丈夫可能是唐人小說中的磨鏡者一流的人物。磨鏡者是個什麼樣的人物呢？唐人裴鉶《傳奇・聶隱娘》云，唐貞元間，魏博大將聶鋒之女聶隱娘，十歲時被一尼姑攜去，五年後送歸，學成高明劍術。忽值磨鏡少年及門，女曰：「此人可與我為夫。」白父，父不敢不從，遂嫁之。其夫但能淬鏡，餘無他能，是一個非常神祕的人物。在此，蒲松齡用古劍俠聶隱娘比喻這位農婦，她遠居異縣的神祕丈夫當然就如同那位磨鏡少年了。

何守奇說：「寫健婦性情如繪。」雖然簡短，卻深得要領。「健婦」，是從內容方面著眼；「如繪」，是從藝術方面落墨；內容和藝術高度結合，就刻劃出了這一農婦不同凡響的美好「性情」。

郭安

孫五粒❶，有僮僕獨宿一室，恍惚被人攝去。至一宮殿，見閻羅❷在上，視之曰：「悞矣，此非是。」因遣送還。既歸，大懼，移宿他所。遂有僚僕郭安者，見榻空閒，因就寢焉。又一僕李祿，與僮有夙怨❸，久將甘心❹，是夜操刀入，捫之，以為僮也，竟殺之。郭父鳴於官。時陳其善❺為邑宰，殊不苦之。郭哀號，言：「半生止此子，今將何以聊生❻！」陳即以李祿為之子。郭含冤而退。此不奇於僮之見鬼，而奇於陳之折獄❼也。

濟❽之西邑有殺人者，其婦訟之。令怒，立拘凶犯至，拍案罵曰：「人家好好夫婦，直令寡耶！即以汝配之，亦令汝妻寡守。」遂判合之。此等明決，皆是甲榜❾所為，他途不能也。而陳亦爾爾，何途無才！

【注　釋】❶孫五粒　山東淄川人，明崇禎六年（西元一六三三年）舉人，清順治三年（西元一六四六年）進士，歷任工科、刑科給事中，鴻臚寺卿等。❷閻羅　閻王。❸夙怨　舊有的怨恨。❹甘心　稱心滿意。❺陳其善　遼東人，貢士，順治四年任淄川知縣。九年，入朝為拾遺。❻聊生　賴以生活。❼折獄　斷決案件。獄，訟案。❽濟　濟南府，治所在今山東濟南。❾甲榜　元明以來稱進士為甲榜。

【語　譯】孫五粒有個僮僕，獨自睡在一個房間，恍惚之間被人捉去。到了一座宮殿，只見閻羅王坐在上面，看了一下僮僕，說：「錯了，這個不是。」於是命人把僮僕送回去。僮僕回來後，非常恐懼，就搬到別的地方去睡。僕人郭安見僮僕的床上空著，便在那上面睡了。另一名僕人李祿，和那僮僕有舊怨，早就想殺了他。當天夜裡拿著刀進門，到床前一摸，以為睡著的就是那僮僕，就把他殺了。郭安的父親告到官府。當時的縣令是陳其善，這位縣太爺竟不讓李祿受刑罰。郭父呼號痛哭，說：「這半輩子只有這一個兒子，今後還怎麼活下去呀！」陳其善於是判李祿作郭父的兒子。郭父含冤走了。這故事中僮僕見鬼並不奇特，奇特之處在於陳其善的裁決。

濟南西境的某縣有件殺人的案子，死者的妻子告到官府。縣令大怒，立刻拘捕兇手到案，縣令拍著公事桌罵道：「人家好好的夫妻，你竟讓她守寡！現在讓你跟她婚配，也讓你妻子守寡。」於是判定兩人結婚。這樣「明智」的裁決，都是榮登甲榜的進士所做的，別人是不能做到的。然而，由貢士選官的陳其善也是如此，通過什麼途徑選官不出人才呢！

【研　析】〈郭安〉寫淄川縣令陳其善斷決人命案的荒唐兒戲。

這應當是一個真實的故事。因為篇中的人物孫五粒是真實存在的淄川人，《淄川縣誌》有小傳；

陳其善也是真實存在的遼東人，《淄川縣誌》也有記載。孫五粒的僕人郭安被另一位僕人李祿殺了，郭父鳴於官，縣令陳其善的判決結果是：「讓李祿做你的兒子！」這是多麼荒唐的兒戲啊。古今中外誰也沒有見過這樣的判決結果。

附則中的故事更為驚奇。濟南西邊的某縣有一個殺人犯，被殺者的妻子將其告上法庭。縣令立即逮捕了犯人，並拍案大罵：「人家好好夫婦，直令寡耶！即以汝配之，亦令汝妻寡守。」這真是千古奇聞。縣令倒是痛快了，被殺者的妻子是何感受？殺人者的妻子是何感受？他一概不管，這樣的縣官，比草菅人命者更讓人痛恨。

蒲松齡一輩子沒有高中舉人，沒有資格身坐公堂，為民伸冤。他看到那些進士們如此斷案，真是讓他感到荒唐到了極點。所以他指名道姓，揭發這些甲榜人物的荒唐行徑，表達自己對此等人的鄙視和憤慨。

著名詩人王漁洋也記錄了一個這樣的案例：「新城令陳端庵凝，性仁柔無斷。王生與哲典居宅于人，久不給直。訟之官。陳不能決，但曰：『《詩》云：「維鵲有巢，維鳩居之。」生為鵲可也。』」

這段話翻譯成白話文就是：新城縣的縣令陳端庵，性情柔弱沒有主見。王與哲把房子租賃給人住，而那人長期不給王與哲租賃費，王與哲就把他告上法庭。但是，陳端庵斷不了這個案子。好在他是順治年間的進士，背過了不少經書，就說：「《詩經》上說：『維鵲有巢，維鳩居之。』你就當那鵲算了。」陳端庵這樣的進士縣令，雖然也會說俏皮話，若見了〈單父宰〉中的縣令也只有慚愧的份兒。因為人家既會說笑話又會斷案，而他是除了生吞活剝講幾句經文，在實際工作中沒有任何能力可言的。

義犬

周村❶有賈某，貿易蕪湖❷，獲重貲。賃舟將歸，見堤上有屠人縛犬，倍價贖之，養豢舟上。舟人固積寇❸也，窺客裝，蕩舟入莽，操刀欲殺。賈哀賜以全尸，盜乃以氈裹置江中。犬見之，哀嗥投水，口啣裹具，與共浮沉。流蕩不知幾里，達淺擱❹乃止。犬泅出，至有人處，狺狺❺哀吠。或以為異，從之而往，見氈束水中，引出斷其繩。客固未死，始言其情。復哀舟人，載還蕪湖，將以伺盜船之歸。登舟失犬，心甚悼❻焉。抵關三四日，估楫❼如林，而盜船不見。適有同鄉估客，將攜俱歸，忽犬自來，望客大嗥，喚之，卻走。客下舟趁❽之。犬奔上一舟，嚙人脛股，撻❾之不解。客近呵之，則所嚙即前盜也。衣服與舟皆易，故不得而認之矣。縛而搜之，則裹金猶在。嗚呼！一犬也，而報恩如是。世無心肝❿者，其亦愧此犬也夫！

【注釋】❶周村 集鎮名，明清時屬濟南府長山縣，今屬山東淄博周村。❷蕪湖 縣名，在今安徽蕪湖市。❸積寇 積年的盜匪，即慣匪。❹淺擱 停滯在淺水區。❺狺狺 犬吠聲。《楚辭・九辯》：「猛犬狺狺而迎吠兮，關梁閉而不通。」❻悼 哀傷。❼估楫 商船。❽趁 逐；追趕。❾撻 用鞭子或棍子打。❿無心肝 沒良心。

【語譯】周村有個商人，在蕪湖做買賣，賺了大錢。準備租船回家，看見岸上有個屠夫捆著一條狗，商人出高價把狗買下，養在船上。那船夫本來是個多年的強盜，暗中窺見客商的行裝豐盛，就把船搖進蘆葦叢中，拿刀要殺商人。商人哀求能夠全屍而死，強盜就用毯子把商人裹起來捆著，扔進江中。那條狗見了，悲哀地嗥叫著跳進水裡，嘴巴咬著毯子，一起沉浮。也不知漂了幾里，擱在淺灘上才停下來。狗游上岸，到了有人的地方，狺狺地哀叫。有人覺得奇怪，跟著牠來到擱淺的地方。看見水中的捆著的毯子，便把它拉上來，割斷繩子。商人還沒死，就把事情的經過講了。後來，商人又哀求船夫把他帶回蕪湖，準備在那裡等著強盜的船回去。當商人登上船，發現狗不見了，心裡非常難過。到達蕪湖後的三四天，商船林立，但強盜的船沒有出現。正好遇上做生意的同鄉，準備一起回家。忽然那條狗自己回來了，向著商人嗥叫，商人呼喚牠，牠卻走開。商人於是下船跟著牠。狗跳上一隻船，咬住一個人的大腿，那人打牠也不鬆口。商人走上前去喝住了狗，原來所咬的人正是那個強盜。強盜把衣服、船都換了，所以商人此前沒有辨認出來。商人把強盜捆起來一搜，發現了失去的錢財還在。唉！只是一條狗，也能這樣報恩。世界上沒有心肝的人，在狗的面前應當感到慚愧啊！

【研析】〈義犬〉寫一隻義犬救主報仇的故事。《聊齋誌異》中有兩篇〈義犬〉。前一篇講潞安某人的黑犬拼盡全力提醒主人遺失銀子的故事。這一篇寫的是周村某商人到蕪湖做買賣，發了大財，賃船往回走，看到長江大堤上有一屠夫拴著一隻狗，他因為自己有錢，就大發善心高價買下這隻狗，一路領著牠。沒有想到，他這一善舉，竟得到了三重善報。

首先，牠救了商人的命。商人坐的這條船，是一個慣匪的。慣匪看到商人富有，就起了歹心，準備將他殺死奪取其金銀。商人請求給以全屍，慣匪就用氈裹起他來扔到江中。沒想到那隻狗緊跟著跳入江中，把商人拽到江邊的淺水處，救了他的命。

其次，牠替商人報了仇。商人吃了這樣大的虧，極不甘心。就先不急著回山東老家，而是又返回蕪湖，在碼頭上等待那個慣匪。在那裡等了三四天，也沒有找到那個慣匪。此時有一個同鄉商人，願意攜帶此商人回家。這時，幾天不見的狗忽然跑來又叫又鬧，牠帶領商人找到了那個慣匪，把他綁起來，一定是交給了官府，判處了相應的刑罰。

第三，牠帶商人找到了金錢。他們把慣匪綁起來，就從船上搜到了自己被他搶去的金錢。這樣一來，他就不用通過老鄉的攜帶才能回家，而是心滿意得地回家報喜了：一則買賣成功，大獲豐收；二則還得到了這隻救命的義犬。

但明倫說：「一念之仁，遂全生命，人亦何憚而不為仁；犬不特有心肝，且有智慮。然則犬之性固猶人之性，人之性或有不如犬之性者矣。」但明倫和蒲松齡一樣，都把著眼點落在人身上。是啊，人一念之仁救了一條狗，就能獲得活命、報仇、得金三重報答；可是人若一念之仁救了一個人，那就不好說結果如何了，畢竟，那些被救的人之中可能還有一些「無心肝」的。

沅俗

李季霖攝篆沅江❶，初蒞任❷，見貓犬盈堂，訝之。僚屬曰：「此鄉中百姓，瞻仰風采也。」少間，人畜已半；移時，都復為人，紛紛並去。一日，出謁客，肩輿❸在途。忽一輿夫急呼曰：「小人喫害矣！」即倩❹役代荷，伏地乞假。怒訶之，役不聽，疾奔而去。遣人尾之。役奔入市，覓得一叟，便求按視❺。叟相之曰：「是汝喫害矣。」乃以手揣其膚肉，自上而下力推之；推至少股，見皮內墳起❻，以利刃破之，取出石子一枚，曰：「愈矣。」乃奔而返。後聞其俗，有身臥室中，手即飛出，入人房闥❼，竊取財物。設被主覺，縶不令去，則此人一臂不用矣。

【注釋】❶李季霖攝篆沅江　李季霖，李鴻霔，字季霖，號厚餘。其先祖山東長山縣人，曾祖時遷居新城。順治十一年（西元一六五四年）舉人，康熙三年（西元一六六四年）進士。歷官內閣中書舍人、刑部浙江司員外郎，丁父憂去官。康熙二十五年（西元一六八六年）起復，後調任雲南元江知府。有政績，民甚愛之。卒於官。攝篆，指代理官職，掌其印信。沅江，縣名，在今湖南益陽。❷蒞任　上任；出任官職。❸肩輿　轎子。❹倩　央求；請人做某事。❺按視　查看；察看。❻墳起　凸起；高起。❼房闥　寢室。

【語　譯】李季霖曾代理湖南沅江縣令職務，剛剛上任，發現公堂上擠滿了貓狗，非常驚訝。轄下的官員說：「這些都是鄉民，前來一睹大人的風采。」一會兒，其中一半已經變成了人；又過了一會兒，全都變成了人，紛紛離去了。一天，李季霖出門拜訪客人，轎子正在途中。忽然一名轎夫焦急地喊：「小人被人傷害了！」就懇求別人代勞，俯伏在地請假。李季霖憤怒地斥責他，轎夫不聽，飛奔而去。於是李季霖派人跟著他。那轎夫跑到城裡，找到一位老頭，請他檢視。老頭端詳著他，說：「你被暗害了。」就用手觸摸轎夫的皮膚，從上往下使勁推，推到小腿，只見皮膚隆起一塊，老頭用刀剖開，取出了一塊石頭，說：「好了。」那轎夫於是跑著回去了。後來聽說這裡還有這樣的事：有人身體躺在房間裡，手卻可以飛出去，進入別人的房子，竊取財物。但如果被主人察覺，把手捆住，不讓它飛回去；那麼偷東西人的這隻手就不聽使用了。

【研　析】〈沅俗〉通過三件怪事，寫了沅地奇異的風俗。

第一件事：李季霖到沅地代理官職，一到官衙，就看到滿堂都是貓和狗。他感到很驚訝，怎麼會有這麼多貓和狗呢？他的僚屬告訴他說：「這不是貓和狗，這都是當地的老百姓，他們是來拜訪您，瞻仰您的尊容的。」說話之間，那些貓和狗就有一半變成了人，過了一會兒，就都變成人，亂紛紛地走了。這真是聞所未聞的奇談怪論。

第二件事：李季霖到了沅地，少不了出門拜訪客人。出門拜訪客人，少不了坐轎子。坐轎子少不了得有轎夫。可是走著走著，一個轎夫突然用當地方言說：「小人喫害矣！」就讓衙役替他抬，自己跑去看病，攔也攔不住。他受了什麼傷害呢？一個老頭子看了看他，也用當地方言說：「是汝喫害矣。」就給他全身推按，最後在小腿上剖出一塊石子，說：「好了。」這個轎夫是怎樣受傷的？受的傷怎麼這樣奇怪？我們都莫名其妙。

第三件事：有的人躺在家裡，手卻能飛出去，一直飛到別人家的房間裡，竊取人家的財物。假如被人家發現了，捆住這隻手不讓回去，那麼這個飛手人的一隻胳膊就殘廢了。這真是匪夷所思、駭人聽聞了。

蛤

東海有蛤❶，飢時浮岸邊，兩殼開張；中有小蟹❷出，赤綫繫之，離殼數尺，獵食❸既飽，乃歸，殼始合。或潛斷其綫，兩物皆死。亦物理❹之奇也。

【注釋】❶蛤　蛤蜊。❷蟹　螃蟹。❸獵食　捕捉或尋找食物。❹物理　事物的道理。

【語譯】東海有一種蛤蜊，飢餓的時候就漂浮在岸邊，張開兩殼，裡面有小螃蟹出來，紅線連著，在離蛤蜊殼幾尺遠的地方覓食，吃飽了才回到蛤蜊裡去，蛤蜊殼才合上。有人暗中把紅線弄斷，蛤蜊和小螃蟹就都死掉。這也是事物道理中的奇特現象啊。

【研析】〈蛤〉寫東海邊上一種特殊的生物現象。

這是一幅精美的介紹自然景物的風景畫。如果有人能畫這樣一幅畫，並且把這篇小品文章題在畫旁，真不好斷定到底是畫更有價值還是文更有分量。你看，在遼闊的東海邊上，有一群精美的蛤蜊浮上岸來，兩殼慢慢張開，隨即爬出一隻更加精美的小螃蟹。小螃蟹離殼而去，卻有一根紅線拴著牠，使牠不至於跑得太遠找不到歸路。小螃蟹爬到離蛤蜊幾尺遠的地方覓食，吃飽喝足後就順著紅線爬回到蛤蜊殼裡。其中有那麼一隻被人偷偷地割斷了紅線，牠回不去了，死了，那蛤蜊也隨即死去。

蒲松齡最後說：「亦物理之奇也。」在他那個時代，科學不夠發達，交通不方便，他的見聞也就有限。根據他的描寫，用我們今天的眼光來看，這可能是一種寄居蟹。據資料介紹，寄居蟹主要產在黃海及南方海域的海岸邊緣，一般生活在沙灘和海邊的岩石縫隙裡。寄居蟹以螺殼為寄體，平時負殼爬行，受到驚嚇會立即將身體縮入螺殼內。隨著蟹體的逐漸長大，寄居蟹會尋找新的殼體換殼，已知的寄居蟹品種有幾十種，在中國沿海較常見的品種有方腕寄居蟹和櫛螯寄居蟹。方腕寄居蟹比櫛螯寄居蟹體形稍大，寄居的螺體最大直徑可達十五公分以上。由此看來，蒲松齡所描寫的或許是一種寄居蟹。

陵縣狐

陵縣❶李太史家，每見瓶鼎古玩之物，移列案邊，勢危將墮。疑廝僕❷所為，輒怒譴之。僕輩稱冤，而亦不知其由，乃嚴扃❸齋扉，天明復然。心知其異，暗覘之。一夜，光明滿室，訝為盜。兩僕近窺，則一狐臥櫝❹上，光自兩眸出，晶瑩四射。恐其遁❺，急入捉之。狐齧腕肉欲脫，僕持益堅，因共縛之。舉視，則四足皆無骨，隨手搖搖若帶垂焉。太史念其通靈❻，不忍殺；覆以柳器❼，狐不能出，戴器而走。乃數其罪而放之，怪遂絕。

【注　釋】❶陵縣　縣名，即今山東德州陵縣。❷廝僕　僕役；傭人。❸扃　關門。❹櫝　匣子。❺遁　逃跑。❻通靈　具有靈性。❼柳器　用柳條編成的容器。

【語　譯】山東陵縣李太史家，常常發現花瓶、銅鼎等古玩被移放到桌子邊，情勢危險，像要掉下去。李太史懷疑是僕人幹的，總是生氣地訓斥他們。僕人們都說冤枉，然而也不知道其中緣由，於是把書齋的門關牢，到了天亮還是這樣。大夥兒知道其中有怪異之處，便暗中觀察。一天夜裡，滿屋子亮晃晃的，人們很驚訝，以為來了盜賊。兩名僕人走近去窺看，原來是一隻狐狸躺在櫃子上，那光芒是從兩隻眼睛放出來，晶瑩四射。僕人怕牠逃走，急忙進去把牠抓住。狐狸咬住僕人的手腕，想要逃脫，僕人抓得更緊了，大夥兒一起把狐狸捆了起來。舉起一看，狐狸的四肢沒有骨頭，隨著手搖擺，像帶子一樣垂著。太史因為牠有靈性，不忍殺害；用柳條器具扣著牠，狐狸不能出來，頂著這器具亂竄。太史數落牠的罪狀後，把牠放了，怪現象也就沒有了。

【研　析】〈陵縣狐〉寫陵縣李太史家一隻狐狸惡作劇的故事。

太史，是對明清時任職翰林的人的美稱。李太史既然任職翰林，當然就有相當高的文化修養，因此家裡收藏著不少「瓶鼎古玩之物」。所以，李太史非常珍惜它們。但是，越是珍惜的東西，越是讓人擔心。這些東西常常被移動到几案邊上，眼看就要掉下來摔壞。這樣的事情出現一次兩次，也就算了；可是接連發生了好幾次，這就引起了李太史的高度注意。一開始，他認為這是僕人不小心，所以就經常斥責他們。後來，僕人們想方設法把「原兇」捉到，原來是一隻狐狸。最後，李太史因為狐狸具有靈性，不忍心傷害牠，批評教育了牠一番，就把牠放了。

段雪亭在讀〈陵縣狐〉之後寫了一篇「附記」，這篇「附記」寫得纏綿悱惻，十分動人。故事的女主人公胡珊珊就是放在《聊齋誌異》的眾多狐女中，也毫不遜色。因為其中提到了家住「北亭」，馮喜賡在其後又有一篇「附記」專寫「北亭」之事：「聞陵縣城北高台廟，即稱北亭，神座西偏，有一巨洞，深不可測。土人言：乾隆某年，巨室邀賓，輒往假食器。前一日祝之，及時往取，無不備；後有假而不返者，祝之遂無應。吁！久假不歸，至令鬼狐齒冷，豈不汗顏！」

如果此「附記」所說不假，那胡珊珊真是住在陵縣北亭了。〈陵縣狐〉中那隻狐狸也有可能住在北亭，只是牠的級別太低，也就是個服灑掃之役的小廝而已。

罷龍

膠州❶王侍御❷，出使琉球❸。舟行海中，忽自雲際墮一巨龍，激水高數丈。龍半浮半沉，仰其首，以舟承頷❹；睛半含，嗒然若喪❺。闔舟大恐，停橈❻不敢少動。舟人曰：「此天上行雨之疲龍也。」王懸敕❼於上，焚香共祝之。移時，悠然遂逝。舟方行，又一龍墮，如前狀。日凡三四。又踰日，舟人命多備白米，戒曰：「去清水潭不遠矣。如有所見，但糝❽米於水，寂無譁。」俄至一處，水清澈底。下有羣龍，五色，如盆如甕，條條盡伏。有蜿蜒者，鱗鬣❾爪牙，歷歷可數。眾神魂俱喪，閉息含眸，不惟不敢窺，並不能動。惟舟人握米自撒。久之，見海波深黑，始有呻者。因問擲米之故，答曰：「龍畏蛆❿，恐入其甲。白米類蛆，故龍見輒伏，舟行其上，可無害也。」

【注釋】❶膠州　州名，治所在今山東青島膠州。❷王侍御　膠州王侍御為王垓，《膠州志》卷四〈人物〉有傳。清康熙二年（西元一六六三年），派張學禮、王垓為正副使，冊封琉球國王，張學禮有《使琉球記》記其始末。❸琉球　古國名，琉球群島，今為日本沖繩。❹頷　下巴。❺嗒然若喪　形容疲憊的神情。《莊子・齊物論》：「仰天而噓，嗒焉似喪其耦。」❻橈　船槳。❼勅　帝王的詔書、命令，即聖旨。❽糝　灑；散落。❾鱗鬣　指龍的鱗片和鬣毛。鬣，動物頸上的長毛。❿蛆　蛆蟲，蠅類的幼蟲，體呈白色。

【語譯】山東膠州的王侍御，出使琉球。船在海上航行，忽然從雲端掉下一條巨龍，濺起幾丈高的水花。巨龍半浮半沉，抬起腦袋，讓船托住牠的下巴；半閉著眼，一副無精打采的樣子。全船的人極其驚恐，停住船槳，不敢稍微移動。船夫說：「這是在天上行雨以後疲倦了的龍。」王侍御把皇帝詔書掛起來，焚起香，和大家一齊祝禱。過了一會，巨龍就悠然消失了。船剛往前開，又一條龍掉下來，和先前一樣。一天總共有三四回。又過了一天，船夫吩咐多準備白米，告誡說：「距離清水潭不遠了。如果見到什麼，只管把米撒進水中，要安靜，不要喧譁。」不久到了一個地方，水清澈見底。水下有一群龍，顏色各異，像盆子或甕缸那樣，都蜷曲在那裡。有蜿蜒爬行的，那鱗甲、鬣毛、爪子、牙齒都看得清清楚楚。眾人魂飛魄散，屏住呼吸，閉上眼睛，不但不敢看，連動也不敢動。只有船夫抓起米自己在撒。過了很久，見海浪變成深黑色，才有人呻吟。於是問撒米的緣由，船夫回答說：「龍害怕蛆蟲，恐怕蛆蟲鑽進鱗甲。白米像蛆蟲，所以龍見了便俯伏不動，船在上面航行，就沒有危險了。」

【研析】〈罷龍〉寫膠州王侍御出使琉球，在海上遇到疲龍的故事。

龍是中國人的精神圖騰。提到龍，每一個中國人都能說出無數個與之有關的成語：藏龍臥虎、車水馬龍、乘龍快婿、二龍戲珠、虎踞龍盤、畫龍點睛、活龍活現、蛟龍得水、龍飛鳳舞、龍鳳呈祥……，這都是人們耳熟能詳的成語典故。通過這些成語典故，我們可以看出，在人們的心目中，龍的形象一直是生動矯健、活潑有力的，誰也不會想像龍也有疲倦不堪的時候。但這一景象被膠州的王侍御看見了。終於，我們發現，龍也是血肉之軀，行雨累了也會疲倦，疲倦的時候樣子也很不堪……

王侍御是怎樣看到疲龍的呢？是因為出使琉球國。琉球群島西側是中國東海，東側是太平洋。那裡水面開闊，風高浪急，正是群龍出沒的地方。「舟行海中，忽自雲際墮一巨龍，激水高數丈。龍半浮半沉，仰其首，以舟承頷；睛半含，嗒然若喪」。蒲松齡雖然在《聊齋誌異》中寫過各種各樣的龍，但肯定沒有見過真正的龍。蒲松齡寫這條龍的時候，一定像元人趙孟頫畫馬那樣全神貫注：從龍的精神抖擻想起，想其行雲布雨，想其大氣磅礴，想其疲憊不堪，想其落入海中，想其精神萎靡，想其把下巴搭在船上休息……即使不把自己變成龍，起碼也得設身處地想一遍，否則是寫不出如此雄健之筆墨的。

這樣的疲龍一天就見到了三四次。第二天，疲龍不見了，新情況卻出現了，他們見到了更為可怕的「潛龍」——深藏在海中的龍。「下有羣龍，五色，如盆如甕，條條盡伏。有蜿蜒者，鱗鬣爪牙，歷歷可數。眾神魂俱喪，閉息含眸，不惟不敢窺，並不能動」。想一想，突然見到這種盆甕一般粗的龍，並且是蜿蜒蠕動，鱗鬣畢現，任誰也會感到害怕。可是偏偏有人不怕牠們。他是誰？就是船家。因為他們掌握了龍的習性，也就是掌握了自然的規律，所以他只是神閒氣定地拋撒大米。龍雖然神通廣大、力量無窮，但是牠們也有害怕的東西，那就是蛆蟲。牠們見了水面拋撒下的大米粒，就以為是蛆蟲，都趴在那裡緊閉鱗甲不敢動了。因此，船也就安全行駛過去了。這裡敘龍畏蛆，雖然是無稽之談，卻極有意思，所謂一物降一物也。

蒲松齡帶我們見識了「真正的龍」，牠們是龍而不是精靈，所以牠們都有弱點：疲憊的時候很可憐，害怕的時候很安穩。當然，這不僅僅是龍的特點，人和動物都是這樣的。蒲松齡沒有見過龍，卻見過人，把人的習性轉移到龍身上，也就思過半矣了。

彭二掙

禹城❶韓公甫自言：「與邑人彭二掙並行於途，忽回首不見之，惟空蹇❷隨行。但聞號救甚急，細聽則在被囊❸中。近視囊內纍然❹，雖則偏重，亦不得墮。欲出之，則囊口縫紉甚密；以刀斷綫，始見彭犬臥其中。既出，問何以入，亦茫不自知。蓋其家有狐為祟❺，事如此類甚多云。」

【注釋】❶禹城　縣名，即今山東德州禹城。❷蹇　指劣馬或跛驢。❸被囊　盛物的袋子，搭在牲口背上，一邊一個。❹纍然　眾多而重疊貌。❺祟　指鬼怪害人。

【語譯】山東禹城的韓公甫親口說：「我和同鄉彭二掙一起在路上走，忽然回頭看不見他，只有沒人的驢子跟在後面。但是聽到呼救聲很急，細聽聲音是在行李袋裡。走近一看袋子裡重重疊疊的，雖然重量偏向一邊，在驢背上也掉不下來。想把他弄出來，可是袋口縫得很密；用刀割斷縫線，才看見彭二掙像狗一樣蜷伏在裡面。出來後，問他怎麼進去的，他也茫茫然不知道。大概他家有狐精作祟，像這類事情發生過很多。」

【研析】〈彭二掙〉寫狐狸為祟，將彭二掙弄到驢子被囊中的故事。

這個小故事非常怪異。彭二掙騎著驢子與人同行，忽然就不見了蹤影，只剩下空驢子還跟在後面。人雖然不見了，他的呼救聲則不斷傳來。向遠處搜尋了一陣，找不到聲音的來源，沒想到聲音就在眼前驢背上的被囊裡。趕緊打開被囊，可是囊口又縫得非常細密，一時半刻還解不開。本來是一件性命攸關、非常緊急的事情，這一陣手忙腳亂的解袋子，憑空增添了不少喜劇色彩。終於，揮刀割開了被囊，則見彭二掙蜷曲著身子像狗一樣趴在裡邊。問他怎麼進去的，他自己也茫然不覺。

《聊齋誌異》中的很多故事，蒲松齡都是聽來的。但聽來之後都經過他的改編，只在篇頭或篇尾點明出處。這篇卻不然，從頭到尾都是禹城韓公甫自己的聲音和視角，蒲松齡不增加任何自己的聲音和判斷，這就更增加了故事的真實性與神祕感。

牛同人

（上缺）牛過父室，則翁臥牀上未醒，以此知為狐。怒曰：「狐可忍也，胡敗我倫❶！關聖號為『伏魔❷』，今何在，而任此類橫行！」因作表上玉帝❸，內微訴關帝之不職。久之，關帝忽聞空中喊嘶聲，則關帝也。怒叱曰：「書生何得無禮！我豈耑❹掌為汝家驅狐耶？若稟訴❺不行，咎怨何辭矣。」即令杖牛二十，股肉幾脫。少間，有黑面將軍❻縛一狐至，牽之而去，其怪遂絕。後三年，濟南游擊❼女為狐所惑，百術不能遣。狐語女曰：「我生平所畏，惟牛同人而已。」游擊亦不知牛何里，無可物色。適提學按臨❽，牛赴試，在省偶被營兵迕辱，忿愬游擊之門。游擊一聞其名，不勝驚喜，傴僂❾甚恭。立捉兵至，捆責盡法。已，乃實告以情。牛不得已，為之呈告關帝。俄頃，見金甲神❿降於其家，狐方在室，顏猝變，現形如犬，遶屋嗥竄。旋出，自投階下。神言：「前帝不忍誅，今再犯，不赦矣！」縶繫馬頸而去。

【注釋】❶倫　人倫，封建禮教規定的人與人之間的正常關係，特指尊卑長幼之間的關係。❷關聖號為伏魔　明神宗曾封關羽為「三界伏魔大帝神威遠震天尊關聖帝君」。❸玉帝　玉皇大帝。❹耑　專。❺稟訴　向衙門控告。❻黑面將軍　當指關羽部將周倉。❼濟南游擊　濟南，府名，治所在今山東濟南。游擊，清代武官名，從三品，次於參將一級。❽提學按臨　提學，提督學政，古代專門負責文化教育的高級地方行政官。按臨，巡視。❾傴僂　彎背曲腰。❿金甲神　身披金甲的神將。

【語　譯】（上缺）牛同人到父親房間，老頭躺在床上還沒醒，因此知道這是狐精。他發怒地說：「狐妖可以容忍，為什麼敗壞我家倫常！關聖帝君號稱『伏魔大帝』，現在在哪裡，而任憑這樣的妖怪橫行！」於是寫奏章上報玉帝，裡面隱約指責關帝失職。過了很久，忽聽空中有喊嘶聲，原來是關帝。關帝生氣地叱責說：「書生怎麼能無禮！我難道專管為你家驅除狐妖嗎？如果向我控告而我不管，你的責怨我當然不會推辭。」當即命令打牛同人二十刑杖，打得大腿肉幾乎脫落。一會兒，有黑臉將軍綁來一隻狐狸，隨後又牽走了，從此狐妖就絕跡了。三年以後，濟南游擊將軍的女兒被狐精迷住，各種法術都不能驅除。狐精對那女子說：「我生平所怕的，只有牛同人。」游擊將軍也不知牛同人在哪裡，沒法尋找。正逢提學使考核秀才，牛同人參加考試，在省城偶然被綠營兵陵辱，氣忿地到游擊將軍門上投訴。游擊將軍一聽他的名字，不勝驚喜，對他鞠躬彎腰，十分恭敬。馬上抓那士兵來，依法捆綁責打。處理完後，將軍便把實情告訴牛同人。牛同人不得已，替他向關帝呈告。不一會，只見金甲神人降臨到他家，狐精正在房裡，臉色突變，現出原形，像一條狗，繞著屋子嗥叫竄跳。隨即跑出來，自己跪在臺階下面。神人說：「上次帝君不忍心誅殺，現在又犯，不能赦免了！」把牠捆起來，繫在馬脖子上離開了。

【研　析】〈牛同人〉寫牛同人要求關帝降除妖狐的故事。

這是《聊齋誌異》中的一個殘篇，僅見於手稿本。前面丟失了六行文字，也沒有題目。但是手稿本目錄中有〈牛同人〉一篇，與此篇人物內容相同，故今人多將此殘篇篇名定為〈牛同人〉，這是沒有什麼可疑之處的。

根據此文的前幾句話，我們推測，狐狸可能做了一些壞事，破壞了人們的倫理道德。文章說：「牛過父室，則翁臥牀上未醒，以此知為狐。怒曰：『狐可忍也，胡敗我倫！』」由此可知，狐狸做的壞事，可能是冒充牛同人的父親，讓牛同人給牠做了兒子。亂人倫常，在封建社會是大逆不道的事，所以牛同人惱羞成怒，直接把責任推到了關帝爺身上，並向玉皇大帝發出質問：「關聖號為『伏魔』，今何在，而任此類橫行！」玉帝辦事還算爽快，接到牛同人的上訴過了一段時間，就派關帝來履行職責了。但是關帝也有自己的道理：「書生何得無禮！我豈耑掌為汝家驅狐耶？若稟訴不行，咎怨何辭矣。」關帝說，我日理萬機，不是專管為你家趕狐狸的；但是你既然告上法庭，我若不管，就真成了我的錯誤。於是，下令責打牛同人二十大棒，可是沒多久，一個像周倉的人，也把那隻作祟的狐狸逮捕了。你冒犯了我，我就打你；你說得有道理，我就照你的辦。

這樣的關帝爺還是愛憎分明，頗討人喜歡的。

可是過了三年，濟南游擊的女兒被狐狸作祟，狐狸自己洩露了祕密：「我生平所畏，惟牛同人而已。」但是茫茫人海，到哪裡去找牛同人呢？無巧不成書，正好牛同人到省城參加考試，不知好歹的當兵的又和他發生了衝突。試想，牛同人是誰？他就是那個連關帝爺都不怕的人，他難道怕你一個當兵的不成。牛同人一怒之下，就把他告到了游擊將軍那裡。游擊將軍沒有責打牛同人，而是狠狠教訓了那個士兵一頓。因為那個士兵不知道牛同人正是游擊將軍日思夜想的人。在游擊將軍的再三請求下，牛同人再作馮婦，又一次把狐狸告到了關帝爺那裡。這一次關帝沒有發脾氣，而是派一位金甲將軍前來，把那隻狐狸逮捕並拉去正法了。「前帝不忍誅，今再犯，不赦矣！」上一次你作祟牛同人，關帝沒有殺你；這一次你還作祟人，就定斬不饒了。怪不得狐狸說害怕牛同人，原來這就是當年作祟他的那一隻。

在〈農人〉中，蒲松齡也講過一個類似的故事：有一農人鋤草於山下，妻子用陶罐給他送飯，有隻狐狸偷吃他的飯食，被他看個正著，用鋤頭揍了一頓。後數年，山南有一貴家女子，被一隻狐狸作祟，百計無效。那女子聰明，騙狐狸說出實話：「我罔所怖。但十年前在北山時，嘗竊食田畔，被一人戴闊笠，持曲項兵，幾為所戮，至今猶悸。」女子告訴她父親，她父親卻找不到狐狸所說的這個人。後來因緣湊巧，終於找到那個打狐狸的人，來為她家驅除了狐狸，救了那個女子。在蒲松齡看來，好狐狸是可愛的，惡狐狸是可殺的。正如世上的人，好的可以留著，壞的一概驅除，不要向惡人低頭，惡人也怕更為勇敢的人。

曹操冢

許城❶外有河水洶湧，近崖深黯。盛夏時，有人入浴，忽然若被刀斧，尸斷浮出，後一人亦如之。轉相驚怪。邑宰❷聞之，遣多人閘斷上流，竭其水。見崖下有深洞，中置轉輪，輪上排利刃如霜。去輪攻入，有小碑，字皆漢篆❸。細視之，則曹孟德❹墓也。破棺散骨，所殉金寶盡取之。

異史氏曰：「後賢詩❺云：『盡掘七十二疑冢，必有一冢葬君尸。』寧知竟在七十二冢之外乎？奸哉瞞也！然千餘年而朽骨不保，變詐❻亦復何益？嗚呼，瞞之智，正瞞之愚耳！」

【注釋】❶許城　清初為許州，即今河南許昌。❷邑宰　縣令，此指許州下屬縣的縣令。❸漢篆　漢代的篆書，一般在莊重的場合和金器上使用。❹曹孟德　曹操，字孟德，小字阿瞞，沛國譙（今安徽亳州）人，東漢末年傑出的政治家、軍事家、文學家，三國中曹魏政權的締造者。❺後賢詩　宋人俞應符的詩。❻變詐　巧變詭詐。

【語　譯】河南許昌城外有條河水洶湧澎湃，靠近崖邊又深又黑。盛夏的時候，有人進河裡洗澡，忽然像被刀斧砍殺一樣，屍體斷開，浮出水面，後來有個人也是如此。人們輾轉相傳，吃驚又奇怪。縣令聽說了，派很多人把上游閘斷，使河水乾枯。只見崖下有個深洞，洞中設置了轉輪，輪上排列著鋒利雪白的刀子。把輪子拆掉，進入洞裡，看見有個小碑，碑文都是漢代的篆書。細看內容，原來是曹操的墓。打開棺材，扔掉骸骨，殉葬的金銀財寶都取走了。

異史氏說：「後代賢者有詩說：『把七十二座疑塚全部挖開，必定有一座埋著你的屍體。』哪裡知道曹操竟然葬在七十二座墳墓之外呢？曹操真是奸詐啊！然而經過一千多年，枯朽的遺骨也不能保存，詭變奸詐又有什麼益處？唉，曹操的聰明，正是他的愚蠢啊！」

【研　析】〈曹操冢〉寫人們在許昌城外的河水下發現曹操冢的故事。

曹操文武雙全，《魏略》說他「才力絕人，手射飛鳥，躬禽猛獸，嘗於南皮，一日射雉獲六十三頭」。西元一九二年，他正式組建了自己的兵力——「青州兵」，後來經過官渡之戰等戰役，打敗袁紹和其他割據軍閥，統一中國北部。西元二〇八年，於赤壁之戰中敗於孫權和劉備聯軍，從此形成中國歷史上魏蜀吳三國割據的局面。西元二一三年，曹操進爵魏王，名義上雖為漢臣，但權傾朝野，實際上已是皇帝。曹操死於西元二二〇年，終年六十六歲。

但是這樣一個權力與地位不亞於帝王的梟雄卻提倡薄葬，西元二一八年，他須布了一道〈終令〉，再次提出死後不要厚葬，要將自己埋葬在瘠薄的土地上，依照地面原有的高度作為壙基，陵上不堆土，不植樹。一年後，他為自己準備了送終的四季衣服，並留下遺囑說：我如果死了，請按當時季節所穿衣服入殮，金玉珠寶銅器等物，一概不要隨葬。為了防止死後陵墓被盜，在力主和實踐「薄葬」的同時，他還採取了「疑冢」的措施。傳說，在安葬他的那一天，七十二具棺木從東南西北四個方向，同時從各個城門抬出。那麼這種傳說到底是不是真的呢？假如是真的，這七十二座陵墓在什麼地方呢？

明陶宗儀《南村輟耕錄》卷二十六〈疑冢〉云：「曹操疑冢七十二，在漳河上。宋俞應符有詩題之曰：『生前欺天絕漢統，死後欺人設疑冢。人生用智死即休，何有餘機到丘壟。人言疑冢我不疑，我有一法君未知。直須盡發疑冢七十二，必有一冢藏君尸。』此亦詩之斧鉞也。」宋人俞應符認為，不就七十二座疑冢嗎？全部都挖開，必定有一座是你的，看你還往哪裡跑？但他沒想到曹操的真正的陵墓不在漳河的七十二疑冢之內，而在許昌城外的河水中。所以，後人也是偶然發現，把他曹操的棺材破開，把他的骨頭扔掉，拿走了他殉葬的金銀財寶。在蒲松齡看來，曹操之「智」正是曹操之「愚」。

當然，蒲松齡所寫的這個故事只不過是小說家言，並不是歷史事實。曹操冢到底在哪裡？西元二〇〇九年十二月，河南省文物局公布，曹操墓經考古發掘得到確認，位於河南安陽安豐鄉西高穴村南，得到國家文物局認定就是曹操墓。這一成果，尚未得到學術界的一致認可。看來對其「疑冢」，人們還要繼續懷疑下去。

馮木匠

撫軍周有德[1]，改創故藩邸為部院衙署[2]。時方鳩工[3]，有木作匠馮明寰直宿[4]其中。夜方就寢，忽見紋窗半開，月明如晝。遙望短垣上，立一紅雞；注目間，雞已飛搶至地。俄一少女，露半身來相窺。馮疑為同輩所私[5]；靜聽之，眾已熟眠。私心怔忡[6]，竊望其悞投也。少間，女果越窗過，徑已入懷。馮喜，默不一言。歡畢，女亦遂去。自此夜夜至。初猶自隱，後遂明告。女曰：「我非悞就，敬相投[7]耳。」兩人情日密。既而工滿，馮欲歸，女已候於曠野。馮所居村，離郡固不甚遠，女遂從去。既入室，家人皆莫之睹，馮始知其非人。迨數月，精神漸減，心益懼，延師鎮驅[8]，卒無少驗。一夜，女豔妝來，向馮曰：「世緣[9]俱有定數：當來推不去，當去亦挽不住。今與子別矣。」遂去。

【注釋】❶撫軍周有德　撫軍，官名，明清時巡撫的別稱。周有德，漢軍鑲紅旗人，康熙二年（西元一六六三年）為山東巡撫，有政績。❷改創故藩邸句　把明代藩王府邸改為巡撫衙門。故藩邸，指明英宗次子德莊王朱見潾在濟南的王邸。部院衙署，指巡撫衙門。❸鳩工　聚集工匠。❹直宿　值夜班。直，通「值」。❺私　通姦。❻怔忡　驚恐不安。❼投　投奔。❽延師鎮驅　請法師鎮壓驅除。❾世緣　俗緣，人世間事，此指夫妻情分。

【語譯】巡撫周有德把原來的藩王官邸改建為巡撫衙門。剛把工匠召集起來的時候，有個叫馮明寰的木匠在官邸裡留宿值班。夜裡正要睡覺，忽然看見窗戶打開一半，月光皎潔，明亮如同白晝。遠遠望見矮牆上，站著一隻紅色的雞；馮木匠正在注視著，雞已經飛到地上。過了一會兒，一個少女露出半個身子在窗前窺視。馮木匠懷疑是同事的情人，靜下來細聽，大夥兒都已經睡熟了。馮木匠怦然心動，心裡希望少女找錯了地方。一會兒，少女果然從窗子爬進來，逕直投入馮木匠的懷抱。馮木匠很高興，默不作聲。歡情過後，少女也就離去了。從此，少女每天晚上都來。開始時馮木匠還隱瞞自己，後來明確地告訴她自己是誰。少女說：「我不是找錯了人，因為敬重才來相會啊。」兩人的情感一天天加深了。工程結束後，馮木匠想要回家，那少女已經在野外等候。馮木匠的村子，離城本來不太遠，少女就跟著去了。走進家門，馮木匠的家裡人都看不見那少女，馮木匠這才知道她不是人。過了幾個月，馮木匠的精神漸漸萎靡，心裡越來越害怕，於是請來法師驅邪，可始終沒有一點效果。一天夜裡，少女濃妝豔抹地來了，對馮木匠說：「人世間的緣分都有定數：該來的時候，推也推不去；該走的時候，留也留不住，今天就和您分別了。」說完就離開了。

【研　析】〈馮木匠〉寫馮木匠在建築工地值夜班與鬼怪女子交合的故事。

山東巡撫周有德到濟南上任，想把以前明朝的藩王舊邸改建成新的巡撫衙門。一天晚上，派馮木匠值夜班看守工地。馮木匠剛想睡覺，就看到「紋窗半開，月明如晝」。這樣夜間忽然光明如晝的事情，《聊齋誌異》中經常發生。〈陵縣狐〉篇寫：「一夜，光明滿室。」本來懷疑是盜，誰想卻是一隻狐狸，光芒是從牠的眼中發出的。〈夜明〉篇寫：「三更時，舟中大亮似曉。」起來一看，看到一個巨大而眼睛發光如太陽的怪物，具體是什麼怪物，誰也不知道。不管怎麼說，只要夜間突然光明如晝，一定是有怪異情況發生了，這是《聊齋誌異》的慣例。這一次發生了什麼怪異之事呢？「遙望短垣上，立一紅雞；注目間，雞已飛搶至地。俄一少女，露半身來相窺。」本來，馮木匠先認為這是別的工匠找來的通姦者，但是又癡心妄想著她是來找自己的。果然夢想成真，心想事成，那個女子乖乖投入了他的懷抱。這樣來往了很長時間，那女子才說：「我非悮就，敬相投耳。」於是兩人感情日密，馮木匠完工回家之後，還與這位女子來往了好幾個月，最終知道她不是人間女子而是怪物，才找法師前來驅除。那女子說：「世緣俱有定數：當來推不去，當去亦挽不住。今與子別矣。」她的離開，不是法師的符咒起了作用，而是兩人的塵緣盡了。以這位女子的道業，一般法術似乎也奈何不了她。她這樣說來就來，說走就走，了無牽掛，雖然在愛情上顯得有點不夠圓滿，在藝術上卻是顯得非常神祕。所以，何守奇對此篇的評價只有兩個字：鬼緣。

某甲

某甲私❶其僕婦，因殺僕納婦，生二子一女。閱❷十九年，巨寇破城，劫掠一空。一少年賊，持刀入甲家。甲視之，酷類死僕。自歎曰：「吾今休❸矣！」傾囊❹贖命。迄❺不顧，亦不一言，但搜人而殺，共殺一家二十七口而去。甲頭未斷，寇去少甦，猶能言之。三日尋斃。嗚呼！果報不爽❻，可畏也哉！

【注　釋】❶私　通姦。❷閱　經歷。❸休　完結（多指失敗或死亡）。❹囊　錢袋子。❺迄　始終。❻不爽　沒有差錯。

【語　譯】某甲和僕人的妻子私通，因此殺了僕人，娶了他的妻子，生下了二子一女。過了十九年，大批強盜攻破城池，把城裡劫掠一空。一個年輕的強盜，提刀走進某甲的家。某甲一看，酷似那個死去的奴僕。自己歎息說：「我今天完了！」把家產統統拿出來希望保命。那強盜置之不顧，也不說話，只是找人就殺，共殺了某甲一家二十七口人，然後才離去。某甲的頭沒有被砍斷，強盜走後，他稍稍蘇醒了，還能說話。三天後才死。唉！因果報應不會有差錯，可怕啊！

【研析】〈某甲〉寫某甲殺死僕人、納其妻子、生兒育女，十九年後得到死僕報應的故事。

某甲既然「私其僕婦」，就證明他是一個大家巨戶，不是一般的普通人家。因為一般的普通人家是養不起僕人的。大戶人家的主人勾引僕人的妻子，在古代小說中多有描寫，看來當時的現實生活中也不乏其例。某甲不但殺了僕人，納了其妻，還與之生了二子一女。小說中沒寫這位僕人的妻子的態度，但是不管怎麼著，這位僕人是死不瞑目的，十九年後，他竟然跟著一夥盜匪殺進城來，不顧某甲的極力哀求與財貨收買，殺死了他一家二十七口，才飄然離開。

在〈諸城某甲〉中，蒲松齡寫諸城某甲被殺之後腦袋掛在胸前，家人給他把腦袋安放正當，半年之後竟然痊癒了，只是幾年之後在一次大笑中又把脖子笑斷，才最終死去。在〈遼陽軍〉中，蒲松齡寫一人充軍遼陽，被人割下了頭顱，後來因為不該死，鬼卒又把他的頭顱安裝上去，並把他送回老家，他竟終其天年。諸城某甲和這位遼陽軍犯看來都沒有大罪過，所以鬼神才讓他們逃過了鬼門關。〈某甲〉中的這位某甲，因為有殺人奪妻之罪，所以，雖然「頭未斷」，他卻沒有諸城某甲和遼陽軍犯那麼幸運了。

衢州三怪

張握仲從戎衢州❶，云：「衢州夜靜時，人莫敢獨行。鐘樓上有鬼，頭上一角，象貌獰惡，聞人行聲即下。人駭而奔，鬼亦遂去。然見之輒❷病，且多死者。又城中一塘，夜出白布一疋，如匹練❸橫地。過者拾之，即捲入水。又有鴨鬼，夜既靜，塘邊并寂無一物，若聞鴨聲人即病。」

【注釋】❶衢州　府名，治所在今浙江衢州。❷輒　每次；總是。❸匹練　形容流水、瀑布、光環等如一匹展開的白練或彩練。練，指絲綢、綢緞等。

【語譯】張握仲在浙江衢州當過兵，說：「在衢州，夜深人靜的時候，沒人敢獨自行走。鐘樓上有鬼，鬼的頭上長著一隻角，相貌猙獰兇惡，聽到人走路的聲音就立即下來。人們飛快地逃走，鬼也就走了。但見過鬼的都會生病，而且多數會死掉。還有衢州城中有一口水塘，夜間會出現一匹白布，像帶子一樣橫在路中。路過的人撿起來，就立即被捲進水裡。衢州還有鴨鬼，更深夜靜，水塘邊上靜悄悄的，沒有什麼東西，如果聽到鴨子的叫聲就會生病。」

【研析】〈衢州三怪〉寫衢州的三種怪異情況。

衢州三怪的第一怪是「鐘樓有鬼」：鐘樓上的鬼怪面貌猙獰，這算不了什麼，因為幾乎所有的鬼怪都不俊美，奇怪的是這個鬼怪頭上長著一隻角。因此，它的功能非同小可，它倒不直接吃人，可是見到它的人卻非死即病。第二怪是「塘出白布」：城中的水塘裡夜出白布一匹，就如同潔白的絲絹。其實這是一種誘人的假象，誰如果俯身撿拾白布，就會被捲到池塘裡淹死。第三怪是「夜聞鴨聲」：水塘邊本來萬籟俱寂，可是偏偏有人能聽到鴨子的叫聲；聽到鴨子叫可不是好事，立即就會得病。這三種怪事都是發生在夜裡，白天便一切正常。

衢州的這「三大怪」能夠害人性命，是應該驅除的。還有一篇〈張老相公〉，文章篇幅短小，情節悲壯，講述了張老相公報仇心切，殺掉黿怪的事情，他膽大心細、不畏強暴，敢於破除迷信、挑戰兇險，其崇高精神，讓人們感戴萬分。還有一篇〈吳令〉，講的是某公到蘇州做縣令，指斥城隍老爺浪費的事。這位縣官指著城隍老爺的木像說，你城隍也是一縣的長官，如果是個糊塗蟲，則不能當這官，如果是有靈的，那就應知愛惜物力，怎能花這麼多民脂民膏，來做這種沒用的事？說完後就讓下人把城隍老爺木像從車上拉下，按倒在地，打二十大板。然後叫大家停止遊行，把老爺送回城隍廟。看來，不管是對害人的鬼怪還是神靈，人只要有大無畏的精神和高超的智慧，就都能夠戰而勝之；如果有意對鬼怪和神靈一味遷就、助紂為虐，到最後受害的還是人們本身。

此篇寫衢州這三種致人死命的鬼怪，讓人恐怖。衢州何以會出現這樣的鬼怪呢？我們常說文學是現實生活的反映，而志怪小說雖然其表面好似為志怪而志怪，其實它也是現實生活的非常隱晦曲折的反映。根據歷史記載，衢州曾是清兵與南明作戰最激烈的地方，殺人無數，在倖存者心靈上留下了非常深刻的陰影。衢州的這三種怪物，就極有可能是當地人對荼毒成性的清兵的影射。蒲松齡讓這個故事從一位當兵者的口中敘出，也可能有他隱而不顯的深刻用意。

拆樓人

何冏卿❶，平陰❷人。初令秦中❸，一賣油者有薄罪，其言戇❹，何怒，杖殺之。後仕至銓司❺，家貲富饒。建一樓，上梁日，親賓稱觴❻為賀。忽見賣油者入，陰自駭疑。俄報妾生子。愀然❼曰：「樓工未成，拆樓人已至矣！」人謂其戲，而不知其實有所見也。後子既長，最頑，蕩其家。傭為人役，每得錢數文，輒買香油食之。

異史氏曰：「常見富貴家樓第連亙，死後，再過已墟❽。此必有拆樓人降生其家也。身居人上，烏可不早自惕哉！」

【注釋】❶何冏卿　即何海晏，明嘉靖進士，授四川順慶府推官，累官至吏部文選司郎中，遷太僕寺少卿。❷平陰　縣名，即今山東濟南平陰。❸秦中　古代地區名，即今陝西中部平原地區。❹戇　傻；愣；樸拙。❺銓司　主管選授官職的官署，即吏部文選清吏司，主管為郎中。❻稱觴　舉杯祝酒。觴，古代酒器名。❼愀然　神色不愉快。❽墟　廢墟。

【語　譯】何冏卿，是山東平陰縣人。當初在秦中擔任縣令，有個賣油人犯有輕罪，說話戇直，何冏卿一怒之下，用棍子把賣油人打死了。後來何冏卿官至吏部大員，家產富足。準備建造一座新樓，到了架樑的日子，親戚朋友都舉杯祝賀。何冏卿忽然看見賣油人進來了，不由得暗自驚疑。一會兒，僕人報告侍妾生了個兒子。何冏卿神色憂愁地說：「樓房還沒建成，拆樓的人已經來了！」大家都說他在開玩笑，卻不知道他確實看見了拆樓人。後來兒子長大，非常愚頑，把家業敗得精光。後來受雇為人幹活，每逢得到幾文工錢，便買香油吃。

異史氏說：「常常看見富貴人家高樓大廈連成一片，而創業者死後，再經過那裡就成了廢墟。這一定有拆樓的人降生在他家裡了。身居高位的人們，怎能不早點提高警惕！」

【研　析】〈拆樓人〉寫何冏卿因打死人命而遭到報應的故事。

平陰的何冏卿到陝西做縣令的時候，一個賣油郎因為犯了點小罪，並且很不會說話，得罪了他，他就把那賣油郎打死了。作為一個縣太爺，因為斷案而打死人，在古代也算正常的事。可是，何冏卿這次打死的這個賣油郎，本來罪不至死，只是說話不注意分寸和火候，才招來了殺身之禍。試想，整天混跡於市井與引車賣漿者在一起的這些市民小人，平生不讀聖賢之書，他們如何能說出讓縣官大老爺愛聽的文雅話？但是，作為縣太爺，不能以此定罪，更不能因此惱羞成怒、打死人命。老百姓不能永遠這樣受窩囊氣、吃啞巴虧，於是就想出很多辦法來對付那些作威作福的達官貴人。其中最為常見的辦法，就是盼望其子弟成為敗家子弟，把他們的家產蕩盡，這才覺著過癮。於是，就編出〈拆樓人〉這樣的因果報應的故事來，對達官貴人進行懲罰。達官貴人即使提前知道了，也沒有辦法避免，只好眼睜睜看著事情朝不希望的方向發展，而無可奈何。《聊齋誌異》中此類故事很多，都可以看做是普通民眾在心理上對作惡的達官貴人的懲罰和詛咒。

〈拆樓人〉最為精彩之處，不在因果報應的毫釐不爽，而在描寫文筆的幽默風趣。這個賣油郎蕩盡了仇人的家產後，沒有立即死去，而是還在人間受苦。他沒有別的本事，只好出賣勞力為人做僕役。他也沒有完全忘了他的前生，每每賺到幾文錢，他還是買香油吃了。

孔尚任在《桃花扇》中說：「眼看他起朱樓，眼看他宴賓客，眼看他樓塌了。」這真是對那些達官顯貴的高度概括和辛辣諷刺。

大蝎

明彭將軍宏，征寇入蜀❶。至深山中，有大禪院❷，云已百年無僧。詢之土人❸，則曰：「寺中有妖，入者輒死。」彭恐伏寇，率兵斬茅而入。前殿中，有皂鵰❹奪門飛去；中殿無異；又進之，則佛閣，周視亦無所見，但入者皆頭痛不能禁。彭親入，亦然。少頃，有蝎如琵琶❺，自板上蠢蠢而下。一軍驚走。彭遂火其寺。

【注　釋】❶蜀　四川的別稱。❷禪院　佛教寺院。❸土人　當地人。❹皂鵰　一種黑色大型猛禽。❺琵琶　一種彈撥弦樂器。

【語　譯】明朝的彭宏將軍，進入四川剿匪。來到深山中，有一座大禪院，據說百年來沒有和尚在那裡了。問問當地人，都說：「廟中有妖怪，進去的就會死掉。」彭將軍擔心埋伏著強盜，於是率領士兵劈開亂草進去。在前殿裡，一頭黑鵰奪門飛去；中殿沒有異常現象；又繼續往裡走，來到佛閣，四周查看也沒看見什麼，但進廟的士兵都頭痛難忍。彭將軍親自走進去，也是一樣。一會兒，有隻琵琶大的蠍子，從天花板上慢慢地爬下來。全體官兵驚嚇得紛紛逃走。彭將軍於是放火燒掉這座寺廟。

【研　析】〈大蝎〉寫明朝將軍彭宏在四川山中的佛寺裡見到一隻大蠍子並放火燒毀佛寺的故事。

古人云：「人間好話書說盡，天下名山僧占多。」凡是有名山大川之處，必有僧寺禪院，這在中國可說是一種普遍現象。四川自然多有名山，山中的這座禪院也是一座「大禪院」。既然是一座大禪院，可見當年香火之旺。但是這樣一座禪院，為何已經百年無僧了呢？據當地人說：「寺中有妖，入者輒死。」妖魔鬼怪自然是嚇唬普通百姓的，對於一位帶兵打仗的將軍，他自然不信。當然，他還是出於軍事考量，怕寺院裡邊有盜寇埋伏。於是帶人披荊斬棘進入寺中。首先碰到了一隻皂雕；而中殿沒有什麼異常；但到了後邊的佛閣裡，卻人人頭痛難忍，接著就有一隻像琵琶大的大蠍子從壁板上爬了下來。於是，彭宏就下令燒毀了這座最少有百年歷史的佛寺。

清人褚人穫《堅瓠餘集》中也記了一個有關大蠍的故事：「西安有蝎魔寺，中奉大士，塑大蝎於棟間。相傳明初有女子，素不慧，病死復生，遂明敏，以文史知名。時有布政某喪偶娶之。後布政方視事，有所需，使僕入內取之。婢呼夫人不應，但見大蝎如車輪，臥於榻。婢驚而出，白於主。不信。婢曰：『他日相公下堂，顧無聲欬，伺之可見。』如言，果見老蝎伏榻上，頃之又成好女子，意頗羞澀矣，忽失所在。是夕人定，女子乃出拜燈下曰：『身本蝎魔，所以夤緣見公者，非敢為幻惑，欲有求耳。公能不終拒，乃敢輸情。』布政許之。因曰：『昔為魔，得罪冥道。賴觀音大士救拔免死，因假女尸為人，獲侍左右。覬公建一蘭若，以報大士之德耳。今醜迹已彰，幸公哀憐。』布政頷之，女子遂隱。他日乃命所司建寺。」

有人因為大蠍子燒寺，有人因為大蠍子建寺，其中的區別，這不僅是武人和文人的不同，更為根本的意思是除惡扶善。

司札吏

遊擊❶官某，妻妾甚多。最諱某小字❷，呼年曰歲，生曰硬，馬曰大驢；又諱敗曰勝，安為放。雖簡札往來，不甚避忌，而家人道之，則怒。一日，司札吏❸白事，悞犯；大怒，以研擊之，立斃。三日後，醉臥，見吏持刺❹入，問：「何為？」曰：「『馬子安』來拜。」忽悟其鬼，急起，拔刀揮之。吏微笑，擲刺几上，泯然❺而沒。取刺視之，書云：「歲家眷硬大驢子放勝❻。」暴謬之夫，為鬼揶揄，可笑甚已！

牛首山❼一僧，自名鐵漢，又名鐵屎。有詩四十首，見者無不絕倒❽。自鏤印章二：一曰「混帳行子」，一曰「老實潑皮」。秀水❾王司直梓其詩，名曰《牛山四十屁》。款❿云：「混帳行子、老實潑皮放。」不必讀其詩，標名已足解頤⓫。

【注　釋】❶遊擊　清代綠營兵武官名，從三品，次於參將一級。❷小字　乳名；小名。❸司札吏　衙署中分管書信文墨的胥吏。❹刺　名帖。❺泯然　消失淨盡貌。❻歲家句　這是按照某游擊官的規矩寫的拜帖內容。正確寫法應該是：「年家眷生馬子安拜。」科舉時代同年登科者，互稱「年家」。舊時兩家有姻親關係，晚輩自稱「眷生」。山東土俗稱驢馬的陽物為「勝」。❼牛首山　當指牛頭山，在今南京附近。❽絕倒　前仰後合地大笑。❾秀水　縣名，在今浙江嘉興。❿款　落款，書畫上的題名。⓫解頤　開顏歡笑。

【語　譯】游擊官某人，有許多妻妾。他最忌諱別人稱呼他和妻妾的小名，把「年」叫作「歲」，把「生」叫作「硬」，把「馬」叫作「大驢」。他還忌諱「敗」字，把敗叫作「勝」，把「安」叫作「放」。雖然書信往來，不怎麼避諱；但家人說出這些字，他就會大怒。一天，司札吏向他稟報事情，不小心觸犯了忌諱；游擊官大怒，把墨硯砸向司札吏，司札吏立刻斃命。三天後，游擊官喝醉了，躺在床上，看見司札吏拿著名片進來。游擊官問：「什麼事？」司札吏說：「馬子安前來拜訪。」游擊官忽然醒悟這是司札吏的鬼魂，急忙爬起來，拔刀砍去。司札吏微笑著，把名片扔在桌子上，轉眼就不見了。拿過名片一看，上面寫著：「歲家眷硬大驢子放勝。」兇惡而又愚蠢的武夫，受到了鬼的嘲弄，實在太可笑了！

牛首山有個和尚，自稱「鐵漢」，又名「鐵屎」。這和尚寫了四十首詩，讀過的人沒有不前仰後合大笑的。自己還刻了兩枚印章：一是「混帳行子」，一是「老實潑皮」。山東秀水的王司直刻印他的詩，名稱叫作《牛山四十屁》，下署：「混帳行子、老實潑皮放。」不必讀他的詩，只看這名目就讓人覺得有趣了。

【研　析】〈司札吏〉寫一個游擊將軍因避諱而打死司札吏，然後受到司札吏鬼魂戲弄的故事。

中國歷史上有各種各樣的避諱，甚至都可以成為一門學問。大史學家陳垣就有一本書專門介紹這類學問，叫《史諱舉例》，雖然薄薄一冊，卻可以讓人知道古代避諱是如何花樣繁多了。

避諱固然是一種文化，在某些特殊場合也確有其必要，但是一旦到了游擊將軍這樣的程度，把避諱的範圍無限擴大，那可真就是一種心理病態了。這樣一個病態的人，把自己的祕書給打死了，同時也受到了祕書鬼魂的戲弄。這位祕書把游擊將軍平時最避諱的幾個字編成名帖，投遞進來，扎扎實實把游擊將軍揶揄了一番。一個堂堂武官，卻如此咬文嚼字、講究避諱，在蒲松齡看來，這就是一個「暴謬之夫」，他「為鬼揶揄」，也是一件十分「可笑」的事情。但明倫說：「以此等狂謬暴戾之夫而為官，吾不能辨其驢乎，牛乎，犬乎，抑豺狼乎，虎豹乎？即以刺中之名贈之亦可。」

附則中所說的「牛山四十屁」，不是蒲松齡的憑空臆造，而是真有其人其詩。馮鎮巒說：「予嘗見牛山詩中有云：『老僧詩另有門頭，〈文選〉〈離騷〉一筆勾。扭肚撇腸醃臘句，山神說道不須謅。』『那岩打坐這岩眠，聽了松聲又聽泉。多謝風爹多禮數，花香直送到床前。』『信心媽媽上山遊，一句彌陀一個頭。磕到山門開鈔袋，紙錢買罷買香油。』」清錢泳《履園叢話》卷二十一云：「金陵有一僧嘗作打油詩四十首，命其集曰《牛山四十屁》，中有一首云：『春叫貓兒貓叫春，聽他越叫越精神，老僧亦有貓兒意，不敢人前叫一聲。』莫謂是打油詩，其筆甚峭，不可及也。」是啊，這種打油詩可算是打油詩中的極品了。這是謔而不虐的高級精神活動，比那位司札吏寫得高明。

蚰蜒

學使朱矞三❶家門限下有蚰蜒❷長數尺。每遇風雨即出，盤旋地上如白練❸然。按蚰蜒形若蜈蚣，晝不能見，夜則出。聞腥輒集。或云：蜈蚣無目而多貪也。

【注　釋】❶學使朱矞三　學使，即學政，「提督學政」的簡稱，是由朝廷委派到各省主持院試，並督察各地學官的官員。朱矞三，當指朱雯。朱雯，浙江省石門縣人，康熙進士，曾任山東提學使。❷蚰蜒　節足動物，像蜈蚣而略小，體色黃褐，有細長的腳十五對，生活在陰濕地方，捕食小蟲，有益農事。❸白練　白色熟絹。

【語　譯】學使朱矞三的家裡，有一條蚰蜒，長好幾尺。每逢風雨天就爬出來，在地上盤旋，像白絹一樣。蚰蜒，形狀像蜈蚣，白天不能露面，而夜裡就出來。牠們聞到腥味就聚集在一塊兒。有人說：蜈蚣沒有眼睛，卻很貪婪。

【研　析】〈蚰蜒〉寫學使朱矞三家有一條大蚰蜒的怪事。

這樣的小文章，有什麼深意嗎？如果僅看此文，好像和六朝人的純粹志怪沒有什麼兩樣，但是若聯繫《聊齋誌異・何仙》一塊兒對讀，就會發現此雖小小文章，卻大有深意存焉。〈何仙〉云，康熙三十年（西元一六九一年）朱矞三任山東學政考試士子，有一位乩神何仙能評價文章優劣。

在何仙看來，李生的文章應該是「一等」，而公布成績後，竟然是「四等」。為什麼會這樣呢？何仙說：「我適至提學署中，見文宗公事旁午，所焦慮者殊不在文也。一切置付幕客六七人，粟生、例監，都在其中，前世全無根氣，大半餓鬼道中游魂，乞食於四方者也。曾在黑暗獄中八百年，損其目之精氣，如人久在洞中，乍出，則天地異色，無正明也。」就是說，朱學政公務繁忙，根本顧不上批閱考生試卷，閱卷的都是些沒有稟賦、四處乞討的餓鬼。他們曾在黑暗的地獄裡待了八百年，眼睛已經瞎了，已經分不清文章的好壞了。不知蒲松齡有沒有參加康熙三十年的這次考試，反正他對朱雯三殊無好感。在〈何仙〉中說閱卷者「曾在黑暗獄中八百年，損其目之精氣，如人久在洞中，乍出，則天地異色，無正明也」，在〈蚰蜒〉篇又說「按蚰蜒形若蜈蚣，晝不能見，夜則出。聞腥輒集。或云：蜈蚣無目而多貪也」，兩相對照，其諷刺意味不言自明。

司訓

教官❶某，甚聾，而與一狐善；狐耳語之，亦能聞。每見上官，亦與狐俱，人不知其重聽❷也。積五六年，狐別而去，囑曰：「君如傀儡❸，非挑弄之，則五官俱廢。與其以聾取罪，不如早自高❹也。」某戀祿，不能從其言，應對屢乖❺。學使❻欲逐之，某又求當道者為之緩頰❼。一日，執事文場❽。唱名❾畢，學使退與諸教官燕坐❿。教官各捫籍⓫靴中，呈進關說⓬。已而學使笑問：「貴學何獨無所呈進？」某茫然不解。近坐者肘之，以手入靴，示之勢。某為親戚寄賣房中偽器⓭，輒藏靴中，隨在求售。因學使笑語，疑索此物，鞠躬起對曰：「有八錢者最佳，下官不敢呈進。」一座匿笑。學使叱出之，遂免官。

異史氏曰：「平原獨無，亦中流之砥柱也⓮。學使而求呈進，固當奉之以此。由是得免，冤哉！」朱公子子青《耳錄》⑮云：「東萊一明經⑯遲，司訓沂水⑰。性顛癡，凡同人咸集時，皆默不語；遲坐片時，不覺五官俱動，笑啼並作，旁若無人焉者。若聞人笑聲，頓止。儉鄙自奉，積金百餘兩，自埋齋房⑱，妻子亦不使知。一日，獨坐，忽手足自動，少刻云：『作惡結怨，受凍忍飢，好容易積蓄者，今在齋房。倘有人知，竟如何？』如此再四。一門斗⑲在旁，殊亦不覺。次日，遲出，門斗入，掘取而去。過二三日，心不自寧，發穴驗視，則已空空。頓足拊膺⑳，歎恨欲死。」教職中可云千態百狀矣。

【注釋】❶教官　指古時主管學務的官員和官學教師。❷重聽　聽力弱，聽不清別人說話。❸傀儡　木偶。❹自高　自重；自珍。❺乖　背離；違背。❻學使　即學政，是由朝廷委派到各省主持院試，督察各地學官的官員。❼緩頰　為人求情或婉言勸解。❽執事文場　在考場任事。文場，科舉的考場。❾唱名　科舉考試時考生點名入場。❿燕坐　安坐；閒坐。⓫籍　名籍，考生報名時填寫的有關姓名、籍貫、年齡、履歷等的冊子。⓬關說　代人陳說，從中給人說好話。⓭房中偽器　男女淫樂的性用具。⓮平原獨無二句　意謂此教官不同流合汙替人關說，也是一個有獨立品格的人。平原，指東漢平原相史弼。據《後漢書·史弼傳》，朝廷下令逮捕黨人，「郡國所奏相連及者多至數百，唯弼獨無所上。」從事責弼曰：「青州六郡，其五有黨；平原何理，而得獨無？」弼曰：「先王疆理天下，畫界分境，水土異齊，風俗不同。它郡自有，平原自無，胡可相比？」⑮朱公子子青耳錄　朱子青，即朱緗，山東歷城人，康熙時為候補主事，是濟南的貴公子，為蒲松齡忘年好友，著有《耳食錄》一書。⑯東萊一明經　東萊，古郡名，治所在今山東煙臺萊州。明經，清代貢生的別稱。⑰司訓沂水　司訓，明清時縣學教諭的別稱。沂水，縣名，即今山東臨沂沂水縣。⑱齋房　書房。⑲門斗　官學中的僕役。⑳頓足拊膺　跺腳捶胸。拊膺，捶胸。表示哀痛或悲憤。

【語譯】某位教官，患有重聽，和一隻狐精要好。狐精在他耳邊說話，他也能聽見。每次去見上司，也和狐精一起去，所以人們並不知道他耳聾。過了五六年，狐精告別離開，囑咐說：「你如同木偶一般，如果不是撥弄指揮你，你的五官就都是沒用的。與其因為耳聾獲罪，不如早早地自珍自重。」教官眷戀官祿，沒聽狐精的話，在回答上司問話時屢屢出錯。提學使想把他趕走，他又求當權者為他說情。一天，他在考場上從事工作。點名完畢，提學使退到後堂和教官們閒坐。教官們各自從靴中摸出想為之關說的考生名籍。不久，提學使笑著問耳聾的教官：「你怎麼沒有要說的？」他茫茫然，不知提學使問的什麼。坐在近旁的人用手肘碰碰他，把手伸進靴裡，用手勢向他暗示。這位教官為親戚代賣閨房之中行夫婦之事的淫器，常常藏在靴裡，隨時隨地向人兜售。因為看見提學使笑著跟他說話，懷疑提學使是在要這東西。他躬著身站起來，回答說：「有八錢一個的最好，下官不敢呈進。」滿座的人都在偷著笑。提學使呵叱他出去，於是他被免了官。

異史氏說：「『惟獨平原郡沒有結黨營私的人』，也是中流砥柱了。身為提學使而要下屬關說，本來就應該把這東西奉送給他。因此而被罷免，冤枉啊！」朱子青公子的《耳錄》寫道：「山東東萊有個貢生姓遲，在沂水做教官。他性情癲癡，凡是同事朋友聚會時，他都默不作聲；他略坐片刻，就不禁五官都動起來，又笑又哭，旁若無人。如果聽到別人的笑聲，就頓時停下來。他生活十分省儉，積攢了一百多兩銀子，親自埋在書房裡，妻子兒女也不讓他們知道。一天，他獨自坐著，忽然手腳自己動起來，一會兒，他說：『我做壞事，結怨仇，忍受飢餓，好不容易才積蓄了一些銀子，現在埋在書房裡。如果有人知道，怎麼辦呢？』這樣反覆說了三四次。有個侍役在身旁，他一點兒也沒察覺。第二天，遲某出門去了，侍役走進書房，把銀子挖走了。過了兩三天，遲某覺得心神不寧，挖開洞穴察看，已經空空如也。他捶胸頓足，悲歎懊惱得要死。」做教官的人真可以說是千姿百態了。

【研 析】〈司訓〉寫一聾教官當眾推銷淫器的荒唐故事。

我們知道，蒲松齡考了大半輩子科舉，始終在秀才上打轉轉，直到七十二歲才「援例出貢」。成了歲貢生，原則上就可以做官了，蒲松齡得到的官銜是「候補儒學訓導」。這「候補儒學訓導」是個什麼樣的官銜呢？明清時代，每縣都設有「縣儒學」，是一縣之最高教育機關，內設教諭一人，另設訓導數人，輔助教諭的工作。因此，訓導也就是教諭的助手。蒲松齡雖然有「候補儒學訓導」的虛銜，他卻一天也沒有真正出任過「訓導」這一職務。如果他真有機會走馬上任的話，他所輔助的教官，就是本文中所說的司訓。

蒲松齡雖然沒有實際做成學官，可他幾十年考下來，對科場中的事情可謂耳熟能詳。在〈司訓〉中，這位聾教官在狐狸的幫助下還能勉強工作，狐狸一走，他就只能出盡洋相了。一天，考生進了考場，學使和各位教官閒坐聊天，教官們都從靴筒中掏出學生的名籍向學使說人情，而這位聾教官卻茫然無所覺。學使問：「貴學何獨無所呈進？」在別人的示意下，他從靴子裡掏出為親戚賣的「房中偽器」，向學使兜售，因此惹得大家恥笑，被學使罷免了官職。

在「異史氏曰」中，蒲松齡說：「這個聾教官特立獨行，不替考生向學使說情，也算是個中流砥柱似的人物了。作為學使而要求教官遞名籍、說人情，本來就應該把這種『房中偽器』送給他。這位教官因此而被免職，是冤枉的。」當然，這是蒲松齡皮裡陽秋地說反話。學使和教官沒有一個好東西，竟然當眾拉關係送人情。有這樣的人存在，真正的人才才是冤枉的。

在附則中，蒲松齡抄錄了朱緗《耳食錄》中的一個小故事。這個故事中的司訓遲某，不但面部表情怪異，性格更是儉陋鄙吝。好不容易積攢了一百多兩金銀，卻不捨得花，埋在書房的地下，連老婆孩子也不告訴。雖然埋得嚴實，還是不大放心，於是心有所想不免就口有所言：「作惡結怨，受餓忍飢，好容易積蓄者，今在齋房。倘有人知覺，如何？」沒想到被一個僕役聽見了，挖開地面，攜金而逃。這位遲司訓只有捶胸頓足，放聲悲歎了。他這點小小的官銜，想來還沒有本事把罪犯抓獲，並繩之以法。

蒲松齡說：「教職中可云千態百狀矣。」蒲松齡一生接觸過無數教官，對他們的所作所為既充滿不屑和鄙夷，對他們的可笑可歎也流露出些許的同情和憐憫。馮鎮巒說：「千態百狀，各途具有，教職惟甚耳。」各行各業都有千姿百態的怪異現象，只不過教育界更加厲害罷了。讀讀《聊齋誌異》，再看看《儒林外史》，古代的知識分子真是表現得讓人啼笑皆非，欲哭無淚。

黑鬼

膠州李總鎮❶，買二黑鬼，其黑如漆❷。足革粗厚，立刃為途，往來其上，毫無所損。總鎮配以娼❸，生子而白，僚僕❹戲之，謂非其種。黑鬼亦疑，因殺其子，檢骨盡黑，始悔焉。公每令兩鬼對舞，神情亦可觀也。

【注釋】❶膠州李總鎮　膠州，即今山東青島膠州。李總鎮，李永盛、李克德，皆奉天（今遼寧瀋陽）人，曾先後在順治十七年（西元一六六〇年）、康熙五年（西元一六六六年）任膠州總鎮，不知此文所寫為誰。總鎮，總兵的別稱。❷漆　一種能牢固覆蓋在物體表面，起保護、裝飾、標誌和其他特殊用途的塗料。❸娼　娼妓。❹僚僕　同主之僕。

【語譯】山東膠州的李總鎮，買了兩個黑鬼，肌膚像漆一樣黑。腳部皮膚粗厚，用鋒利的刀刃鋪成路，在上面來來往往，毫無損傷。總鎮買來娼妓給黑鬼作配偶，生下的兒子卻是白皮膚的。其他僕人戲弄黑鬼，說不是他的親骨肉。黑鬼自己也懷疑，於是殺了兒子，檢查發現兒子的骨頭全是黑的，才覺得後悔。總鎮常常命令兩個黑鬼對舞，他們的神態表情也很可觀。

【研析】〈黑鬼〉寫兩個黑鬼誤聽人言、殺死兒子的悲慘故事。

這裡所說的黑鬼，大概是當時從非洲販來的黑人奴隸。他們的特點是皮膚黑，足皮厚。皮膚黑，黑到「如漆」；足皮厚，厚到「立刃為途，往來其上，毫無所損」，這也符合非洲黑人赤足行走因而足皮粗厚的特點。這樣兩個人，人們是把他們看做怪物的。好在李總鎮有惻隱之心，還給他們娶了個娼婦做老婆，並且還生了一個皮膚白皙的兒子。黑父親能生白兒子，這也不奇怪，因為他的母親並不黑。但是，因為他們是黑人，就有人取笑他們，說他們不是孩子的父親。本來這兩個黑人也有懷疑，假如他們真是從非洲來的，他們肯定沒見過自己兒子這樣的白皙皮膚，所以就把兒子給殺了。誰知殺死之後，骨頭都是黑的，這充分證明就是自己的兒子。這則故事整體上可能是真實的，但說黑人的兒子皮膚白皙而骨頭是黑的，恐怕就是人們的想像之詞了。至於文章最後說「公每令兩鬼對舞，神情亦可觀也」，這也符合非洲人能歌善舞的特點。不管歌也罷、舞也罷，自己的孩子死了，總歸還是悲傷的。文章雖短，意境極為悲涼，黑人的奴隸命運頗讓人同情。

蒲松齡時代中國到底有沒有非洲黑奴呢？我們來看歷史學家趙翼《簷曝雜記》中的一段記錄：「廣東為海外諸藩所聚。有白番、黑番，粵人呼為『白鬼子』、『黑鬼子』。白者面微紅而眉髮皆白，雖少年亦皓如霜雪。黑者眉髮既黑，面亦黔，但比眉髮稍淺，如淡墨色耳。白為主，黑為奴，生而貴賤自判。黑奴性最慤，且有力，能入水取物，其主使之下海，雖蛟蛇弗避也。古所謂『摩訶及『黑昆侖』，蓋即此種。某家買一黑奴，配以粵婢，生子矣，或戲之曰：『爾黑鬼，生兒當黑。今兒白，非爾生也。』黑奴果疑，以刀斫兒脛死，而脛骨乃純黑，於是大慟。始知骨屬父，而肌肉則母體也。又有紅夷一種，面白而眉髮皆赤，故謂之『紅毛夷』，其國乃荷蘭云。香山縣之澳門，久為番夷所僦居，我朝設一同知鎮之。諸番家於澳，而以船販海為業。女工最精，然不肯出嫁人，惟許作贅婿。香山人類能番語，有貪其利者，往往入贅焉。」

聶石樵說：「這裡所說的黑鬼，應即非洲人。蒲松齡所寫，反映了買賣人口的殘酷制度和對黑人的侮辱。」兩則故事中都寫到黑鬼殺死自己兒子的事，每讀一次，就令人心酸一次。

狐女

伊衮，九江❶人。夜有女來，相與寢處。心知為狐，而愛其美，祕不告人，父母亦不知也。久而，形體支離❷，父母窮詰，始實告之。父母大憂，使人更代伴寢，兼施勑勒❸，卒不能禁。翁自與同衾，則狐不至；易人，則又至。伊問狐，狐曰：「世俗符咒，何能制我！然俱有倫理❹，豈有對翁行淫者！」翁聞之，益伴子不去，狐遂絕。

後值叛寇橫恣，村人盡竄，一家相失。伊奔入崑崙山❺，四顧荒涼，日既暮，心恐甚。忽見一女子來，近視之，則狐女也。離亂之中，相見欣慰。女曰：「日已西下，君姑止此。我相佳地，暫創一室，以避虎狼。」乃北行數武❻，遂蹲莽中，不知何作。少刻返，拉伊南去；約十餘步，又曳之回。忽見大木千章❼，遶一高亭，銅牆鐵柱，頂類金箔❽；近視，則牆可及肩，四周並無門戶，而牆上密排坎窞❾。女以足踏之而過，伊亦從之。既入，疑金屋非人工可造，問所自來。女笑曰：「君子居之，明日即以相贈。金鐵各千萬計，半生喫着不盡矣。」既而告別。伊苦留之，乃止。曰：「被人厭棄，已拚永絕；今又不能自堅❿矣。」及醒，狐女不知何時已去。天明，踰垣而出。回視臥處，並無亭屋，惟四針插指環⓫內，覆脂合⓬其上；大樹，則叢荊老棘也。

【注　釋】❶九江　府名，治所在今江西九江。❷支離　指衰殘瘦弱的樣子。陸游〈病起書懷〉詩：「病骨支離紗帽寬。」❸勅勒　驅鬼術，道士畫符咒制鬼必書「敕令」二字以約勒鬼神，故稱。❹倫理　人倫。君臣、父子、兄弟、夫妻、朋友為五人倫。❺崑崙山　在安徽潛山縣，地近九江。❻數武　不遠處；沒有多遠。武，半步。❼章　棵；根。❽金箔　以金製成的薄片或塗上金粉的紙片。❾坎窞　坑穴。❿自堅　堅持主見。⓫指環　即頂針，由金屬做的環形指套，表面有密麻的凹痕，在將縫針頂過衣料時用以保護手指。⓬脂合　胭脂盒子。

【語　譯】伊袞，是江西九江人。一天夜裡有個女子進來，和他睡在一起。伊袞心裡知道她是狐精，但又喜歡她的美貌，就祕而不宣，連他的父母也不知道。時間久了，伊袞形體衰疲，父母才不斷追問，伊袞把實情告訴父母。父母十分擔憂，讓人輪流陪兒子睡覺，還用符咒驅邪，但始終不能禁止。父親親自和伊袞同床睡覺，狐女就不來了；換另一個人，狐女又來了。伊袞問她，狐女說：「世間的符咒，怎麼能制服我！但大家都講倫理，難道有當著公公的面行淫的！」父親聽說後，更是陪伴兒子不離開，狐女就消失了。

後來，遇上叛匪強盜橫行，村裡的人都逃走，伊袞一家也失散了。伊袞跑進了崑崙山，四面望去，一片荒涼，又沒有同伴，天色已晚，心裡更加恐懼。忽然看見一個女子走來，說是避難的。急忙走近一看，原來是狐女。在流離失所的時候，兩人相見，十分欣慰。狐女說：「太陽已經下山，沒有別的辦法可想，你暫且留在這裡。我去找個好地方，臨時造間房子，以躲避虎狼。」於是向北走了十來步，然後蹲在草叢裡，不知在做些什麼。過了一會兒，狐女走回來，又拉著伊袞向南走；大約走了十來步，又接著伊袞轉回去。忽然看見上千棵大樹環繞著一座高高的亭子，銅牆鐵柱，頂子像是白銀做成的；走近一看，亭子的牆壁大約齊肩高，四周沒有門窗，牆上密密麻麻地布滿了洞穴。狐女用腳踏著這些洞穴過去，伊袞也跟著她進去。進去後，懷疑這間金屋子不是人工可以建造的，就問狐女這間屋子怎麼來的。狐女笑著說：「你只管住下，明天就把它送給你。金鐵各有千萬斤，半輩子吃穿不完啊。」說完就要告別。伊袞苦苦勸她留下，狐女才留下來。她說：「我被人嫌棄，已經決心永遠斷絕往來。現在自己又不堅定了。」伊袞一覺醒來，狐女不知什麼時候已經離開了。天亮後，伊袞翻牆出去。回頭一看，昨天晚上睡覺的地方並沒有什麼亭屋，只有四根繡花針插在指環裡面，頂上覆蓋著一個胭脂盒。那些大樹，則是一叢老荊棘。

【研析】〈狐女〉寫伊袞和一位狐女之間的愛欲傳奇故事。

《聊齋誌異》中寫過形形色色的狐女，〈狐女〉中的這位狐女形象算不上非常出色，但她的所作所為，還是給讀者留下了深刻的印象。首先，這位狐女是喜歡伊袞的，雖然和伊袞在一起時間長了，伊袞出現了病象，但這並不是狐女有意害人，只是她狐狸本身的特點所致。後來，伊袞的父親和伊袞同床而眠，狐女就不來了。狐女說：「世俗符咒，何能制我！然具有倫理，豈有對翁行淫者！」這位狐女手段高強，一般的法術已經對她不起作用，但是她還是非常看重人倫關係。不能對父行淫，這是這位狐女最為惹人矚目的性格特點。其次，這位狐女行事乾脆俐落，絕不拖泥帶水。伊袞的父親夜夜陪著伊袞睡覺，狐女說不來就不來了，也並沒有給伊袞的父親帶來任何麻煩。第三，狐女雖然不來了，但是並沒有忘記伊袞，在兵荒馬亂中，她又救了伊袞一命。這位狐女可說是非常有情義的。

此文最精彩的筆墨是描寫狐女創建房舍、掩護伊袞一段文字。「乃北行數武，遂蹲莽中，不知何作。少刻返，拉伊南去；約十餘步，又曳之回」，這南北來回一走，就如同諸葛亮的九宮八卦陣，任追兵多麼狡猾，也不能搜尋得到了。下面建造的房屋，更是非同尋常。從遠處看，「大木千章，繞一高亭，銅牆鐵柱，頂類金箔」，真是銅牆鐵壁，無堅可摧；到近處看，「則牆可及肩，四周並無門戶，而牆上密排坎窞。女以足踏之而過，伊亦從之」，這樣一座堡壘，別說伊袞沒見過，恐怕任何工程高手都沒見過。到了裡邊一看，「疑金屋非人工可造，問所自來」，狐女還賣了個關子，笑嘻嘻地說：「君子居之，明日即以相贈。金鐵各千萬計，半生喫着不盡矣。」這到底是一個怎樣的堡壘？天亮了一看，所謂的「大木千章」，只不過是「叢荊老棘」而已，也就是上文所說的「遂蹲莽中」的「莽」；所謂的「牆可及肩，四周並無門戶，而牆上密排坎窞」，只不過是一個婦女做針線活的頂針而已，牆上密密麻麻的坑穴，正是頂針上用來頂針的小凹坑；所謂「銅牆鐵柱」的「鐵柱」，只不過是插在頂針內的四個縫衣針而已；所謂「頂類金箔」，只不過是一個胭脂盒子而已……。前文說「乃北行數武，遂蹲莽中，不知何作」，現在我們終於明白了，狐女的所作，就是布置這一座銅牆鐵壁的堡壘。讀過《聊齋誌異》的人都知道，書生們被狐女或者鬼女相邀，到達華美的房舍過夜，早晨走出後，往往回頭一看，都是墳坑或山洞，而這一次，「回視臥處，並無亭屋，惟四針插指環內，覆脂合其上；大樹，則叢荊老棘也。」狐女精巧的設計，文章精巧的構思，都給讀者留下了非常鮮明的印象。

男妾

一官紳在揚州❶買妾，連相數家，悉不當意。惟一媼寄居賣女，女十四五，丰姿姣好，又善諸藝。大悅，以重價購之。至夜，入衾，膚膩如脂。喜捫私處❷，則男子也。駭極，方致窮詰❸。蓋買好僮，加意修飾，設局以騙人耳。黎明，遣家人尋媼，則已遁去無蹤。中心懊喪，進退莫決。適浙中同年❹某來訪，因為告訴。某便索觀，一見大悅，以原價贖之而去。異史氏曰：「苟遇知音，即予以南威❺不易。何事無知婆子，多作一偽境哉！」

【注釋】❶揚州　府名，治所在今江蘇揚州。❷私處　男女陰部。❸窮詰　深入追問，追根尋源。❹同年　科舉時代同榜錄取的人互稱同年。❺南威　亦稱「南之威」，春秋時晉國的美女。《戰國策・魏策二》：「晉文公得南之威，三日不聽朝，遂推南之威而遠之，曰：『後世必有以色亡其國者。』」

【語　譯】一個官紳在江蘇揚州買妾，一連看了幾家，都不滿意。正好一位寄居在揚州的老太婆要賣女兒，小姑娘才十四五歲，風度姿態都很美好，又擅長各種手藝。官紳很喜歡，出高價把她買下。到了夜裡，官紳和小姑娘同床共枕，小姑娘的肌膚細膩，猶如油脂一般。他高興地去摸她的下身，卻發現小姑娘竟是個男子。官紳驚訝極了，這才仔細盤問。原來，那老太婆買下長得好看的小男孩，刻意打扮，設下圈套來騙人。黎明時分，派家人去找那老太婆，發現她已經逃得沒有蹤影了。官紳心中懊惱，進退兩難，不知道怎麼辦才好。正好浙江一位和他同年考取的生員來訪，就把這件事告訴給他。生員請求看看小男孩；一見面，生員就非常喜歡，於是用原價把小男孩買去了。異史氏說：「如果遇到知音，即使給予像南威那樣的美女，也不願意交換。無知的老太婆，為什麼還要多設一重假象呢！」

【研　析】〈男妾〉寫一人買妾買到男子而大駭，而被另一人買去而大喜的荒唐事。

南朝梁殷芸《殷芸小說》中說：「有客相從，各言所志：或願為揚州刺史，或願多貲財，或願騎鶴上升。其一人曰：『腰纏十萬貫，騎鶴上揚州』，欲兼三者。」揚州為什麼那麼有吸引力呢？大概揚州美女多的緣故吧。唐人杜牧〈贈別二首〉之一云：「娉娉嫋嫋十三餘，豆蔻梢頭二月初。春風十里揚州路，卷上珠簾總不如。」一個十三四歲的小女孩就使大詩人杜牧魂牽夢繞，念茲在茲了。此亦可證明揚州美女確實非同一般。在這篇故事中，一個人花大錢買妾，卻買來了一個男子，這在他是「駭極」的。但是，他所駭極的事，卻偏偏有人「大悅」，因為這個人喜歡同性戀，也就是說他喜歡「孌童」。「蓋買好僮，加意修飾，設局以騙人耳」。在蒲松齡看來，這男扮女裝，純粹是多此一舉，因為有人喜歡男色，給他多美的女子他還不換呢。同性戀是一種有悠久歷史的文化現象，比如衛靈公與彌子瑕之間的「分桃」典故，漢哀帝與董賢之間的「斷袖」故事等等。明清時期，「男風」盛行，有「有歌童而無名妓」、「陰妖遍天下」之說。褚人獲《堅瓠集》專列「男風」條目，馮夢龍《情史》列「情外」一類以專記同性戀。本篇〈男妾〉也反映了當時社會上的某種腐朽怪異的社會風氣，對當時的社會現實有一定的認識作用。

汪可受

湖廣黃梅縣汪可受❶，能記三生：一世為秀才，讀書僧寺。僧有牝馬產騾駒，愛而奪之。後死，冥王稽籍，怒其貪暴，罰使為騾償寺僧。既生，僧愛護之，欲死無間❷。稍長，輒思投身澗谷，又恐負豢養之恩，冥罰益甚，遂安之。數年，孽滿自斃。生一農人家。墮蓐❸能言，父母以為怪，殺之，乃生汪秀才家。秀才近五旬，得男甚喜。汪生而了了❹；但憶前生以早言死，遂不敢言。至三四歲，人皆以為瘂。一日，父方為文，適有友人過訪，投筆出應客。汪入見父作，不覺技癢❺，代成之。父返，見之，問：「何人來？」家人曰：「無之。」父大疑，次日，故書一題置几上，旋出；少間即返，翳行❻悄步而入。則見兒伏案間，稿已數行，忽睹父至，不覺出聲，跪求免死。父喜，握手曰：「吾家止汝一人，既能文，家門之幸也，何自匿為？」由是益教之讀。少年成進士，官至大同❼巡撫。

【注釋】❶湖廣黃梅縣汪可受　湖廣黃梅縣，即今湖北黃梅。湖廣，行省名，轄今湖南、湖北二省。汪可受，字以虛，湖北黃梅縣人，萬曆進士，初任浙江金華令，旋升禮部主事，後歷任江西吉安知府、山西提學副使，山東按察使、大同巡撫，兵部侍郎等職。❷無間　沒有機會。❸墮蓐　小孩降生。蓐，草席；草墊子。❹了了　聰明；機靈。南朝宋劉義慶《世說新語・言語第二》：「小時了了，大未必佳。」❺技癢　有某種技藝的人遇到機會急欲表現。❻翳行　暗中行走。❼大同　明代軍鎮名，治所在今山西大同。

【語譯】湖北黃梅縣的汪可受，能記得自己三生的事：第一世是個秀才，在一個寺廟裡讀書。和尚有匹母馬產下了小騾駒，汪可受很喜愛，就搶了過來。後來汪可受死了，閻羅王查閱他的履歷，對他的貪婪兇暴非常憤怒，罰他變成一頭騾子來補償和尚。汪可受投胎後，和尚對他很愛護，想死也沒機會。汪可受漸漸長大，曾想跳下溪澗山谷，可是又害怕辜負和尚的豢養之恩，陰間的懲罰會更加嚴厲，於是安下心來。幾年後，汪可受刑罰滿期，就自然地死了。他隨後投胎在一個農民家裡。生下來就會說話，父母以為他是個怪物，就把他殺死了。他轉而投胎到汪秀才家。秀才年近五十，得了個兒子非常高興。汪可受一生下來就明白事理，但想起前生因為過早說話而死掉，就不敢說了。到了三四歲，人們都以為他是個啞巴。一天，汪父正在寫文章，正好有朋友來訪，汪父放下筆出去會客。汪可受看到父親沒寫完的文章，不禁手癢，於是把文章代寫完了。汪父會客回來，看見寫成的文章，便問：「有誰來過？」家人回答說：「沒有。」汪父不由得大為疑惑。第二天，汪父恭敬地寫下一個題目，放在桌子上，隨即出去了；一會兒又馬上返回來，偷偷地悄悄走進書房。只見兒子正趴在桌子上，稿子已完成了幾行；忽然瞥見父親到來，不由自主地喊出聲來，跪在地上請求饒命。汪父很高興，握住兒子的手說：「我們家只有你一個孩子，你既然會寫文章，這是我們家的榮幸啊，為什麼要把自己藏起來呢？」從此，汪父更加悉心地教他讀書。汪可受少年時就成了進士。後來，他當上了大同巡撫。

【研析】〈汪可受〉寫汪可受歷經三生磨難，終於成為一代名人的故事。

汪可受本來是一位秀才，在一座寺廟中讀書，因為喜歡寺裡的小騾駒，就搶來據為己有。於是在他死後，閻王爺罰他變成一隻騾子償還寺僧。騾子再好也是畜生，誰願意當騾子呢，所以他老是想著死去好重新投胎，卻一直沒有機會。後來終於死了，投生在一戶農人家，因為生而能言，父母以為是個妖怪，立即就把他殺死了。這樣，他才最終投胎到了汪秀才家。

汪可受最初就是秀才，雖然經過三生輪迴，他畢竟沒有忘記自己的出身。前一次因為表現得過於急躁，一生下就說話，被父母殺死了。這一次接受了教訓，長到三四歲也不說話，幾乎像個啞巴。但是，有才能的人不會永遠深藏不露，因為他會「技癢」，而一旦「技癢」就非露馬腳不可。終於，他因為替父親代寫文章、偷寫八股文，讓父親發現了。這可真把他嚇壞了，因為按照以前那位父親的做法，他這樣小小年紀就能寫文章、做八股，不是妖孽就是怪物，非被打死不可。但是，他的這位父親非常愛才，不但不殺他，還喜歡有加，精心培養，終於成就了一位少年進士、大同巡撫。

在《聊齋誌異》中另有一篇〈三生〉，也是寫一個人能記得自己的三生之事：一位劉孝廉，他的第一世是一位縉紳，因為多做壞事，六十二歲而歿，被閻王罰作馬。後來因為忍受不了被人鞭打、騎夾的痛苦，絕食而死。閻王又罰他託生為狗，為了投生為人，他又故意咬破主人的大腿，被杖殺。再後來，又被冥王罰作蛇，他又爬到路上被車軋為兩截。這樣經過多次折騰，才最終成為劉孝廉。

一般說來，人們因為做了壞事，才被打入地獄，罰做畜生。而蒲松齡卻讓做了畜生的他們再度成為人，並做大官。這是為什麼呢？何況這些人也不是無名無姓的小人物，任憑蒲松齡向壁虛構。汪可受在《湖北通志．人物志》有記載，劉孝廉和蒲松齡的族兄蒲兆昌是明天啟辛丑的同科舉人，他們為什麼不知羞恥說出自己的前生之醜事呢？看來，這只能用蒲松齡有勸人向善之心來解釋了：不管人幹了多大的壞事，只要改惡從善，連閻王也是允許重新做人的；只要重新做人並一心向善，也並不會有人永遠抓著前世不放；汪可受是大官，劉孝廉也是舉人，他們的前世做騾做馬，現在不是也榮華富貴了嗎？只要改惡從善並一心向善，連閻王也都饒恕了他，還有誰不饒恕他呢！

牛犢

楚中❶一農人赴市歸，暫休于途。有術人❷後至，止與傾談。忽瞻農人曰：「子氣色不祥，三日內當退財，受官刑❸。」農人曰：「某官稅已完，生平不解爭鬬，刑何從至？」術人曰：「僕亦不知。但氣色如此，不可不慎之也！」農人頗不深信，拱別而歸。次日，牧犢於野，有驛馬❹過。犢望見，誤以為虎，直前觸之，馬斃。役報農人至官。官薄懲之，使償其馬。蓋水牛見虎必鬬，故販牛者露宿❺，輒以牛自衛；遙見馬過，急驅避之，恐其誤觸也。

【注釋】❶楚中　中國湖北和湖南，有時特指湖北。❷術人　一般指從事巫祝占卜的人，此處指相士。❸官刑　官府所用之刑。❹驛馬　古代為國家傳遞公文、軍事情報、物資等的馬。❺露宿　在室外或郊野住宿。

【語譯】楚中有個農夫趕集歸來，暫且在途中休息。一個算命先生從後面來，停下來和農夫聊天。忽然他端詳著農夫說：「您氣色不好，三天內一定破財，還要吃官司。」農夫說：「我的賦稅已經交納，生平從不懂得和人爭鬥，哪裡會來官司呢？」算命先生說：「我也不知道。只是您的氣色就是這樣子，不能不謹慎啊！」農夫不太相信，和算命先生拱手告別，回家去了。第二天，農夫在野外放牛，剛好有驛馬經過。小牛看見了，誤以為是老虎，逕直上前用角撞去，驛馬倒地死了。差役拉著農夫到官府告狀。官吏略略懲罰了農夫，讓他賠償差役的驛馬。原來，水牛見了老虎，一定相鬥，所以販牛的人在野外露宿，總是用牛自衛。遇見有馬經過，就急忙把牛趕開躲避，擔心牛無意把馬撞死。

【研　析】〈牛犢〉寫一牛犢抵死驛馬的故事。

前面的〈牛飛〉篇中，寫淄川縣的某人購買一頭矯健的黃牛，夜裡夢到牛生雙翼飛走了，以為不祥。第二天就把牛賤賣了，回來的路上見到一隻蒼鷹在吃兔子，就逮住蒼鷹把包錢的布巾纏在蒼鷹腿上。蒼鷹上來還撲撲楞楞站在他的胳膊上，可是一個不留神，牠竟帶著包錢的布巾飛走了。夢兆顯示丟牛，即使把牛賣了，銀子也還是丟失，這和夢兆顯示的丟牛沒有什麼區別。

這篇〈牛犢〉寫的也是一頭牛。有一個相面的對一個農人說：「看你的氣色不是很好，三天之內會破財，並受官刑。」這個農人有理由不相信，但是俗話說：「天有不測風雲，人有旦夕禍福。」第二天，農人放牛，正好有驛馬經過，牛犢以為是老虎，就把那馬給抵死了。結果，農人被告到了官府。第一，「官薄懲之」，可能挨了幾板子，這就是「受官刑」。第二，「使償其馬」，牛抵死了馬，雖然是誤觸，也得賠償，這就是「當退財」。至此，相面的所說的兩點都應驗了。

聯繫〈牛飛〉和〈牛犢〉來看，兩篇說的都是牛，儘管一南一北，一水牛一黃牛，然而破財都是一樣的。這能不能證明夢兆和相術的高超呢？蒲松齡不否認夢兆和相術有道理，但他也分別給出了自己的解釋。對於讓蒼鷹帶走了金錢，他說：「此雖定數，然不疑夢，不貪拾遺，則走者何遽能飛哉？」他的意思是，如果不對夢境起疑心，或者在路上不去逮那隻蒼鷹，牛還能飛了嗎？對於牛犢抵死了驛馬，蒲松齡說：「蓋水牛見虎必鬬，故販牛者露宿，輒以牛自衛；遙見馬過，急驅避之，恐其誤觸也。」牛犢不是無緣無故就去抵死驛馬，而是把馬誤認成虎了；這是水牛的本性，自然也沒有什麼怪異的；但是農人看到驛馬過來，不趕緊採取措施攔阻，卻任由牛犢抵死了驛馬，所以破財還是咎由自取。

王大

李信，博徒❶也。晝臥，忽見昔年博友王大、馮九來，邀與敖戲❷。李亦忘其為鬼，欣然從之。既出，王大往邀村中周子明，馮乃導李先行，入村東廟中。少頃，周果同王至。馮出葉子❸，約與撩零❹。李曰：「倉卒無博貲，辜負盛邀，奈何？」周亦云然。王云：「燕子谷黃八官人放利債❺，同往貸之，宜必諾允。」於是四人並去。

飄忽間，至一大村。村中甲第連垣，王指一門，曰：「此黃公子家。」內一老僕出，王告以意。僕即入白。旋出，奉公子命，請王、李相會。入見公子，年十八九，笑語藹然。便以大錢❻一提付李，曰：「知君愨直，無妨假貸。周子明我不能信之也。」王委曲代為請。公子要李署保❼，李不肯。王從旁慫恿之，李乃諾。亦授一千而出。便以付周，具述公子之意，以激其必償。出谷，見一婦人來，則村中趙氏妻，素喜爭善罵。馮曰：「此處無人，悍婦宜小祟❽之。」遂與王捉返入谷。婦大號，馮掬土塞其口。周贊曰：「此等婦，只宜椓杙❾陰中！」馮乃捋襟，以長石強納之。婦若死。眾乃散去，復入廟，相與博賭。

自午至夜分，李大勝，馮、周貲皆空。李因以厚貲增息悉付王，使代償黃公子；王又分給周、馮，局復合。居無何，聞人聲紛拏❿，一人奔入，曰：「城隍老爺親捉博者，今至矣！」眾失色。李捨錢踰垣而逃。眾顧貲，皆被縛。既出，果見一神人坐馬上，馬後縶博徒二十餘人。天未明，已至邑城，門啟而入。

至衙署，城隍南面坐，喚人犯上，執籍呼名。呼已，並令以利斧斫去將指⓫，乃以墨朱各塗兩目，遊市三周訖。押者索賄而後去其墨朱，眾皆賂之。獨周不肯，辭以囊空；押者約送至家而後酬之，亦不許。押者指之曰：「汝真鐵豆，炒之不能爆也！」遂拱手去，周出城，以唾濕袖，且行且拭。及河自照，墨朱未去；掬水盥⑫之，堅不可下，悔恨而歸。

先是，趙氏婦以故至母家，日暮不歸。夫往迎之，至谷口，見婦臥道周⑬。睹狀，知其遇鬼，去其泥塞，負之而歸。漸醒能言，始知陰中有物，宛轉抽拔而出。乃述其遭，趙怒，遽赴邑宰，訟李及周。牒⑭下，李初醒；周尚沉睡，狀類死。宰以其誣控，笞趙械婦，夫妻皆無理以自申。

越日，周醒，目眶忽變一赤一黑，大呼指痛。視之，筋骨已斷，惟皮連之，數日尋墮。目上墨朱，深入肌理。見者無不掩笑⑮。一日，見王大來索負。周厲聲但言無錢，王忿而去。家人問之，始知其故。共以神鬼無情，勸償之，周齗齗⑯不可，且曰：「今日官宰皆左袒⑰賴債⑱者，陰陽應無二理，況賭債耶！」次日，有二鬼來，謂黃公子具呈在邑，拘赴質審；李信亦見隸來，取作間證。二人一時並死。至村外相見，王、馮俱在。李謂周曰：「君尚帶赤墨眼，敢見官耶？」周仍以前言告。李知其吝，乃曰：「汝既昧心⑲，我請見黃八官人，為汝還之。」遂共詣公子所。李入而告以故，公子不可，曰：「負欠者誰，而取償於子？」出以告周，因謀出貲，假周進之。周益忿，語侵公子。鬼乃拘與俱行。

無何，至邑，入見城隍。城隍呵曰：「無賴賊！塗眼猶在，又賴債耶！」周曰：「黃公子出利債，誘某博賭，遂被懲創。」城隍喚黃家僕上，怒曰：「汝主人開場誘賭，尚討債耶？」僕曰：「取貲時，公子不知其賭。公子家燕子谷，捉獲博徒在觀音廟，相去十餘里。公子從無設局場⑳之事。」城隍顧周曰：「取貲悍不還，反被捏造！人之無良，至汝而極！」欲笞之，周又訴其息重。城隍曰：「償幾分矣？」答云：「實尚未有所償。」城隍怒曰：「本貲尚欠，而論息耶？」笞三十，立押償主。二鬼押至家，索賄，不令即活，縛諸廁內，令示夢家人。家人焚楮錠㉑二十挺，火既滅，化為金二兩、錢二千。周乃以金酬債，以錢賂押者，遂釋令歸。既蘇，臀創墳起，膿血崩潰，數月始痊。

後趙氏婦不敢復罵；而周以四指帶赤墨眼，賭如故。此以知博徒之非人矣！

異史氏曰：「世事之不平，皆由為官者矯枉之過正㉒也。昔日富豪以倍稱之息㉓折奪良家子女，人無敢言者；不然，函刺一投，則官以三尺法㉔左袒之。故昔之民社官㉕，皆為勢家役耳。迨後賢者鑒其弊，又悉舉而大反之。有舉人重貲作巨商者，衣錦厭粱肉，家中起樓閣、買良沃。而竟忘所自來。一取償，則怒目相向。質諸官，官則曰：『我不為人役也。』是何異懶殘和尚㉖，無工夫為俗人拭涕哉！余嘗謂昔之官諂，今之官謬；諂者固可誅，謬者亦可恨也。放貲而薄其息，何嘗專有益於富人乎？」

張石年㉗宰淄川，最惡博。其塗面游城，亦如冥法。刑不至墮指，而賭以絕。蓋其為官，甚得鉤距法㉘。方簿書旁午㉙時，每一人上堂，公偏暇，里居、年齒、家口、生業，無不絮絮問。問已，始勸勉令去。有一人完稅繳單，自分無事，呈單欲下。公止之，細問一過，曰：「汝何博也？」其人力辨生平不解博。公笑曰：「腰中尚有博具㉚。」搜之，果然。人以為神，而並不知其何術。

【注　釋】❶博徒　賭徒。❷敖戲　嬉戲；遊戲。❸葉子　紙牌。❹撩零　賭博爭勝。❺放利債　借錢給人，收取利息。❻大錢　清康熙年間製造大制錢、小制錢。大制錢又稱大錢，每千文作銀一兩；小制錢又稱小錢，每千文作銀七錢。❼署保　簽名作保。❽祟　鬼神給人以災害。❾椓杙　捶釘木樁。❿紛拏　混亂的樣子。⓫將指　足的大趾或手的中指。⓬盥　洗。⓭道周　路邊。⓮牒　文書；公文。⓯掩笑　掩口而笑，要笑而忍住不出聲。⓰齗齗　爭辯的樣子。⓱左袒　漢高祖劉邦死後，呂后當權，培植呂姓的勢力，呂后死，太尉周勃奪取呂氏的兵權，就在軍中對眾人說：「擁護呂氏的右袒（露出右臂），擁護劉氏的左袒。」軍中都左袒。後來管偏護一方叫左袒。⓲賴債　賴帳。⓳昧心　欺心；違背良心。⓴局場　聚會賭博的場合。㉑楮錠　紙錢。㉒矯枉之過正　指把彎的東西扳正，又歪到了另一邊。比喻糾正錯誤超過了應有的限度。㉓倍稱之息　加倍的利息。㉔三尺法　指法律。古代以三尺竹簡書寫法律，故稱。㉕民社官　地方官。㉖懶殘和尚　唐衡岳寺僧明瓚，性疏懶而好食殘餘飯菜，人以懶殘稱之。明人瞿汝稷《水月齋指月錄》記載，唐德宗使人詔請明瓚禪師，他涕零垂膺，使者見之而笑，令其拭涕，他回答說：「我豈有工夫為俗人拭涕也。」㉗張石年　張嵋，字石年，浙江仁和人，康熙二十五年（西元一六八六年）任淄川縣令。㉘鉤距法　輾轉推問，究得情實的方法。㉙簿書旁午　忙碌著處理公文。簿書，官署文件。旁午，交錯；紛繁。㉚博具　賭博用具。

【語　譯】李信，是縣裡的一個賭徒。他正在午睡時，忽然看見往日的賭友王大和馮九來了，邀請李信出去玩。李信也忘記他們已經是鬼了，很高興地跟著他們走。出門以後，王大去邀請村裡的周子明，馮九就領著李信先走，來到村東的一座寺廟裡。一會兒，周子明果然和王大一起來了。馮九拿出葉子，要大家一起賭博。李信說：「倉卒之間沒有帶賭本，辜負了你們盛情的邀請，怎麼辦？」周子明也說沒帶錢。王大說：「燕子谷的黃八官人放債，咱們一起去向他借貸，他一定會答應的。」於是四個人就一齊前往。

飄飄忽忽地走了一會兒，來到一個大村莊。村莊裡的高大院宅連成一片。王大指著一個大門說：「這就是黃公子家。」大門內一個老僕人走出來，王大告訴他來意。老僕人立即進去稟告。一會兒，老僕人走出來，奉黃公子之命，請王大和李信相見。王大和李信走進屋裡，見到黃公子，黃公子大約十八九歲，滿面笑容，言語和藹。黃公子拿出一串大錢交給李信，說：「知道你為人樸實耿直，不妨把錢借貸給你。周子明，我是不能相信他的。」王大婉轉地替周子明請求。黃公子要李信簽名作保，李信不肯。王大在旁邊慫恿他，李信才答應。黃公子也拿出一千文大錢交給他。他們出了黃公子家，李信把錢交給周子明，並講述了黃公子的意思，以此刺激周子明務必把錢償還給黃公子。

出了燕子谷，他們看見有一個婦人走過來，原來是村子裡趙某的妻子，她素來喜歡爭吵，善於罵街。馮九說：「這裡沒有別人，這個兇悍的婦人，應該小小地捉弄她一下。」於是和王大一起把趙妻捉住，返回燕子谷。趙妻大聲號叫。馮九就捧了一把泥土塞進她的嘴裡。周子明在一旁鼓動說：「這種刁婦，只應該用木頭塞入她的陰戶裡！」馮九於是捋下她的褲子，把一塊長石頭硬塞進去。趙妻好像死了一樣。馮九他們這才散去，又回到寺廟裡，圍在一起賭錢。

從午時一直賭到半夜，李信大勝，馮九和周子明的錢都輸光了。李信於是自己加高了利息，連同本金一起交給王大，請他代為償還給黃公子。王大又把這些錢分給周子明和馮九，又重新賭起來。沒多久，忽然聽到外面人聲嘈雜，一個人跑進寺廟，對他們說：「城隍老爺親自來捉賭博的人，現在已經到了！」大家大驚失色。李信扔下錢翻牆逃跑了。其餘幾個因為顧惜賭資，就都被捆綁起來。押出寺廟，果然看見一個神人坐在馬上，馬匹後面有二十多個被捆綁起來的賭徒。天還沒亮，一行人已經來到縣城，城門打開了，他們就進了城。

來到衙門，城隍爺南面而坐，把人犯叫上大堂，拿著名冊點名。點名完畢，城隍爺下令用鋒利的斧頭砍去賭徒們的中指，然後用墨汁和朱砂分別塗在賭徒們的兩個眼眶上，再在縣城裡遊街示眾三圈。押送的差役向賭徒們索取賄賂，然後才為他們除去墨汁和朱砂，賭徒們都拿出錢來賄賂差役。惟獨周子明不肯，推辭說口袋裡已經空了；差役就和他約定送到家裡以後再給錢，周子明也不答應。差役指著周子明說：「你真是一顆鐵豆子，怎麼炒也不能爆開！」於是拱拱手就走了。周子明出了城門，用唾液沾濕衣袖，一邊走一邊擦。來到河邊，自己一照，墨汁和朱砂都沒有擦去；捧起河水來洗，可是墨汁和朱砂粘得很牢，洗不下來。周子明只好悔恨交加地回家了。

在此以前，趙某的妻子有事回娘家，傍晚時分還沒返回來。趙某就沿路去迎接她，來到燕子谷口，看見妻子躺倒在路旁。看到這種情形，知道她遇上了鬼，就把她嘴裡的泥土挖淨，把她背回家。趙妻漸漸地甦醒過來，能夠說話了，趙某這才知道她的陰戶裡還有東西，就慢慢旋轉著把那塊長石頭拔出來。趙妻於是講述了她的遭遇。趙某憤怒極了，馬上就趕到縣衙裡，狀告李信和周子明。差役拿著文書抓人，李信剛剛睡醒，周子明還在沉睡，他的樣子像死了一般。縣官認為趙某是誣告，就把趙某和他妻子責打了一頓，趙氏夫婦都沒有理由為自己申辯。

到了第二天，周子明蘇醒過來，兩個眼眶忽然變得一紅一黑，大叫手指疼。一看，中指的筋骨已經斷了，只有皮還連著。過了幾天，中指就斷掉了。而眼眶上的墨汁和朱砂，已經深入到肌膚裡。見到他的人沒有不掩口而笑的。一天，周子明看見王大來討要欠債，就聲色俱厲地說沒錢，王大憤憤地走了。家人問他，才知道了其中的緣故。大家都認為神鬼無情，勸周子明償還欠債。周子明爭辯著，認為不能還，還說：「現在做官的都袒護賴帳的人，陰間和陽世應該沒什麼兩樣，況且還是賭債呢！」第二天，兩個鬼差來找周子明，說黃公子遞了狀子給城隍，要拘拿他去對質；李信也看見有差役來，讓他去作中間證人。周子明和李信同時都死去。兩人來到村外相見，王大和馮九都在。李信對周子明說：「你的眼眶上還留著墨汁和朱砂，還敢見官嗎？」周子明仍然用以前的話來回答。李信知道他吝嗇，就對他說：「你既然昧起良心，我去求見黃八官人，替你還錢。」於是一齊來到黃公子的住處。李信進去告訴來的原因，黃公子認為不行，說：「欠債的是誰，怎麼能讓你償還？」李信出來把黃公子的話告訴了周子明，想借錢給他，讓他拿著還給黃公子。周子明更加憤恨，用言語來侮辱黃公子。鬼差就押著周子明往前走。

沒多久，來到城裡，進去見城隍。城隍斥責周子明說：「無賴賊！塗在眼眶上的顏色還在，又要賴債了嗎！」周子明說：「黃公子放高利貸，引誘我去賭博，所以我才被懲罰。」城隍把黃家的僕人叫到大堂上，憤怒地說：「你家主人開賭場引誘別人賭博，還要討債嗎？」僕人說：「他們來借錢的時候，公子不知道他們是賭博。公子家在燕子谷，捉住賭徒是在觀音廟，相隔十多里。公子從來沒有開設賭場的事。」城隍聽了，看著周子明說：「借了錢，不僅蠻橫地不償還，反而捏造事實誣告別人！做人沒有良心，你算是到了極點！」想要責打周子明，周子明又說黃公子放債的利息很重。城隍說：「你還了幾分利息了？」周子明回答說：「實在還沒有償還。」城隍怒氣沖沖地說：「本金尚且拖欠，還說什麼利息呢？」於是把周子明打了三十大板，立即押他去取錢償還債主。兩個鬼差押著周子明回到家裡，向他討要賄賂，不讓他馬上復活，而是把他綁在廁所裡，讓他託夢給家人。家人就燒了二十串紙錢，火熄滅以後，紙錢變成二兩銀了，二千文大錢。周子明就用銀子來償還欠債，用大錢來賄賂鬼差，鬼差這才放他返回陽間。周子明甦醒以後，臀部的創傷隆起，膿血直流，過了幾個月才痊癒。

後來，趙妻不敢再罵街了；而周子明只有四根手指，眼眶留著黑紅眼圈，卻還像以前一樣賭博。由此可以知道賭徒實在不是人！

異史氏說：「世間的不平事，都是因為做官的矯枉過正造成的。以前的富豪用加倍的利錢放債，以此掠奪良家子女來抵債，沒人敢說一句話；不然的話，富豪把信函、名片投到官府，官府就用法律來袒護他們。所以從前的地方官，都是富豪人家的僕役罷了。以後有識之士鑑於其中的弊病，又把這些全都反轉過來。有個人向別人借了一大筆錢去作大買賣，穿起綾羅綢緞，吃起米飯魚肉，家裡建了亭臺樓閣，買了良田沃土，卻竟然忘記了這些是從哪裡來的。債主一說要取回他所借的錢時，他就怒目圓睜地看著人家。債主告到官府裡，做官的卻說：『我不做別人的僕役。』唉！這和懶殘和尚沒有工夫給俗人擦拭鼻涕有什麼兩樣呢！我曾經說過，以前的官諂媚，現在的官荒謬；諂媚的官固然可殺，荒謬的官也很可恨。放債而降低利息，何嘗是專門對富人有益呢？」

張石年在山東淄川做縣官時，最憎恨賭博。他那種塗抹賭徒面孔遊城示眾的辦法，也如同陰間所用的方法一樣。刑罰不至於砍斷手指，而賭博因此而絕跡。大概是因為他做官，深諳鉤距法。他在忙碌地處理公文時，每一個人走進大堂，他偏偏停下手來，對方的住址、年齡、家庭人口、職業，沒有一樣不細細問及。問完以後，才勸勉對方一番，讓他離開。有一個人交完稅款後呈交稅單，自料沒什麼事，呈上稅單就想退出去。張石年留住他，仔細地詢問一遍，說：「你為什麼賭博？」那人極力辯白自己平生不會賭博。張石年笑著說：「你腰裡還藏著賭具呢。」一搜，果然如此。人們都覺得張石年很神奇，但並不知道他有什麼好辦法。

【研　析】〈王大〉通過陽世與陰間的場景交替，描寫了幾個賭徒的逼真形象。

蒲松齡平生最厭惡賭博。他在〈賭符〉中說：「天下之傾家者，莫速於博；天下之敗德者，亦莫甚於博。入其中者，如沉迷海，將不知所底矣。」他在〈阿寶〉中也說：「且如粉花蕩產，盧雉傾家，顧癡人事哉！以是知慧黠而過，乃是真癡！」這都對賭博的危害和賭徒的心理，作了簡明扼要而又深中肯綮的分析。〈王大〉這一篇，集中來寫幾個賭徒的醜惡行徑，整篇文章審美價值不算很高，但對賭徒形象刻劃逼真，對人們瞭解賭博之危害，有著較好的認識作用，是一篇別具特色的〈賭博者說〉或〈博徒列傳〉。

這是一夥名副其實的賭徒。且看李信，連白天睡覺都想著賭博。在他的白日夢中，就被賭友王大、馮九邀請去賭博了；其實，王大、馮九早已死去多年，李信光想著賭博，就忻忻然把他倆早已為鬼這件事都給忘了。然後他們又到村裡叫上了一個叫周子明的。這篇文章雖然以「王大」名篇，其實主人公應該是這個晚出的周子明。雖然說去賭博，但大家都沒有賭資，於是就去借黃八官人的高利貸。黃八對李信說：「知君慤直，無妨假貸。周子明我不能信之也。」黃八為什麼不信任周子明呢？因為他不夠「慤直」。「慤直」的意思是忠厚耿直，周子明不夠「慤直」，肯定就是他狡詐奸邪了。黃八怎麼知道周子明狡詐奸邪呢？肯定是對周子明以往的經歷有所瞭解了。周子明真是狡詐奸邪之人嗎？我們接著往下看。

大家借了錢出來，看到了村裡趙氏的老婆。此婦平時善於爭吵罵人，估計也沒有少罵過馮九和周子明這類賭徒，否則，此二人不會對她如此痛恨、下此毒手。他們把這個婦人拉到山谷裡，脫下她的褲子，在她的陰道裡硬塞進一塊長石頭。儘管此婦人是個悍婦，確實需要懲罰，但此等懲罰無乃太過乎？現在看來，蒲松齡在這篇文章中插入賭鬼懲罰悍婦的情節，固然是想說明賭鬼的品德惡劣，但這還不是主要的；主要的是，「後趙氏婦不敢復罵；而周以四指帶赤墨眼，賭如故。此以知博徒之非人矣！」連這樣的悍婦，吃過大虧之後都能不再罵街，而周子明缺著一個指頭、帶著黑紅兩色的眼圈子還照賭不誤，悍婦還算是人，周子明連人都算不上了。賭徒較之於悍婦更為可恨，這大概才是蒲松齡寫此悍婦的用意所在。

陰間裡城隍爺對賭徒的懲罰不可謂不重：用利斧剁去他們的中指，用賭具的黑紅兩種顏色塗抹他們的眼眶，讓人們一看就知道這就是賭徒，不要和他們交往。照理說剁去手指算輕的，因為可以找理由遮蓋；而黑紅眼眶是重的，因為找不出理由來遮掩。但是，當鬼卒索賄願意給周子明去除眼眶的墨迹時，周子明竟拒絕了。這完全是一副「死豬不怕開水燙」的架勢。再觀看下文周子明對城隍賴帳的無賴嘴臉，可見鬼卒對他的這一評價「汝真鐵豆，炒之不能爆也」，真是千真萬確，絕不冤枉他。

賭博是一種社會現象，對家庭、社會影響巨大。蒲松齡寫這類文章，就是對此問題的認真思考。在〈王大〉的附則中，他以淄川縣令張石年為例，說明只要當官的認真負責，賭博之害也是可以治理的。像城隍爺那樣一味懲罰，似乎也不是最好的辦法。由此可見，蒲松齡雖然沒有中舉做官，對社會問題，他考慮得倒一點也不比官老爺少，甚至都超過了冥界的城隍爺。

三仙

一士人赴試金陵❶，經宿遷❷，遇三秀才談論超曠，遂與沽酒，款洽❸。各表姓字：一介秋衡，一常豐林，一麻西池。縱飲甚樂，不覺日暮。介曰：「未修地主❹之儀，忽叨盛饌❺，於理不當。茅茨❻不遠，可便下榻。」常、麻並起，捉裾喚僕，相將俱去。至邑北山，忽睹庭院，門遶清流。既入，舍宇清潔。呼童張燈❼，又命安置從人。麻曰：「昔日以文會友，今場期伊邇❽，不可虛此良夜。請擬四題，命鬮❾，各拈其一，文成方飲。」眾從之。各擬一題，寫置几上，拾得者就案構思。二更未盡，皆已脫稿，迭相傳視。秀才讀三作，深為傾倒，草錄而懷藏之。主人進良醞，巨杯促釂❿，不覺醺醉。主人乃導客就別院寢。客醉不暇解履⓫，和衣而臥。

及醒，紅日已高，四顧並無院宇，主僕臥山谷中。大駭。見傍有一洞，水涓涓流。自訝迷惘。視懷中，則三作俱存。下山問土人，始知為「三仙洞」。蓋洞中有蟹、蛇、蝦蟆三物，最靈，時出游，人往往見之。士人入闈⑫，三題即仙作，以是擢解⑬。

【注釋】❶金陵　地名，即今江蘇南京。❷宿遷　縣名，在今江蘇宿遷。❸款洽　親密；親切。❹地主　當地的主人。❺叨盛饌　承蒙盛宴招待。❻茅茨　茅草蓋的屋頂，亦指茅屋。❼張燈　懸掛燈籠或點燃燈盞。❽場期伊邇　考期臨近。伊，助詞。邇，近。❾命鬮　製鬮。鬮，抓鬮時捲起或揉成團的紙片。❿釂　飲酒乾杯。⓫解屨　脫鞋。⓬入闈　參加科舉考試。⓭擢解　考取解元。

【語譯】一位書生到金陵參加考試，途經宿遷時，遇上了三位秀才，他們談話高遠曠達，讀書人便打了酒，和他們歡會，親切交談中三位秀才各自說了姓名：一個叫介秋衡，一個叫常豐林，一個叫麻西池。四人縱情暢飲，很是快樂，不知不覺已是黃昏時分。介秋衡說：「我們還沒盡地主的禮儀，卻叨擾客人盛宴款待，在情理上很不恰當。寒舍離這裡不遠，可以住宿。」常豐林和麻西池一齊起來，牽住書生的衣襟，招呼同行的僕人，大家一起前去。到了縣城的北山，忽然看到一處庭院，門前環繞著一條清澈的小溪。走進院子，房舍很精緻雅潔。秀才們叫童僕點燈，又吩咐安置書生的隨從。麻西池說：「過去人們常以寫文章來結交朋友，現在考試日期臨近，我們不能虛度了這美好的夜晚。請擬出四道題目，分寫四鬮，每人抓一個，文章完成後才能喝酒。」大家同意了，便各自擬寫一個題目，放在桌子上；抓到了題目的就走到桌子前構思文章。兩個更次沒完，大家都已寫完，於是互相傳閱彼此的文章。書生讀了三位秀才的文章，深深地為之傾倒，便抄錄一份藏在懷裡。主人奉上美酒，大杯勸飲，書生不知不覺喝得大醉。書生推辭不再喝酒，主人於是把他領到別的房間睡覺。書生酒醉，沒有脫鞋，穿著衣服就躺下了。

書生醒來後，太陽已經很高了，環顧四周發現附近並沒有庭院，只有他們主僕躺在山谷之中。書生大驚。看見旁邊有個山洞，洞前溪水汩汩流淌。書生不禁感到迷惘。看看懷中，那三篇文章還在。他下山後，問問當地人，才知道那山洞叫作「三仙洞」。原來，洞中藏著螃蟹、蛇和蝦蟆，最有靈性，經常外出遨遊，人們往往遇見牠們。書生參加考試，發現三個試題竟然就是三仙所作文章的題目，書生因此考取了舉人。

【研　析】〈三仙〉寫一人參加鄉試，偶遇「三仙」而中解元的故事。

蒲松齡十九歲就考中秀才，其後卻幾十年不能考中舉人，因此「一肚皮不合時宜」，見縫插針，有機會就對科舉制度諷刺挖苦一番。《聊齋誌異》裡有不少這樣的文章，此不細述。在這篇〈三仙〉中，蒲松齡依然採取怪異的題材，對科舉制度進行了辛辣批判。

如果不用心細讀，僅看字面意思，我們會認為這篇文章寫了這個士人的一段奇遇，他因此考中解元，是他的福分到了，應該為他慶幸。但是，如果仔細琢磨一下這三位仙人的名字，我們就知道蒲松齡的用意並不如此簡單了。這三位仙人是以三位秀才的面目出現的，他們的名字很有特色：「一介秋衡，一常豐林，一麻西池。」一般讀者如果只看這篇文章，還沒有看到文章結尾，說不定會認為真有人起這樣怪異的名字。最後，文章揭出謎底：「下山問土人，始知為『三仙洞』。蓋洞中有蟹、蛇、蝦蟆三物，最靈，時出游，人往往見之。」原來這位士人「深為傾倒」的文章，就是這三種動物寫成的。但明倫說：「擢解之文，而出之於怪，已奇。怪而為蟹、為蛇、為蝦蟆，則更奇。恨未睹其文，不知其氣味果居何等耳。」這位士人雖然考中了解元，其文品之低劣悖亂也可想而知了。

此篇最為引人注目的是這三個「仙人」的名字，這樣將怪物形體特色寫入文章，而取得妙趣橫生的藝術效果的作品，前人也有涉獵。《列異傳》有一則云：「魏郡張奮者，家本巨富。忽衰老，財散，遂賣宅與程應。應入居，舉家病疾，轉賣鄰人阿文。文先獨持大刀，暮入北堂中梁上，至三更竟，忽有一人長丈餘，高冠，黃衣，升堂，呼曰：『細腰！』細腰應諾。曰：『舍中何以有生人氣也？』答曰：『無之。』便去。須臾，有一高冠，青衣者。次之，又有高冠，白衣者。問答並如前。及將曙，文乃下堂中，如向法呼之，問曰：『黃衣者為誰？』曰：『金也。在堂西壁下。』『青衣者為誰？』曰：『錢也。在堂前井邊五步。』『白衣者為誰？』曰：『銀也。在牆東北角柱下。』『汝復為誰？』曰：『我，杵也。今在灶下。』及曉，文按次掘之：得金銀五百斤，錢千萬貫。仍取杵焚之。由此大富。宅遂清寧。」

客觀存在的物體，幻化為人或其他有生命的事物之後，仍然保持其應有的形體特徵，有的還通過自己的名字表現出來，這是一種非常有藝術效果的創作方法，很受後世讀者的喜歡。

人妖

馬生萬寶者，東昌❶人，疎狂不羈。妻田氏，亦放誕風流。伉儷甚敦。有女子來，寄居鄰人寡媼家，言為翁姑所虐，暫出亡。其縫紉絕巧，便為媼操作，媼喜而留之。踰數日，自言能於宵分❷按摩，愈女子瘵❸蠱。媼常至生家，游揚❹其術，田亦未嘗着意。生一日於牆隙窺見女，年十八九已來，頗風格，心竊好之。私與妻謀，託疾以招之。媼先來，就榻撫問已，言：「蒙娘子招，便將來。但渠❺畏見男子，請勿以郎君入。」妻曰：「家中無廣舍，渠儂❻時復出入，可復奈何？」已又沉思曰：「晚間西村阿舅家招渠飲，即囑令勿歸，亦大易。」媼諾而去。妻與生用拔趙幟易漢幟計❼，笑而行之。

日曛黑，媼引女子至，曰：「郎君晚回家否？」田曰：「不回矣。」

女子喜曰：「如此方好。」數語，媼別去。田便燃燭，展衾，讓女先上牀，己亦脫衣隱燭。忽曰：「幾忘卻，廚舍門未關，防狗子偷喫也。」便下牀，啟門易生，生窸窣❽入，上牀與女共枕臥，女顫聲曰：「我為娘子醫清恙也。」間以昵辭❾，生不語。女即撫生腹，漸至臍下，停手不摩，遽探其私，觸腕崩騰。女驚怖之狀，不啻悞捉蛇蠍，急起欲遁，生沮❿之。以手入其股際，則擂垂盈掬，亦偉器也。大駭，呼火。生妻謂事決裂，急燃燈至，欲為調停。則見女投地乞命。羞懼，趨出。生詰之，云是谷城人王二喜，以兄大喜為桑冲⓫門人，因得轉傳其術。又問：「玷幾人矣？」曰：「身出行道不久，祇得十六人耳。」生以其行可誅，思欲告郡；而憐其美，遂反接而宮⓬之。血溢隕絕，食頃復甦。臥之榻，覆之衾，而囑曰：「我以藥醫汝，創痏⓭平，從我終焉可也；不然，事發不赦。」王諾之。

明日，媼來。生紿之曰：「伊是我表姪女王二姐也。以天閹⓮為夫家所逐，夜為我家言其由，始知之。忽小不康，將為市藥餌，兼請諸其家，留與荊人⑮作伴。」媼入室視王，見其面色敗如塵土。即榻問之。曰：「隱所暴腫，恐是惡疽。」媼信之，去。生餌以湯，糝⑯以散，日就平復。夜輒引與狎處；早起，則為田提汲補綴，灑掃執炊，如媵婢然。居無何，桑冲伏誅，同惡者七人並棄市；惟二喜漏網。檄各屬嚴緝。村人竊共疑之，集村媼隔裳而探其隱⑰，羣疑乃釋。王自是德生，遂從馬以終焉。後卒，即葬府西馬氏墓側，今依稀在焉。

異史氏曰：「馬萬寶可云善於用人者矣。兒童喜蟹可把玩，而又畏其鉗，因斷其鉗而畜之。嗚呼！苟得此意，以治天下可也。」

【注釋】❶東昌　府名，治所在今山東聊城。❷宵分　夜半。❸瘵　疾病。❹游揚　宣揚；傳揚。❺渠　她。❻渠儂　他。❼拔趙幟易漢幟計　指夫妻調換之計。《史記．淮陰侯列傳》載，韓信、張耳帶兵數萬東下，於井陘地方攻趙。先把趙軍精銳部隊引出，然後以輕騎突入趙軍營地，「拔趙幟，立漢赤幟」，終於大破趙軍。❽窸窣　物體細微摩擦的聲音。❾昵辭　極親昵的言詞。❿沮　阻止。⓫桑冲　原係山西太原府石州人，明成化三年（西元一四六七年），桑冲離家，經歷大同、順天、濟南、東昌等數十州縣，專門施迷藥，誘姦婦女。桑冲為了勾引良家婦女竟男扮女相，「戴一髮髻，妝婦人身首」，還把自己的腳也纏成小腳。先後有良家女子一百八十二人受害。後被人識破，捉送晉州，被淩遲處死。⑫宮　宮刑，閹割生殖器。⑬創痏　創傷。⑭天閹　天生無生殖能力。⑮荊人　對人稱己妻的謙詞。⑯糝　塗抹。⑰隱　陰部。

【語譯】 書生馬萬寶，是山東東昌人，為人豪放不羈。他的妻子田氏，也放縱風流。夫妻倆關係很融洽。來了一個女子，寄居在隔壁老婦人家裡，說是被公公婆婆虐待，暫時逃出來的。她的針線工夫極好，便替老婦人幹活，老婦人很高興地留下她。過了幾天，女子自稱能在半夜按摩，治療婦女的腹脹病。老婦人常常到馬萬寶家，宣揚那女子的技藝，田氏也不曾留意。有一天，馬萬寶在牆縫裡窺見那女子，年紀十八九歲左右，很有風度，馬萬寶心裡暗暗喜歡她。他私下和妻子商量，藉口有病把她叫來。老婦人先來了，到床前問候田氏之後，說：「承蒙娘子邀請，她就要來了。但她害怕見男子，請不要讓你的丈夫進來。」田氏說：「家裡沒有大房子，他經常出出進進，可怎麼辦呢？」後來她又沉思說：「今晚西村舅舅家請他喝酒，我就叫他別回來，也很容易。」老婦人答應著走了。田氏給丈夫出了調包之計，馬萬寶笑著實行這一計策。

天黑時分，老婦人引著那女子來了，問道：「你丈夫晚上回家嗎？」田氏說：「不回了。」那女子高興地說：「這樣很好。」說了幾句，老婦人告辭走了。田氏便點起蠟燭，鋪好被子，讓那女子先上床，自己也脫下衣服，熄滅蠟燭。忽然，田氏說：「差點忘了，廚房門沒關，得提防野狗偷吃東西。」便下了床，開門換了丈夫進來。馬萬寶輕手輕腳地進來，爬上床和那女子同枕並臥。那女子用顫抖的聲音說：「我為娘子治病了。」她不時說些親昵的話，馬萬寶不吭聲。那女子便撫摸馬萬寶的肚子，漸漸摸到肚臍下邊，停住手不摸，突然摸到馬萬寶的陰部，可是手一觸到，就猛地彈開。那女子驚恐的情狀，不亞於誤捉了毒蛇、蠍子，急忙爬起來要逃走。馬萬寶把她攔住。他把手伸到她的大腿之間，鼓囊囊的抓了一滿把，也是非同一般地大。馬萬寶大驚，叫人點燈。田氏以為事情弄僵了，急忙點上燈趕來，想要從中調停。來後看見那「女子」裸體趴在地上求饒。田氏又羞又怕，急步走出房間。馬萬寶盤問那人，說是谷城人王二喜，因為哥哥大喜是桑冲的徒弟，因而跟著學會那種邪術。馬萬寶又問：「你姦汙多少人了？」王二喜說：「我出道不久，只得手了十六人。」馬萬寶因為這種行為可判死罪，想要報告府衙；但愛惜他的美貌，於是反綁他雙手，把他閹割了。鮮血流溢，王二喜昏死過去，一頓飯工夫又甦醒過來。馬萬寶讓他躺到床上，蓋上被子，並囑咐說：「我用藥物給你治療，傷口平復後，得跟我一輩子，否則，事情暴露，你就不可赦免。」王二喜答應了。

第二天，老婦人來了。馬萬寶騙她說：「她是我的表侄女王二姐。因為沒有生育能力，被婆家驅逐出來，夜裡她對我妻子說明緣由，我們才知道。她忽然感到身體不適，我準備給她去買藥，並向她婆家求情，把她留下來與我妻子作伴。」老婦人進屋看王二喜，見他面色暗淡，像塵土一樣。她走近床前問候。王二喜說：「陰部突然腫起來，恐怕是個毒瘡。」老婦人相信了他的話，就離開了。馬萬寶給王二喜喝藥，撒上藥粉，創口一天天癒合了。夜裡馬萬寶總拉著跟他玩樂；一早起來，他就替田氏提水、做針線、打掃房子、做飯，像個丫環一樣。不久，桑冲被誅殺，七個同夥都砍頭示眾，只有王二喜漏網。官府命令下屬部門嚴加追捕。村裡人私下裡都懷疑王二喜，召集了村裡幾個老太太隔著裙子摸他的陰部，大家的懷疑這才消除。王二喜因此非常感激馬生，便終身跟隨馬萬寶了。後來他死了，就葬在東昌城西馬氏的墓旁，至今好像還在那裡。

異史氏說：「馬萬寶可以稱得上是善於用人了。小孩子喜歡螃蟹好玩，但又怕螃蟹的鉗子，於是把牠的鉗子掐斷後養起來。唉！如果能領會這其中的含義，用來治理天下都可以了。」

【研　析】〈人妖〉以明代成化年間的桑冲事件為背景，窮形盡相地寫了一個「人妖」的故事。東昌馬萬寶「踈狂不羈」，他的妻子田氏，「亦放誕風流」，兩人「伉儷甚敦」。這樣一對夫妻共同設計，用「拔趙幟易漢幟計」姦騙女子。桑冲的弟子王二喜已經姦汙了十六個良家婦女，竟然沒有人敢於告發他。但當他遇到了馬萬寶夫妻時，他的「人妖」身分也就保密到頭了。按實際情況說起來，王二喜以前姦騙良家婦女，但還是個男人，最多只是個「偽人妖」；經過馬萬寶的強行閹割之後，才算脫胎換骨，成了真正的「人妖」。王二喜成了「人妖」之後，自己免除了死罪，馬萬寶則多了個性伴侶，「夜輒引與狎處」，田氏也樂得找個幫助操持生活的丫環，「早起，則為田提汲補綴，灑掃執炊，如媵婢然」。如此，三人各取所好，相安無事，一舉三得。關於桑冲事件，文獻多有記載。今引清褚人穫《堅瓠餘集》中的一則文字，供大家參考：「成化丁酉（西元一四七七年），真定府晉州奏犯人桑冲，供係山西太原府石州軍籍李大剛侄，幼賣與榆次縣桑茂為義男。成化元年（西元一四六五年），聞大同府山陰縣民谷才以男裝女，隨處教婦女生活，暗行奸宿，一十八年未曾事發。冲投拜為師，將眉臉絞剃，分作三綹，戴上義髻，妝作婦人，就彼學女工描剪花樣刺繡等項，盡得其術。隨有任茂、張端、楊太、王大喜、任昉、孫咸、孫原七人，復投冲學，各散去訖。三年三月，冲歷大同、平陽等四十五府州縣，探聽人家出色女子，即投中人引進，教作女工，默與奸宿。若有秉正不從者，隨將迷藥噴于女子身上，默念昏迷咒，使之不能言動，即行奸宿，復念醒昏咒，女子方醒，冲再三陪情，女子隱忍不言。住兩三日，又復他之。丁酉七月十三日，至晉州聶村生員高宣家。宣留在南房宿。宣婿趙文舉強淫之，冲不從。文舉捽冲倒，揣胸無乳，摸有腎囊，告官，械至京都察院，具獄以聞。上以情犯醜惡，命磔于市，并命搜捕任茂等誅之。」

車夫

有車夫載重登坡，方極力❶時，一狼來嚙其臀。欲釋手，則貨敝❷身壓，忍痛推之。既上，則狼已齕❸片肉而去。乘其不能為力之際，竊嘗一臠❹，亦黠❺而可笑也。

【注釋】❶極力　用盡氣力。❷敝　損壞。❸齕　咬。❹臠　切成小塊的肉。❺黠　狡猾。

【語譯】有個車夫推著一輛載滿貨物的車子爬坡，正在竭盡全力的時候，一匹狼跑來咬他的屁股。車夫想撒手，但那樣貨物就會摔壞，自己會被壓住，只好忍著疼痛繼續推。上了坡頂後，那匹狼已經咬下一片肉跑了。趁著車夫無法顧及的時機，偷偷地嘗一片肉，這狼也夠狡猾而可笑了。

【研析】〈車夫〉寫一車夫被狼趁機咬傷的事。

這是一個極其簡短的場面，就像天空劃過的一道閃電，就像夏天掠過的一縷清風，就像傍晚時分佛塔上傳來的一陣鐘聲，卻給人以警醒、以涼爽、以思索：這個故事真的是寫的狼嗎？恐怕這個故事寫的不僅僅是狼，因為狼沒有這麼高的智商，也不會如此小氣，僅吃一片肉就心滿意足。這寫的應該是人，只有人才這樣喜歡乘人之危，乘人全神貫注抽不出手來的時候，暗中耍手段陷害，讓別人吃個小虧。

人當中也有比豺狼還厲害的，《聊齋誌異》中這樣的人很多，但這篇寫的不是這樣的人，這篇寫的是一些「小人」。他們不敢和別人正面對立，只能靠耍小聰明、使小手段，賺點小便宜。雖然有狼的野心，卻沒有狼的膽量。所以蒲松齡說這種人「亦黠而可笑也」。儘管不乏狡猾，其行為畢竟小氣，其鬼鬼祟祟的樣子，到頭來還是成為社會上的笑料。

乩仙

章丘❶米步雲，善以乩❷卜。每同人雅集，輒召仙相與賡和❸。一日，友人見天上微雲，得句，請以屬對❹，曰：「羊脂白玉天。」乩批云：「問城南老董。」眾疑其妄。後以故偶適城南，至一處，土如丹砂，異之。見一叟牧豕❺其側，因問之。叟曰：「此『豬血紅泥地』也。」忽憶乩詞，大駭。問其姓，答云：「我老董也。」屬對不奇，而預知遇❻城南老董，斯亦神矣！

【注釋】❶章丘　縣名，即今山東濟南章丘。❷乩　舊時一種求神問事的迷信活動。❸賡和　續用他人原韻或題意唱和。❹屬對　對對子。❺牧豕　放豬。❻遇　經過。

【語譯】山東章丘的米步雲，擅長用扶乩占卜。每逢和朋友詩文聚會，總要召來乩仙互相唱和。一天，他的朋友見天上有微微的白雲，想出一句，請乩仙對出下聯，上聯是：「羊脂白玉天。」乩詞批道：「請問城南老董。」大家都懷疑乩仙對不上來，所以信口一說。後來米步雲因事偶然到城南，來到一處，發現泥土像朱砂一樣，奇怪極了。他看見一位老人在旁邊放豬，便問老人。

老人說：「這就是人們說的『豬血紅泥地』。」米步雲猛然想起乩詞，大吃一驚。他問老人的姓氏，老人回答說：「我是老董。」對出下聯，沒什麼稀奇，但能預知經過城南時一定遇上老董，這也真夠神了！

【研　析】〈乩仙〉通過扶乩之事，寫一精當對聯。

屬對，也就是對對聯，在中國有著源遠流長的歷史。對聯，相傳起於五代後蜀主孟昶。他在寢室門板桃符上的題詞：「新年納餘慶，嘉節號長春」，謂文「題桃符」（見《蜀檮杌》），這要算中國最早的對聯。在明清時代，不光文人學士，皇帝、學童都是對聯高手。據傳，解縉九歲時，跟著父親在江邊洗澡，把衣服掛在一株老樹上。父親出一上聯：「千年老樹為衣架」，解縉隨即應道：「萬里長江作浴盆」。可見作對聯在中國是多麼蔚然成風。

在這樣一種文學氛圍中，不說是文雅的士子，就是神仙鬼怪也都以會做對聯為榮。〈乩仙〉中的這位仙人就是一位對聯高手。關於乩仙屬對之事，明清人多有記載，這也和當時人們喜愛對聯這種藝術形式的整體氛圍有關。明馮夢龍《古今譚概．談資部》記載：「刑部郎中黃暐亦嘗召仙，令對『羊脂白玉天』。云：『當出丁家巷田夫口。』公明日往試之，其一耕者鋤土甚力。問：『此何土？』耕者曰：『此鱔血黃泥土也。』公大嗟異。他如『雪消獅子瘦，月滿兔兒肥』，『七里山塘，行到半塘三里半，九溪巒洞，經過中洞五溪中』，『菱角三尖，鐵裹一團白玉，石榴獨蒂，錦包萬顆珍珠』，皆乩仙筆，可稱名對。」

聶石樵說：「蒲松齡所記是章丘米步雲的事，《古今譚概》所記是刑部郎中黃暐的事，人物不同而內容完全一樣，可能這種奇談是當時普遍流傳的。」

蠍客

南商販蠍者，歲至臨朐❶，收買甚多。土人持木鉗入山，探穴發石搜捉之。一歲，商復來，寓客邸。忽覺心動，毛髮森悚，急告主人曰：「傷生既多，今見怒於蠆❷鬼，將殺我矣！急垂拯救！」主人顧室中有巨甕，乃使蹲伏，以甕覆之。移時，一人奔入，黃髮獰醜❸，問主人：「南客安在？」答曰：「他出。」其人入室四顧，鼻作嗅聲者三，遂出門去。主人曰：「可幸❹無恙矣。」及啟甕，視客已化為血水。

【注釋】❶臨朐　縣名，即今山東濰坊臨朐。❷蠆　蛇、蠍類的毒蟲的古稱。❸獰醜　兇惡醜陋。❹幸　僥倖。

【語譯】南方有個販賣蠍子的商人，每年都到山東臨朐，收購很多蠍子。當地人拿著木製的鉗子進山，探查洞穴翻起石頭來捉蠍子。有一年，那商人又來了，住在旅店裡。忽然覺得心中悸動，毛髮聳立，急忙告訴店主說：「我傷害生靈太多了，現在惹怒了蠍鬼，要來殺我了！請趕快救救我吧！」店主見房間裡有一個大甕，便叫商人蹲伏在地上，用大甕把他扣起來。一會兒，一個人跑進來，滿頭黃髮，猙獰醜惡。他問店主：「南方來的客人在哪裡？」店主回答說「出去了」。那人進入房間四處張望，鼻子發出三次嗅的聲音，於是出門離開。店主說：「幸好沒事了。」過去揭開大甕，那客人已化作一灘血水。

【研　析】〈蠍客〉寫一常年販賣蠍子的人最終被蠍子精螫死的故事。

蠍子是一種名貴的中藥材，所以臨朐的當地人每年都要拿著木夾子到山上捉蠍子，賣給南方這位每年都來收購的蠍客。忽然有一天，這個蠍客感到心裡忐忑不安，甚至有些毛骨悚然。他預感到蠍子要來找他報仇了，於是藏到一個大甕裡躲避，甕上面還蓋了一個甕。不一會兒，「黃髮獰醜」的人形蠍子精就來了，儘管客店主人騙他說蠍客不在，他還是通過獨特的手段把藏在甕裡的蠍客化為了一灘血水。

這樣的故事看起來神祕莫測、匪夷所思，其實今天讀讀，也可看出這是古人對保護自然的野生動物的一種樸素的認識，對今天那些喜歡吃野生動物的人或許有警示作用。

杜小雷

杜小雷，益都❶之西山人。母雙盲。杜事之孝，家雖貧，甘旨無缺。一日，將他適，市肉付妻，令作餺飥❷。妻最忤逆，切肉時，雜蜣蜋❸其中。母覺臭惡不可食，藏以待子。杜歸，問：「餺飥美乎？」母搖首，出示子。杜裂視，見蜣蜋，怒甚。入室，欲撻妻，又恐母聞，上榻籌思；妻問之，不語。妻自餒❹，傍徨榻下。久之，喘息有聲。杜叱曰：「不睡，待敲扑耶？」亦竟寂然。起而燭之，但見一豕❺，細視，則兩足猶人，始知為妻所化。邑令聞之，縶去，使遊四門，以戒眾人。譚薇臣曾親見之。

【注釋】❶益都　縣名，治所在今山東濰坊青州。❷餺飥　湯餅的別名，此指水餃。❸蜣蜋　動物名，俗稱糞球金龜子，也稱「屎殼蜋」。昆蟲綱鞘翅目金龜子科。❹餒　失去勇氣。❺豕　豬。

【語　譯】杜小雷，是山東益都西山人。他的母親雙目失明。杜小雷侍奉母親很孝順，家裡雖然貧窮，沒有一天不進奉美味可口的食物。一天，杜小雷將要出門，買了肉交給妻子，讓她做餃子。他妻子最不孝敬，切肉的時候，把屎殼蜋摻在肉裡。杜母覺得惡臭不能吃，把餃子藏起來，等兒子回來。杜小雷回來，問母親：「餃子好吃嗎？」母親搖搖頭，拿出餃子給兒子看。杜小雷掰開一看，看見屎殼蜋，非常憤怒。他走進房間，想打妻子，又怕母親聽見。他上床想辦法，妻子問他，他也不說話。妻子自己感到心虛，在床下踱來踱去。時間久了，喘氣喘得很響。杜小雷呵斥說：「不睡覺，等著挨打嗎？」竟然很寂靜。杜小雷爬起來，點上燈，妻子不知到哪裡去了，只見到一頭豬，仔細一看，豬的兩足還是人腳；才知道是妻子變的。縣令聽到這事，便把豬捆了去，在四門遊街示眾，以此告誡後來的人。譚薇臣曾親眼見過。

【研　析】〈杜小雷〉寫杜小雷的妻子忤逆婆婆，因此變成一隻豬的故事。

中國傳統社會中哪種人際關係最難相處？它不是君臣父子關係，也不是兄弟夫婦關係，更不是朋輩友徒關係。這種關係不在五倫之內，但五倫之內的哪一倫都受它的影響。這就是婆媳關係。為什麼最難處理呢？肖群忠在《孝與中國文化》中說：「女性一生之中，以其人生階段的不同，分別扮演了女兒、妻子、母親三種角色，一生之中處於女卑『三從』的地位，即未嫁從父、既嫁從夫、夫死從子。在這三個不同的時期，就孝道義務而言，就是在家孝順父母，既嫁後孝順公婆並要勉夫行孝，這都是處於下輩人之地位對上輩人的孝的義務。並且要生兒育女、承續煙火，教育子女、為人母儀，這可以視作對家族的孝的義務。在這三個階段的三種義務中，最難也最為傳統文化重視的是為婦之孝道，因為為女孝親、為母慈子，均是出自於自然親情，當然易為實行。

而孝舅姑（公婆）則純粹出於道德義務。正因為其難，在傳統文化看來似乎就更有倫理價值，更為重視。」婆婆和兒媳之間，沒有自然親情，多是道德義務，因此很難做到符合道德規範。因此，自古以來就有虐待兒媳的婆婆，也有忤逆婆婆的兒媳。遠的不說，《聊齋誌異》中就有一位虐待兒媳的惡婆婆，她就是〈珊瑚〉中安大成的母親沈氏；同樣，《聊齋誌異》中也有一位忤逆婆婆的兒媳，她就是這篇〈杜小雷〉中的杜小雷的妻子。

杜小雷是有名的孝子，對母親很孝順，「家雖貧，甘旨無缺」。有一天他要出差，就買好肉交給妻子讓其包水餃給母親吃。誰知這個忤逆的兒媳婦卻將屎殼螂摻在水餃餡裡，給婆婆吃。婆婆雖然眼瞎，鼻子卻很靈，大腦也很清醒，就藏起來等兒子回來驗證。兒子回來一看，怒火沖天。但他是孝子，本想打妻子卻又不敢打，主要是怕打妻子讓母親聽見生氣。於是他就躺在床上生悶氣，一邊生氣，一邊考慮對付妻子的辦法。不知不覺，他發現妻子變成了一隻豬，只有兩隻腳還是人的樣子。

這樣忤逆的兒媳婦有沒有呢？肯定有。但是，蒲松齡是要藉此討論倫理問題的，用這樣極端的筆墨來描寫女子的忤逆，總覺已經超出了文學的範疇。在這篇故事中，蒲松齡借題發揮，把對現實生活中忤逆女子的一腔憤恨，借自己的筆墨發洩出來，因此文學作品就成了洩憤的工具，失去了分寸感，因此也就缺少了感染力。

這樣借文學形式發洩對忤逆女子憤恨的，元朝還有一個人。在佚名的《夷堅續志前集》中有這樣一段記載：「邢州李生母，年老目盲。李生事之至孝，每出外，慮其妻金氏侍奉有闕，必再三囑咐之而後往。金氏不聽夫語，不盡禮，母甚埋怨，金氏憤之。恰值燒餅欲進母，旁有小兒阿糞，金氏乃以面裹糞為餅餡以進母。食既半，覺臭穢不可食，遂留以待兒歸。李生歸，見其以穢物食母，持杖擊之。金氏奔走，巡邏不見。忽有人報云：『昨日奔入關王廟中。』李生入廟，見一狗伏於案下，睜目不敢親近，遂呼金氏來看。此狗流涕，自稱曰：『我不合以穢物奉姑不孝，忽入廟中，化為狗矣。』數日而卒。」

這個人和蒲松齡一樣，不知是被那位忤逆女子氣急了，所以才不顧文學規律，寫下了這段惡毒的詛咒文字。

青城婦

費邑高夢說為成都守❶，有一奇獄。先是，有西商客成都，娶青城山❷寡婦。既而以故西歸，年餘復返。夫妻一聚，而商暴卒。同商疑而告官。官亦疑婦有私，苦訊之。橫加酷掠，卒無詞。牒解❸上司，並少實情，淹繫獄底，積有時日。後高署有患病者，延一老醫入，適相言及。醫聞之，遽❹曰：「婦尖嘴否？」問：「何說？」初不言，詰再三，始曰：「此處繞青城山有數村落，其中婦女多為蛇交，則生女尖喙，陰中有物類蛇舌。至淫縱時，則舌或出，一入陰管，男子陽脫❺立死。」高聞之駭，尚未深信。醫曰：「此處有巫媼❻，能內藥使婦意蕩，舌自出，是否可以驗見。」高即如言，使媼治之，舌果出，疑始解。牒報郡。上官皆如法驗之，乃釋婦罪。

【注　釋】❶費邑高夢說句　費邑，費縣，即今山東臨沂費縣。高夢說，山東費縣人，順治五年副貢，康熙二年（西元一六六三年）任四川成都府同知。❷青城山　在四川灌縣西南，當時屬成都府。❸牒解　具備公文。❹遽　急速；匆忙。❺陽脫　指男子因性交出現虛脫的症狀。❻巫嫗　巫婆。

【語　譯】山東費縣高夢說擔任成都知府時，有一件奇案。此前，有個西方的商人客居成都，娶了青城山的一個寡婦。後來，商人有事回西方，一年多才回來。夫妻相聚，而商人突然死去。商人的同行起了疑心，告到官府。高夢說也懷疑那寡婦與人有姦，竭力審訊。強行使用殘酷的刑罰，但始終沒有供詞。備具公文押送上級衙門，因為缺乏確鑿證據，只得長期監押在成都的監獄裡，案子積壓了很多日子。後來，高夢說的官邸中有人患病，請來一位老醫生，正好說起這件事。醫生聽後，忽然說：「那婦人嘴尖嗎？」高夢說問：「這話怎麼說？」老醫生起初不肯說，再三追問才說了。原來，這裡繞著青城山有幾處村落，村中的婦女大都被蛇交合，生下女兒嘴巴尖，陰中有物像蛇的舌。交歡時，那舌頭有時會伸出來，一進入男子的陰莖，男子就會精液耗盡，虛脫而死。高夢說聽了很吃驚，還不大相信。老醫生說：「這個地方有巫婆，能放進藥物，使婦人心蕩神搖，蛇舌自然伸出，是不是這樣可以檢驗證實。」高夢說按醫生說的，叫巫婆檢驗那寡婦，蛇舌果然伸出，疑問才得以解開。高夢說備具公文報到郡府。上司也都按這個方法檢驗，就為那婦人免除罪名，把她釋放了。

【研　析】〈青城婦〉寫四川青城山一帶一種荒誕無稽的女子生理現象。

青城山一帶的幾個村落裡，有很多婦女嘴巴都是尖尖的，這是怎麼回事呢？原來這裡的婦女很多都與蛇交配，生下的女孩子嘴巴都是尖尖的。這還不算奇怪，最奇怪的是她們的陰道中有一個類似於蛇舌頭的東西，與男子交配的時候，這個東西伸到男子的陰莖中，男子就會虛脫而死。這種小說，純粹是為誌異而誌異，沒有多少審美價值。

但是《聊齋誌異》是一部大書，難免泥沙俱下。有時候說不定這還是作者的有意所為，目的就在於吸引讀者的目光。蒲松齡是偉大，但還沒有偉大到不食人間煙火的道學先生的高度。所以，他既然寫了這類作品，我們也就翻翻看看，知道書中還有這樣的作品，也就夠了。

古瓶

淄邑北村井涸，村人甲、乙縋入淘之。掘尺餘，得髑髏❶。誤破之，口含黃金，喜納腰橐。復掘，又得髑髏六七枚。悉破之，無金；其旁有磁瓶❷二、銅器一。器大可合抱，重數十斤，側有雙環，不知何用，斑駁陸離。瓶亦古，非近款。既出井，甲、乙皆死。移時乙蘇，曰：「我乃漢人。遭新莽❸之亂，全家投井中。適有少金，因內❹口中，實非含斂之物❺，人人都有也。奈何偏碎頭顱？情殊可恨！」眾香楮❻共祝之，許為殯葬，乙乃愈；甲則不能復生也。顏鎮❼孫生聞其異，購銅器而去。袁孝廉宣四❽得一瓶，可驗陰晴：見有一點潤處，初如粟米，漸闊漸滿，未幾雨至；潤退，則雲開天霽。其一入張秀才家，可志朔望❾：朔則黑點起如豆，與日俱長；望則一瓶偏滿；既望❿，又以次而退，至晦⓫則復其初。以埋土中久，瓶口有小石黏口上，刷剔不可下。敲去之，石落而口微缺，亦一憾事。浸花其中，落花結實，與在樹者無異云。

【注釋】❶髑髏　死人的頭骨。❷磁瓶　即瓷瓶。❸新莽　新朝是中國歷史上繼西漢之後出現的朝代，為西漢外戚王莽所建立。因為新朝為王莽所建，故世稱「新莽」。❹內　同「納」。放入。❺含斂之物　古代喪禮，放在死人嘴裡的金玉等物。❻香楮　祭神鬼用的香和紙錢。❼顏鎮　青州府益都縣顏神鎮，治所在今山東淄博博山區。❽袁孝廉宣四　袁藩，字宣四，淄川縣人，康熙二年（西元一六六三年）舉人。❾朔望　初一和十五。朔，陰曆每月初一。望，陰曆每月十五。❿既望　陰曆每月十六。⓫晦　陰曆每月的最後一天。

【語譯】縣城的北村有口井乾涸了，村民某甲、某乙用繩索降到井底挖東西。掘了一尺多深，挖到一個骷髏。不小心把骷髏弄碎了，發現骷髏的口中含著黃金，兩人高興地把黃金放進腰包。繼續挖掘，又挖出了六七個骷髏。他們希望還能得到黃金，就把骷髏全部打碎，卻一無所有。只在骷髏旁邊發現兩個磁瓶、一件銅器。銅器約有雙手合抱那麼大，重幾十斤，兩側有雙環，不知做什麼用的，顏色錯雜。磁瓶也很古老，不是近代的式樣。出井後，某甲、某乙都昏死過去。過了一會，某乙甦醒了，說：「我是漢代人。遭遇王莽之亂，全家躲到井裡。剛好有小塊黃金，便放進嘴裡，實在不是含斂的物品，人人都有的。為什麼把我們的頭顱都打碎呢？這種情形特別可恨！」眾人焚香燒紙，一起禱告，答應殮葬他們，某乙才恢復神智；某甲卻不能復活了。顏鎮的孫生聽說這件奇怪的事，把銅器買走了。一個瓶子，到了舉人袁宣四家，可以預報陰晴：瓶子出現一點潮斑，一開始像粟米大小，漸寬漸滿，不久就有雨來了；潮斑退去，就雲開天晴。另一個瓶子歸了張秀才家，可以記錄朔望的日子：每月初一，瓶子便出現像豆子一樣大的黑斑，每天都長大；到了十五，整個瓶子全被占滿了；到了十六，黑斑再依次減退，到月底那一天，瓶子便恢復原樣。因為埋在土中太久，瓶口粘了小石塊，怎樣洗刷剔除，都弄不下來。於是用鍾子敲，石頭落下來，瓶子也缺了個小口，也是一件憾事。把花浸插在瓶中，花謝了便結出果子，和長在樹上的沒有什麼不同。

【研析】〈古瓶〉寫人們在淄川縣北邊村子裡的枯井中發現古瓶，古瓶表現出種種奇跡特徵。

淄川城北的某村，因為井中沒有水，就有兩個人縋到井裡去淘挖。在淘挖過程中先是掘出一個髑髏骨，口裡還含著黃金；後來又挖出六七個髑髏骨，雖然都敲破了檢查，也沒再發現黃金。雖然沒有黃金，身旁卻有兩個瓷瓶，一個銅器。瓷瓶和銅器都是古物，碰到識貨的人比黃金還珍貴。所以，這三件古物一出土，就被喜愛者買去了。那銅器有無靈異之處，蒲松齡沒說，我們也就不知道了。那兩個古瓷瓶卻是靈異異常。張秀才得到的那個能預報初一、十五、十六、三十，雖然打去了一點小缺口，卻不影響其種花，這真是一件神品。文中所提到的袁宣四，是蒲松齡的朋友，二人多有交往，並有詩詞唱和。袁宣四得到的那個古瓷瓶，也是件神物：「可驗陰晴：見有一點潤處，初如粟米，漸闊漸滿，未幾雨至；潤退，則雲開天霽。」兩件瓷瓶，兩種神奇，真佩服古人製造之妙。

除了這兩件瓷瓶讓我們深感驚奇之外，還有一點我們也同樣感到很新奇，就是對井中死去的漢人借淘井人之口所說的一段漢代語言：「我乃漢人。遭新莽之亂，全家投井中。適有少金，因內口中，實非含斂之物，人人都有也。奈何偏碎頭顱?情殊可恨!」這不但把古人的神情語氣給寫得活靈活現，還順便開了王莽一個玩笑，真是令人忍俊不禁。

看過此篇淘井人打破死人髑髏骨找黃金的細節，令人想起《莊子》中的一則小故事：「儒以詩禮發冢。大儒臚傳曰：『東方作矣，事之何若?』小儒曰：『未解裙襦，口中有珠。《詩》固有之曰：「青青之麥，生於陵陂。生不布施，死何含珠為?」』接其鬢，壓其顪，儒以金椎控其頤，徐別其頰：『無傷口中珠。』」

這可以和〈古瓶〉相對照，以增一笑。

寄生 附

寄生，字王孫，郡中名士。父母以其襁褓❶認父，謂有夙惠❷，鍾愛之。長益秀美，八九歲能文，十四入郡庠。每自擇偶。父桂菴有妹二娘，適鄭秀才子僑，生女閨秀，慧豔絕倫。王孫見之，心切愛慕。積久，寢食俱廢。父母大憂，苦研詰之，遂以實告。父遣冰❸於鄭；鄭性方謹，以中表❹為嫌，卻之。王孫適病。母計無所出，陰婉致二娘，但求閨秀一臨存❺之。鄭聞，益怒，出惡聲焉。父母既絕望，聽之而已。

郡有大姓張氏，五女皆美。幼者名五可，尤冠諸姊，擇壻未字❻。一日，上墓，途遇王孫，自輿中窺見，歸以白母。母沈知其意，見媒媪于氏，微示之。媪遂詣王所。時王孫方病，訊知，笑曰：「此病老身能醫之。」芸娘❼問故。媪述張氏意，極道五可之美。芸娘喜，使媪往候王孫。媪入，撫王孫而告之。王孫搖首曰：「醫不對症，奈何！」媪笑曰：「但問醫良否耳：其良也，召和而緩至❽，可矣；執其人以求之，守死而待之，不亦癡乎？」王孫欷歔曰：「但天下之醫，無愈和者。」媪曰：「何見之不廣也？」遂以五可之容顏髮膚，神情態度，口寫而手狀之。王孫又搖首曰：「媪休矣！此余願所不及也。」反身向壁，不復聽矣。媪見其志不移，遂去。

一日，王孫沉痼❾中，忽一婢入曰：「所思之人至矣！」喜極，躍然而起。急出舍，則麗人已在庭中。細認之，卻非閨秀，着松花色，細褶繡裙，雙鉤❿微露，神仙不啻也。拜問姓名，答曰：「妾，五可也。君深於情者，而獨鍾閨秀，使人不平。」王孫謝曰：「生平未見顏色，故目中止一閨秀。今知罪矣！」遂與要誓⓫。方握手殷殷，適母來撫摩，蘧然⓬而覺，則一夢也。回思聲容笑貌，宛在目中。陰念：五可果如所夢，何必求所難遘。因而以夢告母。母喜其念少奪，急欲媒之。王孫恐夢見不的，託鄰媼素識張氏者，偽以他故詣之，囑其潛相⑬五可。媼至其家，五可方病，靠枕支頤，婀娜之態，傾絕一世。近問：「何恙？」女默然弄帶，不作一語。母代答曰：「非病也。連日與爹娘負氣耳！」媼問故。曰：「諸家問名⑭，皆不願，必如王家寄生者方嫁。是為母者勸之急，遂作意不食數日矣。」媼笑曰：「娘子若配王郎，真是玉人成雙也。渠若見五娘，恐又憔悴死矣！我歸，即令倩冰，如何？」五可止之曰：「姥勿爾！恐其不諧，益增笑耳！」媼銳然以必成自任，五可方微笑。媼歸，復命，一如媒媼言。王孫詳問衣履，亦與夢合，大悅。意雖稍舒，然終不以人言為信。過數日，漸瘳⑮，祕招于媼來，謀以親見五可。媼難之，姑應而去。久之，不至。方欲覓問，媼忽忻然來曰：「機幸可圖⑯。五娘向有小恙，日令婢輩將扶，移過對院。公子往伏伺之，五娘行緩澀⑰，委曲可以盡睹矣。」王孫喜。明日，命駕早往，媼先在焉。即令縶馬村樹，引入臨路舍，設座掩扉而去。少間，五可果扶婢出。

王孫自門隙⑱目注之。女從門外過，媪故指揮雲樹以遲纖步，王孫窺覘盡悉，意顛不能自持。未幾，媪至，曰：「可以代閨秀否？」王孫申謝而返，始告父母，遣媒要盟⑲。及妁往，則五可已別字矣。王孫失意，悔悶欲死，即刻復病。父母憂甚，責其自誤。王孫無詞，惟日飲米汁一合。積數日，雞骨支牀⑳，較前尤甚。

媪忽至，驚曰：「何憊之甚？」王孫涕下，以情告。媪笑曰：「癡公子！前日人趁汝來，而故卻之；今日汝求人，而能必遂耶？雖然，尚可為力。早與老身謀，即許京都皇子，能奪還也。」王孫大悅，求策。媪命函啟遣伻㉑，約次日候於張所。桂菴恐以唐突見拒。媪曰：「前與張公業有成言，延數日而遽悔之；且彼字他家，尚無函信。諺云：『先炊者先餐。』何疑也！」桂菴從之。次日，二僕往，並無異詞，厚犒而歸。王孫，病頓，起。由此閨秀之想遂絕。

初，鄭子僑卻聘㉒，閨秀頗不懌；既聞張氏婚成，心愈抑鬱，遂病，日就支離。父母詰之，不肯言。婢窺其意，隱以告母。鄭聞之，怒不醫，以聽其死。二娘對曰：「吾姪亦殊不惡，何守頭巾戒[23]，殺吾嬌女！」鄭恚曰：「若所生女，不如早亡，免貽笑柄！」以此夫妻反目。二娘與女言，將使仍歸王孫，若為媵[24]。女俛首不言，意若甚願。二娘商鄭，鄭更怒，一付二娘，置女度外，不復預聞。二娘愛女切，欲實其言。女乃喜，病漸瘥。竊探王孫，親迎有日矣。及期，以姪完婚，偽欲歸寧，昧旦，使人求僕輿於兄。兄最友愛，又以居村鄰近，遂以所備親迎車馬，先迎[25]二娘。既至，則妝女入車，使兩僕兩媼護送之。到門，以氈貼地而入。時鼓樂已集，從僕叱令吹擂，一時人聲沸聒[26]。王孫奔視，則女子以紅帕蒙首，駭極，欲奔；鄭僕夾扶，便令交拜。王孫不知何由，即便拜訖。二媼扶女，逕坐青廬[27]，始知其閨秀也。舉家皇亂，莫知所為。時漸瀕暮，王孫不復敢行親迎之禮。桂菴遣僕以情告張；張怒，遂欲斷絕。五可不肯，曰：「彼雖先至，未受雁采[28]；不如仍使親迎。」父納其言，以對來使。使歸，桂菴終不敢從。相對籌思，喜怒俱無所施。張待之既久，知其不行，遂亦以輿馬送五可至，因另設青帳[29]於別室。

而王孫周旋兩間，蹀躞[30]無以自處。母乃調停於中，使序行以齒[31]，二女皆諾。及五可聞閨秀差長，稱「姊」有難色。母甚慮之。比三朝公會[32]，五可見閨秀風致宜人，不覺右之，自是始定。然父母恐其積久不相能[33]，而二女卻無間言，衣履易着，相愛如姊妹焉。王孫始問五可卻媒之故，笑曰：「無他，聊報君之卻于媼耳。尚未見妾，意中止有閨秀；既見妾，亦略靳[34]之，以覘君之視妾，較閨秀何如也。使君為伊病，而不為妾病，則亦不必強求容矣。」王孫笑曰：「報亦慘矣！然非于媼，何得一覿芳容。」五可曰：「是妾自欲見君，媼何能為。過舍門時，豈不知眈眈者[35]在內耶。夢中業相要，何尚未知信耶？」王孫驚問：「何知？」曰：「妾病中夢至君家，以為妄；後聞君亦夢妾，乃知魂魄真到此也。」王孫異之，遂述所夢，時日悉符。父子之良緣，皆以夢成[36]，亦奇情也。故並誌之。

異史氏曰：「父癡於情，子遂幾為情死。所謂情種㊲，其王孫之謂與？不有善夢之父，何生離魂之子哉！」

【注釋】❶襁褓　襁指包紮嬰兒的帶子，褓指包裹小兒的被子。後來以此借指未滿周歲的嬰兒。❷夙惠　指年少時便聰明出眾。❸遣冰　派媒人。冰，冰人；媒人。❹中表　指與祖父、父親的姐妹之子女的親戚關係，或與祖母、母親的兄弟姐妹之子女的親戚關係。❺臨存　親臨省問。❻字　女子出嫁。❼芸娘　寄生之母。〈寄生〉附於〈王桂菴〉之後，芸娘乃是〈王桂菴〉中的女主人公。❽召和而緩至　意謂同樣都是名醫，請誰都一樣。和緩，春秋時秦國之名醫。❾沉痼　歷時較久，頑固難治的病。❿雙鉤　舊時女子的一雙小腳。⓫要誓　訂立盟約。⓬蘧然　驚喜的樣子。《莊子・大宗師》：「成然寐，蘧然覺。」⓭潛相　偷偷相看。⓮問名　問名是西周「六禮」中第二禮。「問名」之禮最早見於《儀禮》：「婚有六禮，納采、問名、納吉、納徵、請期、親迎。」此指求婚。⓯瘳　病癒。⓰機幸可圖　幸好有機會還可以設法。⓱緩溜　緩慢拖拉。⓲門隟　門縫。隟，同「隙」。⓳要盟　訂約。⓴雞骨支牀　形容十分消瘦。㉑伻　使者。㉒卻聘　拒婚。㉓頭巾戒　迂腐書生所遵守的戒律。頭巾，讀書人的冠巾，借指迂腐儒生。㉔媵　妾。㉕迎　迎接。㉖沸聒　喧騰；嘈雜。㉗青廬　青布搭成的帳篷，是舉行婚禮的地方。㉘雁采　雁與幣帛，古時用為聘問或婚嫁時之聘儀。㉙青帳　即「青廬」。㉚蹀躞　走來走去，焦慮不安的樣子。㉛序行以齒　按年齡排序。行，排行。齒，年齡。㉜三朝公會　婚後第三天相互見面。㉝不相能　不相容；不和睦。㉞靳　吝惜，指小小地拿捏一下。㉟眈眈者　指寄生，謂其注目窺視。㊱父子之良緣二句　謂父親王桂菴和兒子王寄生的美滿婚姻，都是由於夢境而結成的。王桂菴事見〈王桂菴〉篇。㊲情種　對所愛戀的對方特別鍾情的人。

【語　譯】王寄生，字王孫，是大名府的名士。父母因為他在襁褓中就認得父親，認為他有天生慧根，特別喜愛他。王孫長大後更加俊美，八九歲就能寫文章，十四歲進了府學。他總想自己挑選對象。他的父親王桂菴有個妹妹王二娘，嫁給了秀才鄭子僑，生下女兒閨秀，聰明美豔，無與倫比。王孫見了她，心裡十分喜愛，很強烈地愛慕她。久而久之，覺也不睡，飯也顧不上吃。父母都非常擔憂，苦苦追問，寄生才把實情告訴父母。父親於是委託媒人向鄭家提親；鄭秀才為人方正拘謹，以表親通婚有嫌忌，拒絕了。王孫病得更重了。母親無計可施，暗地裡委婉致意二娘，只求閨秀親臨探望一下。鄭秀才聽說了，更加生氣，口出惡言。王孫的父母絕望了，只好任由它了。

郡裡有個姓張的大族，五個女兒都很美。最小的名叫五可，比幾個姐姐更加漂亮，正在挑選女婿，還沒訂親。一天，五可去掃墓，途中遇到王孫，從車裡窺見他，回家後告訴母親。母親知道女兒的心意，便去見媒婆于氏，稍微露了一點口風。于氏便來到王家。當時王孫正在病中，于氏得知病因，笑著說：「這個病我能醫治。」芸娘問是什麼緣故。于氏轉述了張家的意思，並稱道五可的美貌。芸娘很高興，讓于氏去看王孫。于氏進去安撫王孫，告訴他來意。王孫搖頭說：「醫不對症，怎麼行！」于氏笑著說：「只需要問醫生是否高明就行了，醫生高明，請的是和，來的是緩，也是可以的；指定要請某個醫生，至死也要等他，不是很傻嗎？」王孫歎氣說：「但是天下的醫生，沒有一個超過和的啊。」于氏說：「你的見聞怎麼這樣不廣呢？」於是把五可的容貌、頭髮、皮膚、神情、儀態，一邊嘴裡說，一邊手上比劃。王孫又搖頭說：「婆婆算了！我的心願不在那裡。」翻身面向牆壁，不再聽了。于氏見他的意志不能改變，也就走了。

一天，王孫重病之中，忽見有個丫環進來說：「你思念的人來了！」王孫高興極了，一躍而起。急忙走出屋外，只見美人已經站在院子裡。仔細辨認，卻不是閨秀，她身著松黃色袍子，百褶繡裙，一雙小腳微露，真不亞於天仙。王孫恭敬地詢問她的姓名。美人答道：「我是五可。你是個重感情的人，但只鍾情於閨秀，讓人心裡不服氣。」王孫道歉說：「我生平沒見過你的容貌，所以眼裡只有一個閨秀。現在知道錯了！」便和她訂下盟約。兩人正在握著手，情意綿綿。正好母親來撫摸他，他驚喜地醒來，原來是一場夢。回想五可的音容笑貌，就像在眼前。他心裡暗想：如果五可真像夢中一樣，我又何必追求難以得到的閨秀呢。於是他把這個夢告訴母親。母親很高興兒子的心意有些改變，急著要去說親。王孫恐怕夢見的不準確，便託平素認識張氏的鄰居老太太，假裝借別的事去張家，囑咐她偷偷看看五可。老太太來到張家，五可正在病著，靠著枕頭，以手支頭，柔美的姿態，堪稱普天下最美。老太太走近問：「有什麼病？」五可默默地擺弄衣帶，不說一句話。母親代她答道：「不是病。連日和爹娘生氣罷了！」老太太問為什麼。母親說：「許多人家求婚，她都不願意，一定要像王家寄生那樣的才嫁。是我這當母親的勸得急了，她便決意不吃飯，已經幾天了。」老太太笑著說：「姑娘如果嫁給王郎，真是珠聯璧合。他如果見到姑娘，恐怕又要憔悴死了！我回去後，馬上叫他們派媒人來，怎麼樣？」五可阻止她說：「婆婆不要這樣！恐怕說不成，更要添笑話了！」老太太自告奮勇，保證自己肯定辦成，五可這才笑了。老太太回去復命，說的跟媒婆一樣。王孫詳細詢問五可的衣著，沒有不和夢裡相符的，他非常高興。他的心意稍稍舒展，但始終不大相信別人的話。過了幾天，王孫病情漸好，便祕密把于氏請來，商量要親眼見見五可。于氏覺得為難，姑且答應著走了。過了很久，于氏也沒來。王孫正想要找她，于氏忽然高興地進來說：「幸好有機會可以想辦法。五可近來有小病，每天讓丫環扶著，走到對面的院子。公子前去躲起來等著，五可行動緩慢，一切都可以看見了。」王孫很高興，按她說的準備。第二天，讓人駕車早早前往，于氏已先在那裡了。她便叫人把馬拴在村口的樹上，領著王孫走進臨近路邊的房子，擺好椅子，掩上門就離開了。一會兒，五可果然扶著丫環出來。王孫從門縫裡注視著她。五可從門外走過，于氏故意指點白雲和樹木，使她走得很慢。王孫窺視得很清楚，彷彿又進入夢中，心情激動，不能自持。沒多久，于氏來了，說：「可以代替閨秀嗎？」王孫向他道謝，然後回家，這才告訴父母，打發媒人去說親。等媒人前去，五可已經和別人定了婚。王孫很失望，悔恨、煩悶得要死，馬上又病倒了。父母非常擔憂，責怪他自己耽誤了。王孫無話可說，每天只能喝一小碗米湯。過了幾天，他十分消瘦，比先前病得更嚴重。

于氏忽然來了，驚訝地說：「怎麼這樣疲乏？」王孫流下眼淚，把情況告訴于氏。于氏笑著說：「傻公子！日前人家追隨你，你硬要推卻；今天你去求人家，就能一定如願嗎？儘管這樣，還是可以幫你出力的。早點和我商量，她即使許配給了京城的皇子，我也能把她奪回來。」王孫十分高興，向她問計。于氏叫寫聘書、派使者，約定第二天在張家等候。王桂菴擔心太唐突會遭到拒絕。于氏說：「先前和張先生已經訂好約，過了幾天就突然反悔；況且她與別人家定婚，還沒有聘書。俗話說：『先做飯的先吃』。有什麼疑慮呢！」王桂菴聽從她的話。第二天，兩個僕人前去送聘禮，張家沒有二話，重賞了僕人，僕人就回來了。王孫很高興，病情恢復，也能起來了。從此，他對閨秀的癡想就斷絕了。

當初，鄭秀才拒婚，閨秀很不高興；後來，聽說張家的婚約已成，她心裡更加抑鬱，恍恍惚惚就像生病了，一天天憔悴下去。父母問她，她不肯說。丫環看出她的心事，偷偷告訴了閨秀的母親。鄭秀才聽了，氣得不給女兒醫治，聽憑她死掉。二娘埋怨說：「我侄子一點也不差，何必死守迂腐的清規戒律，害了我的嬌女兒！」鄭秀才生氣地說：「像你生的女兒，不如早點死了，免得讓大家笑話！」從此夫妻翻了臉。二娘對女兒說，還要讓她嫁給王孫，就像做妾那樣。閨秀低頭不語，看起來十分願意。二娘便和丈夫商量，鄭秀才更忿怒了，都推給二娘，把女兒看得像已經死了一樣，不再過問。二娘愛女心切，想要實現她的承諾。閨秀這才高興了，病也漸漸好了。二娘暗地打聽，知道已經訂下王孫結婚的日期。到了那天，她以侄子完婚為理由，假裝要回娘家，天亮時，派人到哥哥那裡借僕人車馬。王桂菴和妹妹最為友愛，又因為居住的村子鄰近，便用準備好的迎親馬車先去接二娘。到鄭家後，二娘就把女兒打扮好送上車，派兩個男僕、兩個女僕護送。到了王家，用紅氈鋪地進去。當時鼓樂都已經集合好，鄭家跟來的僕人喝令演奏，一時間人聲鼎沸。王孫跑出來看，只見一位女子用紅帕蒙頭，驚訝極了，想要跑掉；鄭家的僕人把他夾在中間扶住他，便要他和那女子行交拜禮。王孫不知什麼緣故，也就行完了禮。兩個女僕扶著女子，逕直進入新房坐下，王家才知道那是閨秀。全家惶恐慌亂，不知該怎麼辦好。時間漸近黃昏，王孫不敢再去張家迎親。王桂菴派僕人把情況告訴張先生。張先生非常惱怒，便要解除婚約。五可不肯，說：「她雖然先到，但沒受過彩禮；不如還讓王家來迎親。」父親採納了女兒的意見，把這意思告訴來人。僕人回去後，王桂菴始終不敢照辦。全家在一起想辦法，不知是喜悅還是氣憤。張家等了很久，知道王家不來迎親了，於是也用馬車把五可送來，王家於是在別的屋子另外布置了一個新房。

王孫在兩個妻子之間周旋，往來徘徊，不知該怎麼辦。芸娘於是就在中間調停，讓五可、閨秀按年齡排定大小，兩個姑娘都同意。等到五可知道閨秀稍大，要稱呼她為「姐姐」，五可面有難色。芸娘很擔憂。等到婚後第三天在母親那裡相互見面時，五可見閨秀風致可愛，不覺地就很尊重她，從此兩人的關係才確定下來。但寄生的父母都擔心時間長了不能和睦相處，不過兩人卻沒有隔閡，衣服鞋子換著穿，相互敬愛像姐妹一樣。王孫這時才問起五可拒絕媒人的原因。五可笑著說：「沒別的，只是報復你拒絕于婆婆罷了。你沒見過我，心中只有一個閨秀，見過我後，我也要『吝惜』一點，以便看看你對我比對閨秀如何。假使你為她病倒，卻不為我病倒，也就不必強求你了。」王孫笑著說：「這個報復也夠慘的了！然而要不是于婆婆，怎能見到你的芳容。」五可說：「是我自己想讓你見見，于婆婆怎麼能辦到。我經過那房門時，難道不知道瞪著眼睛看的人在裡面嗎。在夢中已經發過誓，為什麼還不相信呢？」王孫吃驚地問：「你怎麼知道？」五可說：「我在病中夢見到你家，原來以為是虛妄的；後來聽說你也夢見我，才知道我的魂魄真的來過這裡了。」王孫非常奇怪，便把夢境告訴五可，兩人做夢的時間完全相同。王桂菴父子的美滿姻緣，都是因為夢幻促成的，這也是奇妙的情緣。所以一併記了下來。

異史氏說：「父親癡迷於情，兒子就幾乎為情而死。所謂情種，說的就是王孫吧？沒有善於做夢的父親，怎麼會生下離魂的兒子呢！」

【研　析】〈寄生〉寫王寄生與鄭閨秀、張五可之間山重水複、柳暗花明的愛情故事。

〈寄生〉這篇小說，在《聊齋誌異》中顯得很特別。因為其他小說都是獨立成篇，不管是故事還是人物都和其他篇章沒有聯繫。而〈寄生〉篇則不同，它和排在它前邊的〈王桂菴〉篇是姐妹篇，〈寄生〉篇中的主人公王寄生，就是〈王桂菴〉篇的男女主人公王桂菴和孟芸娘的兒子。蒲松齡一再寫王桂菴父子兩代的愛情故事，可見他對此一題材的情有獨鍾。

蒲松齡雖然一再寫王家的愛情故事，卻又寫得別開生面、絕不雷同，這是他藝術手腕的高明之處。在〈王桂菴〉中，王桂菴與孟芸娘在鎮江結婚後，「辭岳北歸」，「夜宿舟中」。王桂菴與孟芸娘回憶相愛之初的風流趣事，甚是溫馨動人。但是，王桂菴突然說：「卿固黠甚，然亦墮吾術矣。」孟芸娘問：「何事？」王桂菴說：「實告卿：我家中固有妻在，吳尚書女也。」孟芸娘不信，王桂菴又故意說得言辭鑿鑿。孟芸娘臉色大變，沉默了片刻，就突然站起來跑出船艙，投入了江中。在那樣一個妻妾成群絕不是什麼稀罕事的封建時代，孟芸娘希望愛情的專一，不願意為人做妾，如果做妾還不如死去。這樣的愛情故事，表現了一種非常進步的思想潮流，也顯示了蒲松齡在愛情問題上勇於探索的高明眼光。

在〈寄生〉中，蒲松齡寫王寄生與鄭閨秀和張五可的愛情故事，其愛情觀念就與寫〈王桂菴〉時大不相同了。王桂菴與孟芸娘的愛情是專一的、純粹的、平等的，而王寄生和鄭閨秀、張五可的愛情卻是三角的、雙維的、分叉的。王桂菴與孟芸娘的愛情經過了生生死死的考驗，動人心魄；王寄生與鄭閨秀、張五可的愛情表演了花花綠綠的情節，炫人眼目。王桂菴和孟芸娘是在踏踏實實地生活，王寄生與鄭閨秀、張五可是在興興頭頭地唱戲。總之，上一輩人在愛，這一輩人在看；上一輩人在用心，這一輩人在用目；上一輩人在選妻，這一輩人在選美……。

在寫人上，〈寄生〉篇固然趕不上〈王桂菴〉篇境界高、韻味正，但是在寫事上，〈寄生〉篇卻五步一樓、十步一閣，穿花拂柳、移步換影，達到了非常高的藝術境界。王寄生先是向鄭閨秀提親，鄭閨秀是王寄生的姑家表妹，這在舊時代叫結「姑舅親」，就如同《紅樓夢》中的賈寶玉和林黛玉。在封建社會的清代，兒女之間結為「姑舅親」，雖然血緣關係較近，應該有所避忌，卻也不是什麼絕對不行的事情。但是，鄭閨秀的父親秀才鄭子僑卻抱守死規，堅決不同意。有福之人不用忙，鄭閨秀不行，還有張五可在等著。張五可雖然在等著，兩人也曾在夢中相見，可是因為動了點小心眼，想拿捏王寄生一下，卻幾乎葬送了和夢中情人結為夫妻的機會。最後，王寄生眼看就要和張五可結婚了，鄭閨秀的母親卻先把鄭閨秀送進了婚姻的殿堂。本來娶的是張五可，鄭閨秀卻先來了，怎麼對張五可交代？不用擔心，張五可隨後也趕了進來。這樣一下子娶了兩個妻子，好是固然好，可鄭閨秀和張五可誰做大、誰做小呢？沒問題，張五可不光進門晚，年齡也略微小一點，她就自動稱呼鄭閨秀為「姐姐」。這樣行嗎？因為畢竟張五可才是明媒正娶的妻子。行，張五可被鄭閨秀的「風致」所折服，自覺做小。於是三分天下，至此而定：「二女卻無間言，衣履易着，相愛如姊妹焉。」這是多麼理想的婚姻啊，一夫能兼二美，古代的大舜帝也不過如此。這樣情節曲折、內容香豔故事，不光在當時受人喜歡，就是在現代也很有觀眾市場。成兆才先生將此篇故事改編成評劇《花為媒》，至今傳唱不衰，就是其藝術力量的最好體現。

但明倫說：「此幅以『情種』二字為根，『離魂』二字為線。事固離奇變幻，疑鬼疑神；文亦詭譎縱橫，若離若即。反覆展玩，有如山陰道上行，令人應接不暇。及求其運筆之妙，又如海上三神山，令人可望而不可即。」這對〈寄生〉篇的藝術成就概括得很到位，可供參考。

周生

周生者，淄邑❶之幕客。令公出，夫人徐，有朝碧霞元君❷之願，以道遠❸故，將遣僕齎儀❹代往，使周為祝文❺。周作駢詞❻，歷敘平生，頗涉狎謔❼，中有云：「栽般陽滿縣之花，偏憐斷袖❽；置夾谷彌山之草，惟愛餘桃❾。」此訴夫人所憤也，類此甚多。脫稿，示同幕凌生。凌以為褻❿，戒勿用。弗聽，付僕而去。未幾，周生卒於署⓫。既而僕亦死。徐夫人產後亦病卒。人猶未之異也。周生子自都來迎父櫬⓬，夜與凌生同宿。夢父戒之曰：「文字不可不慎也！我不聽凌君言，遂以褻詞，致干⓭神怒，遽夭天年；又貽累徐夫人，且殃及焚文之僕；恐冥罰⓮尤不免也！」醒而告凌，凌亦夢同，因述其文。周子為之惕然⓯。

異史氏曰：「恣情縱筆，輒灑灑自快，此文客之常也。然媟嫚⓰之詞，何敢以告神明哉！狂生無知，冥譴其所應爾。但使賢夫人及千里之僕，駢死⑰而不知其罪，不亦與刑律中分首從⑱者，反多憒憒⑲耶！冤已！」

【注釋】❶淄邑 指時惟豫，鑲藍旗人，歲貢，康熙三十三年（西元一六九四年）任淄川縣令，三十七年劾去。❷碧霞元君 道教中的重要女神，即天仙玉女泰山碧霞元君，俗稱泰山娘娘、泰山老母等。❸遠 遙遠。❹齎儀 攜帶祭祀用品。❺祝文 古代祭祀神鬼或祖先的文辭。❻駢詞 即駢文，也稱「駢體文」、「駢儷文」或「駢偶文」；因其常用四字、六字句，故也稱「四六文」。全篇以雙句（儷句、偶句）為主，講究對仗的工整和聲律的鏗鏘。❼狎謔 戲謔；玩笑。❽栽洛陽滿縣之花二句 般陽縣栽滿了花，他卻偏喜歡斷袖。洛陽，一本作「般陽」。般陽是淄川舊稱，當以般陽為是。斷袖，用的是漢哀帝寵倖董賢的故事，後世用作男子同性戀的代稱。❾置夾谷彌山之草二句 夾谷臺長滿了草木，他卻只愛吃剩下的桃子。夾谷，夾谷臺，淄川山名。餘桃，把自己吃剩的桃子給別人吃，用的是《史記・老子韓非列傳》所載彌子瑕見愛於魏君的故事，後世也以指男子同性戀關係。❿褻 輕慢，親近而不莊重。⓫署 辦理公務的機關。⓬櫬 棺材。⓭干 觸犯；冒犯。⓮冥罰 陰司的懲罰。⓯惕然 警覺省悟的樣子。⓰娙嫚 穢褻戲謔。⓱駢死 一起死去。駢，並列。⓲首從 首犯和從犯。⓳憒憒 昏庸；糊塗。

【語譯】周生，是縣署的幕僚。縣令因公外出，縣令夫人徐氏曾許願參拜碧霞元君，因為路途遙遠，打算派僕人帶上祭品代替自己前往。她讓周生寫了一篇祭神的禱辭。周生以駢文作了禱辭，一一敘述了夫人的生平，裡面頗有戲謔和玩笑的話。其中有：「在般陽栽種滿縣鮮花，偏愛斷袖；

拋棄整個夾谷山的草木，只喜餘桃。」這是訴說夫人的怨恨，類似的詞句很多。完稿後，周生拿給同事凌生看。凌生認為不莊重，勸他不要用。周生不聽，交給僕人帶去了。沒多久，周生在官署裡死了。接著，僕人也死了。又沒多久，徐夫人分娩後得病，也死了。人們對此還未感詫異。周生的兒子從京城來迎接父親的靈柩，夜裡和凌生住在一起。他夢見父親告誡他說：「文字的事不能不慎重啊！我不聽凌生的話，用褻瀆的文辭，招致神靈的怨怒，突然夭折早死，又連累徐夫人，殃及焚燒祭文的僕人；恐怕冥間的懲罰也不會免除！」周公子醒來後告訴凌生，凌生也作了同樣的夢，便把那篇文章向周公子敘述。周公子這才知道，對此十分驚懼。

異史氏說：「放縱情感，放手書寫，文辭洋洋灑灑，自以為快，這是文人們常有的事。但是，穢褻戲謔的文辭，怎麼能夠用來祭告神明呢！狂妄的書生無知，應該受到冥間的懲罰。但使賢惠的夫人和千里迢迢前去參拜的僕人一起死去，卻不知道自己有什麼罪過，這與人間刑律中分開首惡從犯相比，不是反而更昏聵嗎！真冤枉啊！」

【研　析】〈周生〉通過周生的戲謔文辭，婉諷了淄川縣令時惟豫的同性戀行為。

時惟豫是真實存在的歷史人物，《淄川縣誌》對其有簡略的介紹：「鑲藍旗人，歲貢。康熙三十三（西元一六九四年）任，三十七年（西元一六九八年）劾去。」從蒲松齡的有關詩文中，我們還可以看出他的一些其他情況。

康熙三十五年（西元一六九六年）冬天，淄川縣衙內的梅花初綻，縣令時惟豫邀請當地縉紳文人唐夢賚等到衙內賞梅宴飲、分韻唱和，蒲松齡也受邀前往。宴會之上，蒲松齡與唐夢賚等前輩文人把酒賞梅、賦詩抒懷，從頭到尾充滿了激情，以至於蠟淚沾染衣袖都毫無覺察。酒宴上，蒲松齡寫的詩是〈時邑侯署中賞梅，分韻得高字〉：「暫對梅花興亦高，況逢良夜酌醇醪。寒香抱屋人盈座，可惜生平飲不豪。」此詩抒發了蒲松齡興高采烈賞梅，可惜酒量不大的感慨。蒲松齡乘興回家，意猶未盡，又連續寫了兩首七律，表達自己的情懷，題目是〈飲時明府署中，酬唱傾談，不覺蠟淚沾衣，歸後賦此卻寄〉。可見這次進官府賞梅飲酒，對他的精神影響是很大的。可是時縣令的詩酒之會，並沒有使蒲松齡喪失正義感，對時惟豫一味奉承阿諛。康熙三十四年（西元一六九五年）十一月，康熙皇帝「自將禁軍」，親征準噶爾，朝廷在內地大量徵購騾馬，往西北運送糧草。各州縣官員邀功請賞，強取豪奪，鬧得人心惶惶、民不聊生。時惟豫也是徵購騾馬的急先鋒，對此，蒲松齡很不以為然。一天半夜，時惟豫路經蒲松齡坐館的西鋪，來到畢際有家，招呼蒲松齡相見，蒲松齡竟然以睡下為由，不予理睬，讓不可一世的縣太爺吃了閉門羹。第二天，蒲松齡就此寫了四首七言律詩，總題作〈雪後時侯，深夜過畢韋仲家，蒙見招，時已寢矣。次日賦四律即寄〉。詩題下有這樣幾句話：「時報驛正急，處處惶駭，恐似北征，州邑官濫冒而不還也。」此地無銀三百兩，蒲松齡就是這樣在似有似無之間表達了對時惟豫的不滿之情。

時惟豫除了不惜民力之外，還有一大特點，就是喜好男色。蒲松齡知道他這一惡習後，就寫了這篇〈周生〉，既表達了對時夫人的同情，也表達了對時縣令的厭惡。時惟豫的夫人徐氏要到泰山參拜碧霞元君，因為道遠不能親往，就讓周生寫一篇祝文，派僕人代理前往泰安祭奠。可是周生寫的祝文「頗涉狎謔」，有「淫嫚詞」，對碧霞元君大不敬。不久周生及那個代往的僕人都死了，接著時夫人以「產後亦病卒」。周生託夢告誡他前來搬取靈柩的兒子說：「文字不可不慎也！我不聽淩君言，遂以褻詞，致干神怒，遽夭天年；又貽累徐夫人，且殃及焚文之僕；恐冥罰尤不免也！」

表面看來，〈周生〉主題是說「文字不可不慎」，但聯繫周生的祝文來看，問題就不這麼簡單了。周生所作祝文云：「栽般陽滿縣之花，偏憐斷袖；置夾谷彌山之草，惟愛餘桃。」並且說，這是「訴夫人所憤也」。「偏憐斷袖」，用的是漢朝哀帝寵幸董賢的典故，「惟愛餘桃」，用的是春秋時彌子瑕見愛於衛靈公的典故，這在歷史上都是有名的男子同性戀的故事。通過這兩個典故，再聯繫「般陽」和「夾谷」這樣的地名，就明白無誤地說明時惟豫在淄川有「斷袖」、「餘桃」之癖好。因為丈夫有此癖好，夫人便不能不有所怨憤。這就是「此訴夫人所憤也」一句的來源。由此看來，暗示時惟豫的同性戀惡癖，才是蒲松齡撰寫這篇〈周生〉的初衷。至於所謂「冥罰」以及「文字不可不慎也」等等，不過是小說家的慣用伎倆而已。到康熙三十七年（西元一六九八年），時惟豫被劾罷官。

時夫人徐氏知書識文，可能借閱過蒲松齡的《聊齋誌異》，蒲松齡是面見過時夫人，得到過她的問候，這在精神上對蒲松齡也是很大的鼓勵。可惜，時夫人不久就在淄川去世了。時夫人病逝後，蒲松齡寫了一篇〈祭時夫人〉。祭文寫得情真意切，從中可以看出蒲松齡對時夫人的敬重之情。祭文最後說：「插竹焚香，聊祖道於銷魂橋畔；銜哀巷哭，欲設位於墮淚碑前……」充分表達了蒲松齡對時夫人知遇之恩的感激之情。

土化兔

靖逆侯張勇鎮蘭州❶時，出獵獲兔甚多，中有半身或兩股尚為土質。一時秦中❷爭傳土能化兔。此亦物理❸之不可解者。

【注釋】❶靖逆侯張勇鎮蘭州　張勇，陝西咸寧人。原為明之副將，順治間降清，初授游擊，繼任甘肅總兵，駐軍蘭州。後在平定吳三桂叛亂中，屢立戰功，授靖逆將軍，晉靖逆侯。蘭州，蘭州衛，治所在今甘肅蘭州。❷秦中　古地名，今陝西中部平原地區。❸物理　事物之常理。

【語譯】靖逆侯張勇鎮守甘肅蘭州時，出外打獵時捕獲了很多兔子，其中有的半個身體或兩條腿仍是土質。所以一時間秦中地區人們爭相傳說泥土可以變成兔子。這也是事物的常理所不能解釋的。

【研析】〈土化兔〉寫蘭州的兔子是土化成的這一怪異現象。

張勇出去打獵，打到的兔子有的半身還是土質，有的兩腿還是土質。這一怪異現象傳到陝西，就有人說蘭州的泥土能變化成兔子。當然，土裡變出兔子來是不可能的。所以，在蒲松齡看來，這是「物理之不可解者」。今人程兆生在《蘭州雜碎》中推測，張勇「從郊野撿來的」野兔乃是「裸露於地面而沒有完全石化的野兔化石」。河西田夫在〈再說土化兔〉中進一步辨說，「張勇從荒野撿來的野兔，與其說它是『半化石』，倒不如說它是下半身已經腐敗成為泥土，上半身經強烈日曬和風乾的『木乃伊』乾屍更為合適」。兩種說法都忽略了《聊齋誌異》所敘怪異之事，是不必從物理方面加以解釋的，膠柱鼓瑟，那便沒有意思了。古代常稱一生前後行節不一的人為「兩截人」。張勇原是明朝的軍官，投降清朝後，捨身賣命地為之打天下，深為清廷寵信，倚為西北方面的重鎮，封為靖逆侯，死謚襄壯。「土化兔」的故事，可能是當時人不滿張勇賣身投靠新朝的變節行為編出來的，個中隱寓譏刺他是「兩截人」。

烏使

苑城❶史烏程家居，忽有烏集屋上，香色類鴉❷。史見之，告家人曰：「夫人遣烏使召我矣。急備後事❸，某日當死。」至日果卒。殯日，鴉復至，隨櫬❹緩飛，由苑之新❺。及殯❻，鴉始不見。長山吳木欣❼目睹之。

【注　釋】❶苑城　地名，其地在今山東濱州鄒平。❷香色類鴉　叫聲和顏色像烏鴉。香，《正字通》：「凡物有聲色，皆曰香。」❸後事　喪事。❹櫬　小棺材，此指棺材。❺新　新城，在今山東淄博桓臺。❻及殯　到了停放靈柩的地方，此指墳墓。❼吳木欣　名長榮，字木欣，長山（今山東濱州鄒平）人，監生。

【語　譯】山東苑城的史烏程住在家中，忽然有一群烏聚集在屋頂上，叫聲和毛色類似烏鴉。史烏程見了，告訴家人說：「夫人派烏使者告訴我了。趕快準備後事，某日我就會死的。」到了那天，史烏程果然死了。出殯那天，那群烏又飛來了，跟著棺材慢慢地飛，從苑城飛到新城。直到下葬，群烏才不見了。這是長山吳木欣親眼看到的。

【研　析】〈烏使〉寫史烏程去世的夫人派烏使來報告死期，並護送他到墳墓的感人故事。

在中國古代神話傳說中，西王母有三青鳥代為取食報信，後人因以「青鳥使」借指傳遞書信的使者。唐孟浩然〈清明日宴梅道士房〉詩：「忽逢青鳥使，邀入赤松家。」李商隱〈昨日〉詩：「昨日紫姑神去也，今朝青鳥使來賒。」明汪廷訥《種玉記・赴約》：「暫為青鳥使，忙把錦箋傳。」用的都是這個典故。〈鳥使〉這篇小說中的鳥，「香色類鴉」，雖然不一定就是傳說中西王母的「青鳥」，但蒲松齡和他的朋友肯定是從西王母的「青鳥使」中得到啟發，才共同創作了這篇故事。

「悲莫悲兮生別離」，妻子已經死去，活著的丈夫固然思念死去的妻子，死去的妻子也一定會思念活著的丈夫。活著的丈夫思念妻子這容易驗證，因為我們看得見他的思念；死了的妻子思念丈夫，我們怎麼知道的呢？因為她派「鳥使」來預報了丈夫將死的日期。請注意，妻子不是因為思念丈夫就提前把丈夫叫去，而是丈夫到了死期，提前預報一下，免得到時慌亂，使喪儀不整。這是妻子對丈夫的關心。丈夫死了以後，妻子不能來陪送他，就派鳥使來陪送。小小的故事，短短的情節，深深的情意。這就是我們讀此篇故事的真實感受。

篇中所提到的吳木欣，是蒲松齡的朋友。《聊齋文集》中就有〈題吳木欣・班馬論〉和〈題吳木欣・戒謔論〉。看來吳木欣也是一位能文善論的文學名士。故事中的真實情況我們已經不可能知道了，但經過吳木欣渲染一遍，再經過蒲松齡潤色一遍，一件小事情就化成了一篇精美的小小說。

果報

安丘❶某生，通卜筮❷之術，其為人邪蕩不檢，每有鑽穴踰隙❸之行，則卜之。一日忽病，藥之不愈，曰：「吾實有所見。冥中怒我狎褻天數❹，將重譴矣，藥何能為！」亡何，目暴瞽❺，兩手無故自折。

某甲者，伯無嗣❻。甲利其有，願為之後。伯既死，田產悉為所有，遂背前盟❼。又有叔，家頗裕，亦無子。甲又父之。死，又背之。於是併三家之產，富甲一鄉❽。一日暴病若狂，自言曰：「汝欲享富厚而生耶？」遂以利刃自割肉，片片擲地。又曰：「汝絕人後，尚欲有後耶？」剖腹流腸，遂斃❾。未幾，子亦死，產業歸人矣。果報如此，可畏也夫！

【注釋】❶安丘　縣名，即今山東濰坊安丘。❷卜筮　古時預測吉凶，用龜甲稱卜，用蓍草稱筮，合稱卜筮。❸鑽穴踰隙　指偷情、私奔、偷竊等行為。❹狎褻天數　褻瀆天數。古人把一切不可解的事，不能抗禦的災難都歸於上天安排的命運，稱為天數。此人通過卜筮手段幫助做壞事，所以稱為「狎褻天數」。❺瞽　瞎眼。❻嗣後代子孫。❼盟　契約。❽富甲一鄉　在一鄉稱為首富。❾斃　死。

【語　譯】山東安丘某生，精通占卜之術，但他為人邪惡放蕩，不自檢束，每逢有鑽洞爬牆的行為，就先占卜。一天，他忽然病了，用藥也無法治癒。他說：「我真的看見了。陰司惱怒我褻瀆天命運數，將要重重懲罰我，藥物怎能有效！」沒多久，他的眼睛突然瞎了，兩手也無緣無故地折斷了。

某甲的伯父沒有兒子。某甲貪圖伯父有錢，願去作他的兒子。伯父死後，田地財產都歸他所有，他就背棄了先前的約定。某甲又有一個叔叔，家境很富裕，也沒有兒子。某甲又認叔為父。叔父死後，某甲又背棄了他。這樣合併了三家的財產，成為鄉里最富有的。某甲突然患病，像發狂一樣，自言自語地說：「你想享受富貴而活著嗎？」便用鋒利的刀割自己的肉，一片片扔在地上。又說：「你讓人家絕後，還想有後代嗎？」用刀剖開肚子，腸子流出來，就死了。不久，他的兒子也死了，產業就歸了別人。因果報應這樣靈驗，真可怕呀！

【研　析】〈果報〉寫安丘某生以卜筮之術助其作惡，最後得到冥罰的故事。

英國哲學家培根說過一句名言：「知識就是力量。」這話說得很對，一個什麼知識也沒有的人，很難產生什麼對工作或事業有助推作用的力量。〈果報〉中的這位安丘某生，就是一個懂得「知識就是力量」的人，只可惜他完全把知識用反了，不是去為善，而是去作惡。

某生不是一個有正經職業的人，他的職業是通過給人算卦而掙錢謀生。本來這也算不上什麼不光彩的職業，自古以來就有人從事卜筮，他們有時還能給人們帶來一定的心理安慰，有一定的益處。但某生的特點是，「通卜筮之術，其為人邪蕩不檢，每有鑽穴踰隙之行則卜之」。一種技能本來沒有對錯之分，就看掌握在誰的手裡。某生精通卜筮之術，但是他的為人卻極為放蕩，不能自我約束，因此每當想做壞事的時候，就先占卜，以之趨吉避凶，做成壞事而不會受到應有的懲罰。但是，天數是不可違的，「多行不義必自斃」。因為他屢次借助卜筮作惡之後，就病重不起，醫藥無效了。他說：「冥中怒我狎褻天數，將重譴矣，藥何能為！」不久就先是突然瞎了眼，接著又斷了雙手。瞎眼、斷手，這就是冥間對他的重罰，恐怕他以後再也無法做壞事，連替人算卦也行不得了。

這個故事雖然沒有什麼文學價值，在當時的社會環境裡，卻有相當高的教育作用。他教育人們，不能做壞事，更不能借助專業技能做壞事，否則會得到冥罰的。在〈果報〉的附則中，蒲松齡同樣講了一個果報的故事。某甲通過連續出嗣獲得了伯父和叔父的田地財產，但是卻背棄盟約不履行出嗣者的義務，最後得到冥罰，自己把自己凌遲剖腹而死，他的兒子不久也死了。果報是嚴明的，也是可怕的，不光自己遭冥罰，還要連累自己的後代。這是斷子絕孫的行為，千萬行不得。

蒲松齡在《聊齋誌異》的第一篇〈考城隍〉中就明確提出：「有心為善，雖善不賞；無心為惡，雖惡不罰。」這某生和某甲都是有心為惡，所以應該對其進行懲罰。即使陽間的官府不懲罰他們，陰間的冥司也會懲罰他們。蒲松齡通過這樣的文章，代那些被侮辱與被損害的民眾出了胸中一口惡氣。

韓方

明季❶，濟郡❷以北數州縣，邪疫大作，比戶皆然。齊東❸農民韓方，性至孝。父母皆病，因具楮帛❹，哭禱於孤石大夫❺之廟。歸途零涕。遇一人，衣冠清潔，問：「何悲？」韓具以告。其人曰：「孤石之神，不在於此，禱之何益？僕有小術，可以一試。」韓喜，便詰其姓字。其人曰：「我不求報，何必通鄉貫❻乎？」韓敦請臨其家。其人曰：「無須。但歸，以黃紙置牀上，厲聲言：『我明日赴都❼，告諸嶽帝❽！』病當已。」韓恐不驗，堅求移趾❾。其人曰：「實告子：我非人也。巡環使者❿以我誠篤，俾為南鄉土地⓫。感君孝，指授此術。目前嶽帝舉枉死之鬼，其有功人民，或正直不作邪祟者，以城隍、土地用。今日殃人者，皆郡城北兵⓬所殺之鬼，急欲赴都自投，故沿途索賂⓭，以謀口食耳。言告嶽帝，則彼必懼，故當已。」韓悚然起敬，伏地叩謝。及起，其人已渺。驚歎而歸。遵其教，父母皆愈。以傳鄰村，無不驗者。

異史氏曰：「沿途祟人而往，以求不作邪祟之用，此與策馬應『不求聞達之科⑭』者何殊哉？天下事大率類此。猶憶甲戌、乙亥之間⑮，當事者使民捐穀，具疏，謂民樂輸⑯。於是各州縣如數取盈⑰，甚費敲扑⑱。時郡北七邑被水，歲祲⑲，催辦尤難。唐太史⑳偶至利津㉑，見繫逮者十餘人。因問為何事，答曰：『官捉吾等赴城，比追㉒樂輸耳。』農民不知『樂輸』二字作何解，遂以為徭役敲比㉓之名，豈不可歎而可笑哉！」

【注釋】❶明季　明朝末年。❷濟郡　濟南府，治所在今山東濟南。❸齊東　縣名，其地今分屬山東濱州鄒平、博興兩縣。❹楮帛　舊俗祭祀時焚化的紙錢。❺孤石大夫　山東一帶，舊時多有「石大夫爺爺」顯靈治病的傳說，舊縣志對此也多有記載。❻鄉貫　籍貫。❼都　鬼都，傳說泰山下之蒿里山為天下鬼魂聚集之都。❽嶽帝　即泰山神東嶽大帝，掌管人間生死。❾移趾　邀請對方到某處的敬辭。趾，腳趾。❿巡環使者　陰曹地府中巡視人間生死禍福的神。⓫土地　神名，指掌管、守護某個地方的神。⓬北兵　指清朝軍隊。⓭索賂　通過祟人的方式獲得紙錢。⑭策馬應句　熱衷功名，極力追求，卻口稱「不求聞達」。⑮甲戌乙亥之間　指康熙三十三（西元一六九四年）、三十四年（西元一六九五年），此二年朝廷對西塞用兵，科稅尤重。⑯樂輸　樂於繳納。⑰取盈　謂取足賦稅。⑱敲扑　古代鞭打犯人的刑具，短曰敲（木杖），長曰扑。亦指敲打鞭笞。⑲歲祲　年成歉收。⑳唐太史　唐夢賚，字濟武，號豹岩，淄川人，順治進士，官至翰林院。㉑利津　縣名，即今山東東營利津。㉒比追　限期催逼納稅，至期不交，則打板子以示警懲。㉓敲比　杖擊威逼，義同「比追」。

【語　譯】明朝末年，山東濟南府以北幾個州縣瘟疫流行，家家戶戶都是這樣。齊東縣有個農民韓方，稟性極其孝順。他的父母都病了，於是準備了紙錢，在孤石大夫廟痛哭祈禱。回家路上他還在流淚。遇到一個人，衣冠整潔，問道：「你為什麼悲傷？」韓方都告訴了他。那人說：「孤石神，不在此地，祈禱有什麼用？我有個小小的方法，可以試一試。」韓方很高興，詢問他的姓名。那人說：「我不要求報答，何必通報籍貫呢？」韓方殷切地請那人到家裡去。那人說：「不用。你儘管回家，把黃紙放在床上，厲聲說：『我明天到都城去，向東嶽帝君告狀！』病就會好。」韓方擔心不靈，堅持請他去。那人說：「實話告訴你：我不是人。巡環使者因為我誠實厚道，讓我當南鄉土地神。我感動於你的孝心，教你這個方法。現在東嶽帝君正推舉屈死鬼，其中有功於人民、或為人正直而不作祟害人的，成為城隍神和土地神。今天害人的，都是府裡清兵殺死的那些人的鬼魂，它們急著想去都城自我舉薦，所以沿路勒索錢財，不過是為了混口飯吃。說要向東嶽帝君告狀，它們一定害怕，所以病就會好。」韓方肅然起敬，跪在地上磕頭。等他起來，那人已經渺無蹤影。韓方驚歎著回了家。照土地神教的方法，父母都痊癒了。韓方把這方法傳到鄰村，沒有不靈驗的。

異史氏說：「沿途作祟害人，前去求取不作祟才能使用的官職，這和策馬趕去求取『不求聞達科』有什麼不同呢？天下的事大都與此相似。還記得甲戌、乙亥年間，當權者要百姓捐獻糧食，寫奏章給皇帝說百姓『樂輸』。於是各州縣照數收足，為此大動刑罰。當時濟南北部七個縣遭了水災，是大荒年，催辦特別難。我們鄉的唐豹岩太史偶然來到利津縣，看見抓了十幾個人。他當即在道上問為了什麼事，那些人回答說：『官府抓我們到城裡，追逼「樂輸」。』農民們也不知道『樂輸』二字作何解釋，於是當作徭役鞭笞催逼的名目，難道不可歎又可笑嗎！」

【研析】〈韓方〉通過一種巧妙的反差對比，諷刺了各級官吏的祟人本質。

明朝末年，濟南府以北的幾個州縣發生了大規模的瘟疫，家家戶戶都有得病死亡的人。齊東縣的農民韓方是個大孝子，他的父母都病了，他就拿著紙錢到石大夫廟裡去哭訴祈禱。孤石大夫在民間被稱為石大夫爺爺，是一位醫術高明、醫德高尚的中醫先生，在世時施醫捨藥，深受群眾愛戴，死後人們不忘其恩德，遂尊為神靈，建廟祭祀。據說人們只要來廟前焚香禱告一次，一年中便不會得什麼病，所以香火極盛。韓方祈禱完了，哭著回家，遇到了一個「衣冠清潔」的人。在古代傳說中，每一種神靈都有自己的特殊標記，以顯示其與眾不同，在這裡，蒲松齡不寫別的，單單拿出「衣冠清潔」這四個字，來點明這一「南鄉土地」的神靈身分，可見在當時那場曠日持久、範圍廣大的流行瘟疫中，真是千村聞哭聲，萬家埋死人，在路上能夠碰到一個「衣冠清潔」的人，都使人感到驚異。這個「衣冠清潔」的「南鄉土地」問明白了韓方哭泣的原因，就告訴了韓方治病的方法，韓方不信，在他的一再請求下，「南鄉土地」終於吐露身分並說出了緣由。這是一位具有惻隱之心的好土地神，可惜世上當官的都沒有他這份關心民瘼之情。

為什麼說世上當官的不關心民瘼呢？透過這位「南鄉土地」的說明，可以知道陰曹地府的各位鬼神，都歸東嶽大帝管轄。這一次，嶽帝因為死人太多，就選拔那些「有功人民，或正直不作邪祟者」去到各地當城隍、做土地。可這是一些什麼樣的「有功人民，正直不作邪祟」者呢？他們為了競選職務，「沿途索賂，以謀口食」。在此，「有功人民，或正直不作邪祟」與「沿途索賂，以謀口食」，形成鮮明對比。就是這些「沿途索賂，以謀口食」的鬼魂，充當了各地的城隍神和土地爺，你說當地的民眾能有好日子過嗎？更何況這些「沿途索賂，以謀口食」的鬼魂都是「北兵」所殺，也就是都是清兵所殺。由此一來，我們就可以清楚看出蒲松齡的寫作意圖了：兵燹甚於瘟疫，人禍大於天災，人間之禍造成了鬼域之禍，連鬼域都是「沿途索賂，以謀口食」，人間的敲詐勒索、催租逼稅就更不用說了。

在「異史氏曰」中，蒲松齡說：「沿途祟人而往，以求不作邪祟之用，此與策馬應『不求聞達之科』者何殊哉？天下事大率類此。」「策馬應『不求聞達之科』」出自唐人趙璘《因話錄》卷四：「德宗搜訪懷才抱器、不求聞達者。有人于昭應縣逢一書生，奔馳入京。問求何事，答曰：『將應不求聞達科。』此科亦豈可應耶？號欺聾俗，皆此類也。」明明是「奔馳入京」，卻說「不求聞達」，這不是非常滑稽可笑的嗎？「天下事大率類此」，蒲松齡用這幾個字就把古代和當今、陰間和陽世作了高度概括。為了證明自己的觀點，蒲松齡接著又舉了個例子，康熙三十三年（西元一六九四年）和三十四年（西元一六九五年），朝廷對西北邊疆用兵，地方官吏讓老百姓捐納錢糧，通過各種毒打催逼，百姓們終於把錢糧交上了，地方官卻彙報說，這是老百姓「樂輸」。老百姓雖然極不「樂輸」，卻記住了「樂輸」這個名字，以為它的意思就是「交不上錢糧就挨打」的意思。唐代那位昭應縣的書生把「不求聞達」誤認為是科舉考試的一科，當今的利津縣百姓把「樂輸」誤認為是催租逼稅的名目，蒲松齡說：「豈不可歎而可笑哉！」

李檀斯

長山❶李檀斯，國學生❷也。其村中有媼走無常❸，謂人曰：「今夜與一人舁❹檀老，投生淄川柏家莊一新門中，身軀重贅，幾被壓死。」時李方與客歡飲，悉以媼言為妄❺。至夜，無疾而卒。天明，如所言往問之，則其家夜生女矣。

【注　釋】❶長山　縣名，治所在今山東濱州鄒平。❷國學生　國子監生。❸走無常　舊時認為有人能到陰間充鬼吏辦事，就叫走無常。❹舁　抬。❺妄　胡說。

【語　譯】山東長山李檀斯，是個監生。他的村子裡有個老太婆經常到冥間當差，對別人說：「今天晚上，我和一個人扛著檀老，投生到淄川柏家莊一座新建的大門裡，他的身軀沉重累贅，幾乎被他壓死了。」當時，李檀斯正和客人高興地喝酒，都認為老太婆在胡說八道。到了夜裡，李檀斯無疾而終。天亮後，到老太婆所說的地方去打聽，那戶人家夜裡生了個女孩。

【研　析】〈李檀斯〉寫一走無常之媼抬送長山李檀斯投胎重生的故事。

在佛家看來，人死去後都要輪迴再生。但是，除了極少數人能記得自己輪迴再生的經歷外——

如〈三生〉篇的劉孝廉和〈汪可受〉篇的汪可受——大多數人都喝了迷魂湯，不記得自己的前世來歷了。但是，普通人不記得了，並不證明世界上就沒人記得了，還有一種人記得，他們就是走無常的人——人還活著，卻經常到陰間服務幫忙的人。〈李檀斯〉中的長山李檀斯死後的情況是怎樣的，李檀斯肯定不知道；淄川柏家莊的小女孩出生之前是怎樣的，她肯定也不知道。他倆都不知道，我們卻能知道，因為走無常的村嫗告訴了我們。

晉人干寶《搜神記》中有一篇「宋定伯捉鬼」的故事，說宋定伯夜行遇鬼，也謊稱自己是鬼，並和鬼交換著互相背負。宋定伯感覺到鬼的身子很輕，鬼卻感覺到宋定伯的身子很重，懷疑他不是鬼，宋定伯就說是新鬼，所以沉重。新鬼身子就沉重，這本來是宋定伯順口胡謅的謊言，沒想到在這篇〈李檀斯〉中卻得到了驗證：「今夜與一人舁檀老，投生淄川柏家莊一新門中，身軀重贅，幾被壓死。」是蒲松齡受了宋定伯的影響，還是蒲松齡的想法偶合了宋定伯的想法？不管怎麼著，我們覺著都很有趣味。把沒有的事編排得煞有介事，這就是文學的魅力之所在。

李象先

李象先❶，壽光❷之聞人也。前世為某寺執爨僧❸，無疾而化。魂出棲坊❹上，下見市❺上行人，皆有火光出顛❻上，蓋體中陽氣也。夜既昏，念坊上不可久居，但諸舍暗黑，不知所之。唯一家燈火猶明，飄赴之。及門，則身已嬰兒。母乳之。見乳恐懼；腹不勝飢，閉目強吮。逾三月餘，即不復乳；乳之，則驚懼而啼。母以米瀋❼間棗栗哺之，得長成。是為象先。兒時至某寺，見寺僧，皆能呼其名。至老猶畏乳。

異史氏曰：「象先學問淵博，海岱❽清士。子早貴，身僅以文學❾終。此佛家所謂福業未修❿者耶？弟亦名士，生有隱疾⓫，數月始一動⓬；動時急起，不顧賓客，自外呼而入，于是婢媼盡避；使及門復痿⓭，則不入室而反。兄弟皆奇人也。」

【注　釋】❶李象先　字煥章，山東樂安人，明末秀才，入清不應科舉，喜讀佛書，棲僧舍，曾與著名學者顧炎武同修《山東通志》，自著有《織齋集》等。❷壽光　縣名，即今山東濰坊壽光。樂安，為今山東東營廣饒，與壽光接壤。此處記李象先為「壽光聞人」，不確切。❸執爨僧　掌管炊事的僧人。❹坊　牌坊。❺市　集鎮；集市。❻顛　頭頂。❼米瀋　米湯。❽海岱　今山東渤海至泰山之間的地帶。海，渤海。岱，泰山。《書・禹貢》：「海岱惟青州。」❾文學　秀才的美稱。❿福業未修　指前生未修福業，終身不能顯貴。福業，佛教語，指布施行善、慈悲利生等造福的功德。⓫隱疾　不便告訴人的病。⓬動　生殖器勃起。⓭痿　陽痿，陰莖不能勃起。

【語　譯】李象先，是山東壽光有聲望的人。他前世是某寺廟裡掌管炊事的和尚，沒得病就死了。靈魂離開軀體，停在牌坊上，往下看見集市上的行人，他們都有火光在頭頂上冒出來，原來是人體裡的陽氣。夜深了，他想著牌坊上不能久留，可是各處房舍一片黑暗，不知要到哪兒去。只有一戶人家還亮著燈，於是飄飄然奔向那裡。到了門前，自己已經變成嬰兒。母親給他餵奶。他看見奶汁很害怕；肚子受不了飢餓，閉著眼睛勉強吮吸。過了三個多月，就不再吃奶了；給他餵奶，就驚慌地哭起來。母親用米汁摻上紅棗和栗子餵他，才得以長大成人。這就是李象先。他小時候到某寺廟去，見了廟裡的和尚，都能叫出他們的名字。李象先到老還害怕奶汁。

異史氏說：「李象先學問淵博，是東海泰山一帶的高潔之士。他兒子少年顯貴，自己僅以生員終老。這就是佛家所說的沒修成福業？他弟弟也是名士，患有隱疾，幾個月才有一次性欲衝動；衝動時急忙起身，毫不顧及賓客，從外面呼喊著走進內室，於是丫環僕婦們都躲開；如果走到門前又陽痿了，他就不進內室而返回去。兄弟倆都是奇人。」

【研　析】〈李象先〉借因果輪迴之說，寫了壽光李象先兄弟二人的奇特個性。

李象先的性格特點是「畏乳」，就是不喜歡女人的乳房和乳汁。這是為什麼呢？因為他從前是一個僧人。雖然是某寺裡的「執爨僧」，負責給大家燒火做飯，但也一定有較高的修為，否則不會「無疾而化」。試想，這樣的一個僧人，幾十年下來，受的是什麼教育？不用多說，其中肯定包括「不近女色」等等。幾十年被這樣的思想薰陶出來，見了女子的乳房肯定是有一種說不清楚的不接受感。剛出生的時候雖然「見乳恐懼」，但沒有辦法，「腹不勝飢」，只好「閉目強吮」。等到「逾三月餘，即不復乳；乳之，則驚懼而啼」，這樣一直到老，「猶畏乳」，還是害怕女人的乳房。李象先有這樣的修為，已經很不錯了，可偏偏以一個秀才終身。

其實，這虛幻故事的內裡是隱藏著李煥章生平實際的情狀。他在明亡後，自誓不欲宦，放棄科舉功名；不欲婚，年未及而立喪妻，便不再娶，像似一位苦行僧。這篇小說記述的李煥章的逸聞軼事，就是由他不欲宦、不欲婚的行事附會出來的。

浙東生

浙東❶生房某，客於陝❷，教授生徒。嘗以膽力自詡❸。一夜，裸臥，忽有毛物從空墮下，擊胸有聲；覺大如犬，氣咻咻❹然，四足撓動。大懼，欲起；物以兩足撲倒之，恐極而死。經一時許，覺有人以尖物穿鼻，大嚏❺，乃蘇。見室中燈火熒熒，牀邊坐一美人，笑曰：「好男子！膽氣固如此耶！」生知為狐，益懼。女漸與戲，膽始放，遂共狎暱❻。積半年，如琴瑟之好❼。

一日女臥牀頭，生潛以獵網蒙之。女醒，不敢動，但哀乞。生笑不前。女忽化白氣，從牀下出，恚曰：「終非好相識！可送我去。」以手曳之，身不覺自行。出門，凌空翕飛❽。食頃，女釋手，生暈然墜落。適世家園中有虎阱❾，揉木為圈，結繩作網，以覆其口。生墜網上，網為之側；以腹受網，身半倒懸。下視，虎蹲阱中，仰見臥人，躍上，近不盈尺，心膽俱碎。園丁來飼虎，見而怪之。扶上，已死；移時，始漸甦，備言其故。其地乃浙界⑩，離家止四百餘里矣。主人贈以貲而遣⑪歸。歸告人：「雖得兩次死，然非狐則貧不能歸也。」

【注釋】❶浙東　浙江東部地區。❷陝　今陝西一帶。❸自詡　自誇。❹咻咻　形容喘氣聲。❺嚏　打噴嚏。❻狎暱　友好親昵，指男女交合。❼琴瑟之好　比喻夫妻間感情和諧。❽翕飛　飛騰。❾虎阱　飼養老虎的大坑。❿浙界　浙江地界。⓫遣　發送；打發。

【語譯】浙東書生房某，客居在陝西，教授學生。曾經以膽量大自誇。一天晚上，他脫光衣服睡覺，忽然有個毛茸茸的東西從空中墮下，撞上他的胸膛，發出聲響；只覺得那東西像狗一樣大，呼呼地喘氣，四腳划動。房某非常害怕，想爬起來；那東西用兩隻腳把他撲倒，他極度驚恐，昏死過去。過了一個多時辰，他覺得有人用尖細的東西捅自己的鼻子，打了個大噴嚏，就甦醒了。只見房間裡燈火明亮，床邊坐著一位美人，笑著說：「好個男子漢！膽量原來如此！」房某知道她是狐狸精，更加害怕。美人漸漸和他調笑，他的膽子才大起來，於是和她親昵起來。過了半年，兩人如夫妻般感情和諧。

一天，美人躺在床頭，房某暗暗地用獵網罩著她。美人醒來，不敢動，只是哀求他。房某笑著不上前。美人忽然變成一道白氣，從床下出來，生氣地說：「到底不是好相識！可以送我回去。」她用手拽著房某，房某不自覺地跟著走了。出門後，兩人一起淩空飛行。一頓飯工夫，美人鬆開手，房某暈眩地墜落下來。剛好權貴家中的園子裡有個養老虎的坑，用木頭做成畜欄，把繩子結成網，蓋在坑口上。房某落在網上，網因此而傾斜；房某的肚子抵在網上，半個身體倒懸。往下看，老虎蹲在坑裡，抬頭看見網上躺著一個人，便往上跳，距離不到一尺。房某心膽俱裂。園丁前來餵老虎，見到他，感到很奇怪。扶他上來，已經昏死過去了；過了一段時間，他才漸漸甦醒，詳細地講明了原由。這地方已是浙江境內，離他家只有四百多里了。園丁告訴了主人，主人送錢把他打發回家。他曾對別人說：「雖然死過兩次，但如果不是狐狸精，我就不能回來了。」

【研　析】〈浙東生〉寫浙東某生自詡大膽而被狐狸奚落的故事。

房某本是浙東人，在陝西設帳教學，平時喜歡誇耀自己的膽量。這樣自吹自擂的人，前人的小說中也出現過。明凌濛初《初刻拍案驚奇》的〈劉東山誇技順城門　十八兄奇蹤村酒肆〉，《聊齋誌異》中的〈老饕〉，都寫了自誇武藝的人，最後卻落得個丟人現眼的結局。〈浙東生〉的房某自詡膽量大，且看他大膽量到底有多大。一天夜裡，他「裸臥」在床，空中掉下一個毛茸茸的怪物來，砸在他的胸膛上，彷彿是一隻狗。這隻狗，讓他「大懼」。這隻狗一樣的動物，接著又撲了他一下子，他竟「恐極而死」。接下來，他醒了過來，看到床邊坐著一個美女，美女還開了他句玩笑：「好男子！膽氣固如此耶！」他知道這是個狐仙，於是「益懼」。〈浙東生〉這篇故事的開頭，和〈蓮香〉的開頭有相似之處。〈蓮香〉篇開頭說，沂州的桑子明在紅花埠讀書，東鄰的書生和他開玩笑說：「君獨居不畏鬼狐耶？」桑生笑著回答說：「丈夫何畏鬼狐？雄來吾有利劍，雌者尚當開門納之。」東鄰的書生回去，就與朋友商量，把一個妓女用梯子送到桑生的門前。妓女用手指敲門，桑生小聲問是誰，妓女自言為鬼。「生大懼，齒震震有聲」。吹牛的時候毫不臉紅，一聽鬼來敲門就嚇得如此不堪，真是一個大言不慚的書生。不過接下來，桑生和蓮香等結成了百年好合，因為他的心是誠的，是好的。而這位浙東的房某卻沒有這份福氣，因為他不但膽量不行，而且心術也不正。

房生知道了這位女子的身分，並且和她恩愛溫存得如同夫妻一般，就應該好好把感情發展下去才對，結果他卻趁女子睡著的時候，用獵網把她網住了。他這是開玩笑，還是有心作惡？我們不知道。但是卻令這位狐女厭煩了他，於是就設法凌空把他扔到養虎人的虎圈上，把他嚇了個「心膽俱碎」，以至於「死」。我們又一次見識了他的膽量之大。當然，這位房生也不是一無是處，他回家之後也不避諱自己的丟人現眼，而是頗富幽默感地說：「雖得兩次死，然非狐則貧不能歸也。」但明倫評論說：「凡自詡其能者，必敗於其所能之事。其大者干造物之所忌，其小者致鬼物之揶揄。果能而有自矜之心且不可，況無能乎？」

博興女

博興❶民王某，有女及笄❷。勢豪某窺其姿，伺女出，掠去，無知者。至家逼淫，女號嘶撐拒，某縊殺❸之。門外故有深淵，遂以石繫尸，沉其中。王覓女不得，計無所施。天忽雨，雷電繞豪家，霹靂一聲，龍下，攫❹豪首去。天晴，淵中女尸浮出，一手捉人頭，審視則豪頭也。官知，鞫❺其家人，始得其情。龍其女之所化與？不然何以能爾也？奇哉！

【注 釋】❶博興 縣名，即今山東濱州博興。❷及笄 古代女子滿十五歲結髮，用笄貫之，因稱女子滿十五歲為及笄，也指已到結婚的年齡。❸縊殺 吊死；勒死。❹攫 抓取。❺鞫 審問犯人。

【語 譯】山東博興的居民王某，有個女兒十五歲。一個有權勢的土豪窺見她的美貌，趁她外出，把她搶走，沒有人知道。到了家裡，土豪強姦她，王女哭喊抵抗，土豪把她勒死了。土豪家門外原來有個深淵，便把石塊捆在屍體上，沉進水中。王某找女兒找不到，無計可施。天忽然下起雨來,雷電繞著土豪家,霹靂大作,一條龍衝下來,抓了土豪的頭顱而去。天晴了,深淵中有具女屍浮出來,一隻手抓著人頭,仔細一看,是那土豪的頭顱。官府得知此事,審訊了土豪的家人,才知道事情的真相。那條龍難道是王女變化的嗎?否則怎麼可能這樣呢?真奇怪啊!

【研 析】〈博興女〉寫博興某女子被勢豪縊殺後化為巨龍報仇雪恨的事。

博興的某民女因為貌美而被某勢豪搶去,「至家逼淫,女號嘶撐拒,某縊殺之。門外故有深淵,遂以石繫尸,沉其中。王覓女不得,計無所施」。看完這幾句話,我們有兩點感慨:一,感慨於此女子「號嘶撐拒」,寧死不屈,真是一位烈女子。二,感慨於其父母「覓女不得,計無所施」,看來這位烈女子要成為一位冤女子。但是不然,「天忽雨,雷電繞豪家,霹靂一聲,龍下,攫豪首去。天晴,淵中女尸浮出,一手捉人頭,審視則豪頭也」。是那位烈女子化成龍報了仇,還是老天爺派龍來幫助她報了仇?這裡不得而知,但在普通讀者看來,應是龍來幫她報了仇。寄望於老天爺來懲罰惡人,這是古代受壓迫者的心理真實,也是無數弱勢群體的精神寄託。

對此篇故事,前人也有評論。何守奇說:「勢豪稔惡已極,天道必誅,無俟龍女化身。」這同樣代表了普通百姓的一種無奈的自慰心理。但明倫也評論說:「每見有無頭冤獄,有司僅以緝兇了事者,恨其不能為博興女之自捉人頭也。然必如博興女而冤乃得雪,將焉用此有司?」這說得既痛快又平允,直接把矛頭指向了現實的官僚。在某種意義上,正是官府的無所作為和助紂為虐,才助長了勢豪們的兇惡氣焰,根源還在官府那裡。

海大魚

海濱故❶無山。一日，忽見峻嶺重疊，綿亙數里，眾悉駭怪❷。又一日，山忽他徙，化而烏有。相傳海中大魚，值清明節❸則攜眷口往拜其墓，故寒食❹時多見之。

【注釋】❶故 同「固」。原來；本來。❷駭怪 感到驚異、奇怪。❸清明節 中國民間傳統節日，一般是在國曆四月五號前後，是一個祭祀祖先的節日，傳統活動為掃墓。❹寒食 傳統節日，即寒食節，在清明節前一天。

【語譯】海濱原來沒有山。一天，忽然看見崇山峻嶺，綿延好幾里，大家都感到驚駭。又一天，群山忽然移到別處，海上什麼也沒有。相傳這是海裡的大魚，每逢清明節就帶著家眷去掃墓，所以寒食節期間經常見到這種現象。

【研析】〈海大魚〉寫海邊的幾件奇事，推測可能和海大魚有關。

海濱本來沒有山，一天卻「忽見峻嶺重疊，綿亙數里」。又一天「山忽他徙，化而烏有」。人們認為，海中有一種大魚，清明節的時候就攜家帶口去祭掃先人的墳墓，所以，清明節前一日的寒食節，人們往往見到這種景象。人們在清明節掃墓，海大魚也在清明節掃墓，這可真是一種美好的想像了。

「海大魚」這三個字，古人早就說過了。《戰國策・齊策》云：靖郭君田嬰準備在封地薛修築城防工事，因為會引起齊王猜疑，不少門客去諫阻他。田嬰於是吩咐傳達人員不要為勸諫的門客通報。有個門客請求謁見田嬰，他保證說：「我只說三個字就走，要是多一個字，願意領受烹殺之刑。」田嬰於是接見他。客人快步走到他跟前，說：「海大魚。」然後轉身就走。田嬰趕忙問：「先生還有要說的話吧？」客人說：「我可不敢拿性命當兒戲！」田嬰說：「不礙事，先生請講！」客人這才回答道：「你沒聽說過海裡的大魚嗎？魚網鈎鉤對牠無能為力，但一旦因為得意忘形離開了水域，那麼螻蟻也能隨意擺布牠。以此相比，齊國也就如同殿下的『水』，如果你永遠擁有齊國，要了薛地有什麼用呢？而你如果失去了齊國，即使將薛邑的城牆築得跟天一樣高，又有什麼作用呢？」田嬰稱讚說：「對。」於是停止了築城的事。《戰國策》所講的「海大魚」和《聊齋誌異》所講的「海大魚」，看來沒有任何聯繫。但附記於此，供讀者參考。

龍

博邑❶有鄉民王茂才，早赴田。田畔拾一小兒，四五歲，貌豐美而言笑巧妙。歸家子之，靈通非常。至四五年後，有一僧至其家。兒見之，驚避無蹤。僧告鄉民曰：「此兒乃華山池❷中五百小龍之一，竊逃於此。」遂出一鉢，注水其中，宛一小白蛇遊衍❸於內，袖鉢而去。

【注　釋】❶博邑　古代地名，在今山東泰安。❷華山池　西嶽華山上的水池。❸遊衍　恣意游動。

【語　譯】山東博邑有位鄉民王茂才，早晨到田地裡去。在田間撿到一個小孩，大約四五歲，容貌美好，說笑間顯得靈巧高妙。回家後，王茂才就把他當兒子，非常有靈性。四五年後，有一個和尚到他家。孩子見到他，驚恐地逃避，不見了蹤影。和尚告訴王茂才說：「這個孩子是華山池裡的五百條小龍之一，偷偷逃到這裡。」於是拿出一個鉢，在裡面灌上水，猶如一條小白蛇在裡面恣意游動，和尚就把鉢裝在袖子裡帶走了。

【研　析】〈龍〉寫華山池中小龍化為人間小兒的故事。

博邑的王茂才，在田間撿到一個小兒，「四五歲，貌豐美而言笑巧妙。歸家子之，靈通非常」。

四五年以後，也就是說等這孩子長到十來歲的時候，突然來了一個和尚，告訴王茂才說：「此兒乃華山池中五百小龍之一，竊逃於此。」為了怕大家不信，「遂出一鉢，注水其中，宛一小白蛇游衍於內，袖鉢而去」。這條小龍到人間來做什麼？得到他時或失去他後，王茂才的心情是怎樣的？文章一概不提，宛如新聞報導，頗有六朝小說之古雅風格。

中國古代有一個「白水素女」的故事，《搜神後記》等對其多有記載，今抄錄篇幅較短的〈述異記〉中的記載，供大家參考：「晉安郡書生謝端，性介潔，不染聲色，嘗於海岸觀濤，得一螺，大如一石米斛。割之，中有美女，曰：『予天漢中素女，天帝矜卿純正，令為君婦。』」

這個「白水素女」，後人也稱其為「田螺姑娘」，天帝派她來到人間做謝端的妻子。而〈龍〉中這個活潑可愛的小男孩，看來和人間緣分已盡，竟被那個和尚帶走了。《紅樓夢》中的賈寶玉，本來也是天上的神瑛侍者，後來也化作和尚飄然而去。

愛才

仕宦中有妹養宮中而字貴人❶者，有將官某代作啟，中警句❷云：「令弟從長，奕世❸近龍光，貂珥❹曾參于畫室；舍妹夫人，十年陪鳳輦❺，霓裳❻遂燦于朝霞。寒砧之杵可掬，不擣夜月之霜；御溝之水可託，無勞雲英之詠❼。」當事者奇其才，遂以文階換武階，後至通政使❽。

【注釋】❶字貴人　嫁給宦官。字，女子出嫁。貴人，宦官「中貴人」的省稱。❷警句　簡潔而含義深刻動人的句子。❸奕世　累世；代代。❹貂珥　指侍中、常侍之冠。借指帝王貴近之臣。貂，貂尾。珥，插。❺鳳輦　皇帝的車駕。❻霓裳　飄拂輕柔的舞衣。❼寒砧之杵可掬四句　是指宦官和其妻子之間性事的隱語。用唐人裴鉶小說〈裴航〉事。❽通政使　明清官名，正三品，是通政使司的主官，職責為審閱校閱題本等。

【語譯】有位官員把妹妹養在宮中，後來她嫁給一個宦官。有個武將代寫議婚的書信，中間有些警句：「令弟從小入宮，長時間接近龍光，在宮中佩戴著高貴的珠寶；舍妹也在宮中服侍了十年，紅色的衣服比朝霞還要絢爛。冬日的捶衣捧可握，不必擣月夜之霜；皇宮的溝水可託，不用勞煩雲英來歌頌。」當朝高官看重他的才能，於是用文職換武職，後來官至通政使。

【研 析】〈愛才〉寫某位武將因為一封奇異的書啟而改任文官的滑稽故事。

宮裡的宦官找女孩子成親，這本來就夠滑稽的了。正因為此事滑稽，所以這位將官的書啟才借題發揮，寫得更為滑稽。其駢四儷六、音調鏗鏘不說，好玩的是他善掉書袋，借助古代的典故，把宦官和女子之間的尷尬事寫得妙不可言。〈辛十四娘〉篇中有一首詩：「千金覓玉杵，殷勤手自將。雲英如有意，親為搗玄霜。」這用的是唐人裴鉶小說〈裴航〉中的故事：裴航為唐長慶間秀才，一次路過藍橋驛，遇見一織麻老嫗，航渴甚求飲，嫗呼女子雲英捧一甌水漿飲之，甘如玉液。航見雲英姿容絕世，十分喜歡，很想娶她為妻。老嫗卻說：「昨有神仙與藥一刀圭，須玉杵臼搗之。欲娶雲英，須以玉杵臼為聘，為搗藥百日乃可。」後裴航終於找到月宮中玉兔用的玉杵臼，娶了雲英。婚後夫妻雙雙入玉峰，成仙而去。蒲松齡用的是這個故事，這位將官用的也是這個故事。這樣運用古代典故來對男女之事進行戲謔，蒲松齡最為擅長，看看〈犬姦〉篇的「判詞」和〈馬介甫〉篇的「《妙音經》之續言」，任是怎樣的文壇高手，也不能不佩服蒲松齡在此方面腹笥之豐贍。如「《妙音經》之續言」中就有「秋砧之杵可掬，不搗月夜之衣；麻姑之爪能搔，輕試蓮花之面」等等，可說與這位將官所寫異曲同工。

一位武官，卻偏偏在這些「淫詞豔曲」上下功夫，文才再好也終是別才，成不了大氣候。最後他改做了文官，恐怕這種滑稽戲謔之事還會越做越多，對於飯後茶餘，可供哈哈一笑；對於國計民生，實乃不值一談。

蟄蛇

予邑❶郭生，設帳❷于東山之和莊，蒙童五六人，皆初入館者也。書室之南為廁所，乃一牛欄；靠山石壁，壁上多雜草蓁莽❸。童子入廁，多歷時刻而後返。郭責之。則曰：「予在廁中騰雲。」郭疑之。童子入廁，從旁睨之，見其起空中二三尺，倏起倏墜❹；移時不動。郭進而細審，見壁縫中一蛇，昂首大于盆，吸氣而上。遂徧告莊人共視之。以炬火焚壁，蛇死壁裂。蛇不甚長，而粗則如巨桶。蓋蟄❺於內而不能出，已歷多年者也。

【注　釋】❶予邑　作者蒲松齡指自己所居的淄川縣。❷設帳　指設館授徒。《後漢書・馬融傳》：「(融)常坐高堂，施絳紗帳，前授生徒，後列女樂，弟子以次相傳，鮮有入其室者。」❸蓁莽　雜亂叢生的草木。❹倏起倏墜　很快地起落。倏，極快地。❺蟄　動物冬眠，藏起來不吃不動。

【語　譯】我們淄川有個郭生，在東山的和莊設帳收徒，有五、六個剛開始讀書識字的童子，都是初入館的。書齋的南面是廁所，用牛棚的圍欄做成的；靠近山上的石壁，壁上很多雜亂叢生的草木。學生上廁所，都經過很長時間才回來。郭生就責備他們。學生說：「我在廁所裏騰雲駕霧。」郭生起了疑心。學生上廁所，郭生就在旁邊偷看，只見學生平地騰起二三尺，忽起忽落，過一會兒才不動。郭生進去仔細看，只見石壁的縫中有條蛇，昂起的頭像盆子那麼大，正在一呼一吸。於是告訴所有的村民都來看。大家用火燒石壁，蛇死了，石壁裂開。蛇身不怎麼長，但粗得像大桶。大概蟄伏在裏面出不來，已經有很多年了。

【研 析】〈蟄蛇〉寫在廁所的壁縫裡發現一條異形蟄蛇的故事。

此故事雖然短小，情節也不算曲折，但寫得頗有情趣，是一篇不錯的兒童文學作品。淄川縣的郭生到東山裡的和莊設帳授徒，幾個學生都是剛入館開蒙的。和這樣一幫懵懂的學生在一起，本來就非常有趣，不知會有什麼令人啼笑皆非的故事發生。可是，蒲松齡不寫師生之間的趣事，突然一筆轉向了廁所。廁所裡能發生什麼事呢？我們讀過西周生的《醒世姻緣傳》，第三十三回提到一個情節，教狄希陳的私塾先生程樂宇上廁所的時候，總習慣用手扳著廁所茅坑邊的一株小樹。於是，頑劣的學生就將小樹從樹根處鋸開，結果小樹不堪先生的重量而斷裂，使先生跌進了茅坑裡。我們讀〈蟄蛇〉這篇小故事，以為也要發生這樣的事情呢。其實不然，在這裡，老師沒出什麼事，倒是學生每每上廁所，得用很長的時間才回來。他們在廁所裡幹什麼壞事呢？老師一打聽，他們說：「予在廁中騰雲。」老師很疑惑，便偷偷從廁所旁邊觀看，發現學生飄在空中二三尺高，一上一下，有時還停住不動。這可把老師驚呆了：一個學生光著屁股在廁所裡「騰雲」，這真是匪夷所思的事情。老師就進去偵察，結果發現壁縫裡有一條蛇，腦袋比面盆還大，正在那裡張口吸氣呢。學生們之所以能「騰雲」，正是這條蛇呼吸的結果。看到這裡，我們不免為學生擔心，若是被蛇吞噬了該怎麼辦？其實這條蛇咬不到學生。為什麼會是這樣呢？因為這是一條不知多少年前蟄在石縫裡的一條蛇，後來長大了，石縫太窄，牠爬不出來了，因此牠長得怪模怪樣：「蛇不甚長，而粗則如巨桶。」石縫開口處的寬度不夠，石縫裡邊的長度也有限，在那麼狹小的空間裡，這條蛇光長身子不長尾巴，所以才有了現在這種怪異的身材。

紀昀《閱微草堂筆記．灤陽消夏錄五》有一則云：「嘗入谷追亡羊，見大蛇巨如柱，盤於高崗之頂，向日曬鱗。周身五色爛然，如堆錦繡；頂一角，長尺許。有群雉飛過，張口吸之，相距四五尺，皆翩然而落，如矢投壺。心知羊為所吞矣，乘其未見，循澗逃歸，恐怖幾失魂魄。」試想，這條蛇平時可能也是靠吸食群鳥維持生命的。他通過呼吸使學生們「騰雲」，這不是和學生做遊戲，牠這是想吃掉學生啊。幸好這是一位負責任的老師，及時發現並化解了危險。

以前讀《警世通言．白娘子永鎮雷峰塔》，道士為許宣畫符驅除白娘子，白娘子來到臥佛寺前找尋道士。「只見白娘子口內喃喃的，不知念些什麼，把那先生卻似有人擒的一般，縮做一堆，懸空而起。……白娘子噴口氣，只見那先生依然放下……」當時還認為白娘子是念咒語作法，看過〈蟄蛇〉後才明白，她這是通過呼吸而讓道士「騰雲」呢。

古籍今注新譯叢書

哲學類

新譯四書讀本	謝冰瑩等編譯
新譯學庸讀本	王澤應注譯
新譯論語新編解義	胡楚生編著
新譯孝經讀本	賴炎元等注譯
新譯易經讀本	郭建勳注譯
新譯周易六十四卦經傳通釋	黃慶萱注譯
新譯乾坤經傳通釋	黃慶萱注譯
新譯易經繫辭傳解義	吳 怡著
新譯禮記讀本	姜義華注譯
新譯儀禮讀本	顧寶田等注譯
新譯孔子家語	羊春秋注譯
新譯老子讀本	余培林注譯
新譯帛書老子	趙 鋒注譯
新譯老子解義	吳 怡著
新譯莊子讀本	黃錦鋐注譯
新譯莊子讀本	張松輝注譯
新譯莊子本義	水渭松注譯
新譯莊子內篇解義	吳 怡著
新譯列子讀本	莊萬壽注譯
新譯管子讀本	湯孝純注譯
新譯墨子讀本	李生龍注譯
新譯公孫龍子	丁成泉注譯
新譯晏子春秋	陶梅生注譯
新譯鄧析子	徐忠良注譯
新譯荀子讀本	王忠林注譯
新譯尹文子	徐忠良注譯
新譯尸子讀本	水渭松注譯
新譯鶡冠子	趙鵬團注譯
新譯鬼谷子	王德華等注譯
新譯韓非子	傅武光等注譯
新譯呂氏春秋	朱永嘉等注譯
新譯韓詩外傳	孫立堯注譯
新譯淮南子	熊禮匯注譯
新譯春秋繁露	朱永嘉等注譯
新譯新書讀本	饒東原注譯
新譯新語讀本	王 毅注譯
新譯潛夫論	彭丙成注譯
新譯論衡讀本	蔡鎮楚注譯
新譯申鑒讀本	林家驪等注譯
新譯人物志	吳家駒注譯
新譯張載文選	張金泉注譯
新譯近思錄	張京華注譯
新譯傳習錄	李生龍注譯
新譯呻吟語摘	鄧子勉注譯
新譯明夷待訪錄	李廣柏注譯

文學類

新譯詩經讀本	滕志賢注譯
新譯楚辭讀本	林家驪注譯
新譯楚辭讀本	傅錫壬注譯
新譯文心雕龍	羅立乾注譯
新譯六朝文絜	蔣遠橋注譯
新譯世說新語	劉正浩等注譯
新譯昭明文選	周啟成等注譯
新譯古文觀止	謝冰瑩等注譯
新譯古文辭類纂	黃 鈞等注譯
新譯樂府詩選	溫洪隆注譯
新譯古詩源	馮保善注譯
新譯千家詩	邱燮友等注譯
新譯詩品讀本	成 林等注譯
新譯花間集	朱恒夫注譯
新譯南唐詞	劉慶雲注譯
新譯絕妙好詞	聶安福注譯
新譯唐詩三百首	邱燮友注譯
新譯宋詩三百首	陶文鵬注譯
新譯宋詞三百首	汪 中注譯
新譯宋詞三百首	劉慶雲注譯
新譯元曲三百首	賴橋本等注譯
新譯明詩三百首	趙伯陶注譯
新譯清詩三百首	王英志注譯
新譯清詞三百首	陳水雲等注譯
新譯唐人絕句選	卞孝萱等注譯
新譯唐才子傳	戴揚本注譯
新譯拾遺記	石 磊注譯
新譯搜神記	黃 鈞注譯
新譯唐傳奇選	束 忱等注譯
新譯宋傳奇小說選	束 忱注譯
新譯明傳奇小說選	陳美林等注譯

新譯容齋隨筆選　朱永嘉等注譯
新譯明散文選　周明初注譯
新譯明清小品文選　鄭　婷注譯
新譯人間詞話　馬自毅注譯
新譯白香詞譜　劉慶雲注譯
新譯幽夢影　馮保善注譯
新譯菜根譚　吳家駒注譯
新譯小窗幽記　馬美信注譯
新譯圍爐夜話　馬美信注譯
新譯郁離子　吳家駒注譯
新譯歷代寓言選　黃瑞雲注譯
新譯賈長沙集　林家驪注譯
新譯揚子雲集　葉幼明注譯
新譯曹子建集　曹海東注譯
新譯建安七子詩文集　韓格平注譯
新譯阮籍詩文集　林家驪注譯
新譯嵇中散集　崔富章注譯
新譯陸機詩文集　王德華注譯
新譯陶淵明集　溫洪隆注譯
新譯江淹集　羅立乾等注譯
新譯庾信詩文選　歸　青注譯
新譯初唐四傑詩集　李福標注譯
新譯駱賓王文集　黃清泉注譯
新譯王維詩文集　陳鐵民注譯
新譯孟浩然詩集　楊　軍注譯
新譯李白詩全集　郁賢皓注譯
新譯李白文集　郁賢皓注譯
新譯杜甫詩選　張忠綱等注譯

新譯杜詩菁華　林繼中注譯
新譯高適岑參詩選　孫欽善等注譯
新譯昌黎先生文集　周啟成等注譯
新譯劉禹錫詩文選　閻　琦注譯
新譯柳宗元文選　卞孝萱等注譯
新譯白居易詩文選　陶　敏等注譯
新譯元稹詩文選　郭自虎注譯
新譯李賀詩集　彭國忠注譯
新譯杜牧詩文集　張松輝注譯
新譯李商隱詩選　朱恒夫等注譯
新譯范文正公選集　王興華等注譯
新譯蘇洵文選　羅立剛注譯
新譯蘇軾文選　滕志賢注譯
新譯蘇軾詞選　鄧子勉注譯
新譯蘇轍文選　朱　剛注譯
新譯曾鞏文選　高克勤注譯
新譯王安石文選　沈松勤注譯
新譯唐宋八大家文選　鄧子勉注譯
新譯柳永詞集　侯孝瓊注譯
新譯李清照集　姜漢椿等注譯
新譯陸游詩文選　韓立平注譯
新譯辛棄疾詞選　聶安福注譯
新譯歸有光文選　鄔國平注譯
新譯唐順之詩文選　馬美信注譯
新譯徐渭詩文選　周　群等注譯
新譯薑齋文集　平慧善注譯
新譯顧亭林文集　劉九洲注譯
新譯納蘭性德詞　馮　乾注譯

新譯方苞文選　鄔國平等注譯
新譯鄭板橋集　朱崇才注譯
新譯袁枚詩文選　王英志注譯
新譯李慈銘詩文選　潘靜如注譯
新譯聊齋誌異選　任篤行等注譯
新譯閱微草堂筆記　嚴文儒注譯
新譯浮生六記　馬美信注譯
新譯弘一大師詩詞全編　徐正綸編著

歷史類

新譯史記　韓兆琦注譯
新譯漢書　吳榮曾等注譯
新譯後漢書　魏連科等注譯
新譯三國志　吳樹平等注譯
新譯資治通鑑　張大可等注譯
新譯史記—名篇精選　韓兆琦注譯
新譯尚書讀本　吳　璵注譯
新譯尚書讀本　郭建勳注譯
新譯周禮讀本　賀友齡注譯
新譯逸周書　牛鴻恩注譯
新譯左傳讀本　郁賢皓等注譯
新譯公羊傳　雪　克注譯
新譯穀梁傳　顧寶田注譯
新譯春秋穀梁傳　周　何注譯
新譯戰國策　溫洪隆注譯
新譯國語讀本　易中天注譯
新譯說苑讀本　左松超注譯
新譯說苑讀本　羅少卿注譯

新譯新序讀本　葉幼明注譯
新譯吳越春秋　黃仁生注譯
新譯西京雜記　曹海東注譯
新譯列女傳　黃清泉注譯
新譯越絕書　劉建國注譯
新譯燕丹子　曹海東注譯
新譯東萊博議　李振興等注譯
新譯唐六典　朱永嘉等注譯
新譯唐摭言　姜漢椿注譯

宗教類

新譯金剛經　徐興無注譯
新譯高僧傳　朱恒夫等注譯
新譯碧巖集　吳　平注譯
新譯百喻經　顧寶田注譯
新譯楞嚴經　賴永海等注譯
新譯梵網經　王建光注譯
新譯圓覺經　商海鋒注譯
新譯法句經　劉學軍注譯
新譯六祖壇經　李中華注譯
新譯禪林寶訓　李中華注譯
新譯維摩詰經　陳引馳等注譯
新譯經律異相　顏洽茂注譯
新譯阿彌陀經　蘇樹華注譯
新譯無量壽經　邱高興注譯
新譯無量壽經　蘇樹華注譯
新譯妙法蓮華經　張松輝注譯
新譯景德傳燈錄　顧宏義注譯
新譯大乘起信論　韓廷傑注譯
新譯釋禪波羅蜜　蘇樹華注譯
新譯八識規矩頌　倪梁康注譯
新譯永嘉大師證道歌　蔣九愚注譯
新譯華嚴經入法界品　楊維中注譯
新譯地藏菩薩本願經　李承貴注譯
新譯悟真篇　劉國樑等注譯
新譯无能子　張松輝注譯
新譯坐忘論　張松輝注譯
新譯列仙傳　張金嶺注譯
新譯抱朴子　李中華注譯
新譯神仙傳　周啟成注譯
新譯性命圭旨　傅鳳英注譯
新譯老子想爾注　顧寶田等注譯
新譯周易參同契　劉國樑注譯
新譯道門觀心經　王　卡注譯
新譯養性延命錄　曾召南注譯
新譯樂育堂語錄　戈國龍注譯
新譯冲虛至德真經　張松輝注譯
新譯長春真人西遊記　顧寶田等注譯
新譯黃庭經・陰符經　劉連朋等注譯

軍事類

新譯司馬法　王雲路注譯
新譯尉繚子　張金泉注譯
新譯三略讀本　傅　傑注譯
新譯六韜讀本　鄔錫非注譯
新譯吳子讀本　王雲路注譯
新譯孫子讀本　吳仁傑注譯
新譯李衛公問對　鄔錫非注譯

教育類

新譯爾雅讀本　陳建初等注譯
新譯顏氏家訓　李振興等注譯
新譯聰訓齋語　馮保善注譯
新譯曾文正公家書　湯孝純注譯
新譯三字經　黃沛榮注譯
新譯百家姓　馬自毅等注譯
新譯幼學瓊林　馬自毅注譯
新譯增廣賢文・千字文　馬自毅注譯
新譯格言聯璧　馬自毅注譯

政事類

新譯商君書　貝遠辰注譯
新譯鹽鐵論　盧烈紅注譯
新譯貞觀政要　許道勳注譯

地志類

新譯山海經　楊錫彭注譯
新譯水經注　陳橋驛等注譯
新譯佛國記　楊維中注譯
新譯大唐西域記　陳　飛等注譯
新譯洛陽伽藍記　劉九洲注譯
新譯徐霞客遊記　黃　珅注譯
新譯東京夢華錄　嚴文儒注譯